Buch

Der 9-jährige Hruza lebt 367 v. Chr. in einem kleinen Dorf in der Nähe des Hallstätter Sees in Österreich. Seine keltische Familie ist aus dem Norden hierher eingewandert und seßhaft geworden. Hruza streift täglich durch seinen Wald und kennt dort jeden Baum und auch die Tiere des Waldes, mit denen er spricht. Er ist fasziniert vom Dorfdruiden Segari und wird tatsächlich auserwählt, mit 11 Jahren als Novize in die Ausbildung zum Druiden zu gehen. Viele Prüfungen und gefahrvolle Aufgaben muss er meistern, bis er als erwachsener junger Mann die Weihe erhalten kann.

Er merkt im Laufe dieser Jahre, dass er Begabungen hat, die er nie für möglich gehalten hätte. Er lernt, sich selber zu trauen und selbstbewusst seinen Weg zu gehen. Und er lernt den Wald, aber auch die anderen Naturgewalten kennen und nutzen. So wird er zum Naturmediziner, der sich bestens auskennt mit den Heilkräften aus der Natur, die er als „Apotheke" nutzt. Rituale und Beschwörungen helfen ihm dabei. Dass er dabei auch noch seine Seelenpartnerin findet, ist das höchste Glück, das ihm passieren kann.

Autorin

Marion Lichtenauer ist Heilpraktikerin und lebt und arbeitet in Hilden bei Düsseldorf.

Marion Lichtenauer

Arschwurz
Roman

© 2019 Marion Lichtenauer
Umschlag, Illustration: Marion Lichtenauer

Verlag & Druck:
tredition GmbH, Halenreie 40-44, 22359 Hamburg

ISBN
Paperback   978-3-7482-7250-2
e-Book   978-3-7482-7252-6

„Die wirksamste Medizin ist die natürliche Heilkraft, die im Inneren eines jeden von uns liegt."

Hippokrates von Kos

Hippokrates lebte von 460 bis etwa 377 vor Chr., in der gleichen Zeit, in der diese Geschichte spielt. Er war griechischer Arzt und gilt als »Vater der Heilkunde«

„Wo sind denn hier nur die Arschwurzn... immer sitz ich am falschen Ort...", grummelte Hruza vor sich hin und sah sich suchend um. Doch nirgends ließ sich ein Blatt finden. Hruza hockte im Wald, verrichtete sein großes Geschäft und fluchte leise vor sich hin. Die begehrten Blätter des „Arschwurzn" waren nicht in der Nähe. In seiner Not rupfte er ein paar andere Blätter ab, die in der Nähe standen und machte sich damit sauber. „Hmm", dachte er. „Ob ich Guiwa ein paar Arschwurzblätter suchen soll? Sie hat immer gerne einen Vorrat, ich kann ja mal suchen gehen."

Tatsächlich fand er unterwegs ein paar Blätter der Pestwurz. Hruza wusste genau, dass die Pflanze mit den großen Blättern eigentlich Pestwurz hieß. Aber alle im Dorf nannten sie Arschwurz, weil sie halt besonders gut für diesen einen Zweck geeignet war. Er suchte während des weiteren Weges aufmerksam nach einem Arschwurzfeld. Heute hatte er einen anderen Weg eingeschlagen als sonst und wunderte sich darüber, wie anders der Wald hier aussah. An einer großen Lichtung am Rand des Waldes erkannte er den Weg wieder und nun wusste er auch, wo er die gesuchten Blätter finden konnte. Er wählte ein paar besonders große Exemplare aus und rupfte sie ab. Dann nahm er sie wie einen Blumenstrauß zusammen und sah sich das Geschenk für seine Mutter an. Er musste grinsen. Seine Mutter dekorierte den Wohnraum gerne mit ein paar Blumen aus dem Garten. Ob sie sich auch über einen Strauß Arschwurz freute?

Hruza machte sich auf seinen Weg nach Hause. Er lebte in einem kleinen Dorf nahe des großen Sees und hatte gerade im Wald, den er sehr liebte, nach Kräutern gesucht. Seine Mutter Guiwa hatte ihn geschickt. Hruza war 9 Jahre alt und das älteste Kind seiner Eltern Tanor und Guiwa. Sein Vater und die anderen Männer aus dem Dorf arbeiteten täglich im Salzbergwerk. Es war harte Arbeit. Das Salzbergwerk war eine gute Stunde vom Dorf entfernt und wurde von den Lehnsherren der Bergregionen verwaltet. Als die keltischen Stämme hier sesshaft wurden, waren sie als starke und fleißige Arbeiter willkommen.
Hruza hatte noch zwei jüngere Geschwister. Seine Schwester Kina war schon fast genauso groß wie er und hatte die gleichen wilden dunkelroten Haare wie ihr großer Bruder. Der kleine Bruder Fran hatte gerade laufen gelernt und war strohblond. Die Haare hatten Hruza und Kina von ihrer Mutter geerbt, Fran von Tanor.
Guiwa kümmerte sich um die Kinder, wenn Tanor im Salzbergwerk Salzblöcke abbaute. Nur manchmal ließ sie die Kinder mit Tanor und ihrem Vater Melcho zusammen in den Berg gehen. Wenn sich genug abgebautes Salz an den Eingängen der Salzhöhlen angesammelt hatten, durften die Kinder unter Gejohle helfen, dieses an die Erdoberfläche zu ziehen!

Das Dorf, in dem die Familie wohnte, klebte regelrecht am Steilufer des großen Sees. Das war ungewöhnlich für eine Ansiedlung eines keltischen Stammes. Normalerweise wurden für eine Ansiedlung Bergplateaus bevorzugt, weil man von einem Berg aus eine bessere Rundumsicht hatte. Früher wäre dies auch überlebensnotwendig gewesen, heutzutage führten die verschiedenen Stämme keine Kriege mehr gegeneinander. Die einzelnen Clans waren zwar unter sich geblieben, lebten aber friedlich in ihren eigenen Dörfern neben der Ansiedlung eines anderen Clans. So hatte sich der Clan von Hruzas Familie in dem Dorf direkt über dem See angesiedelt. Da Hruzas Familie Selbstversorger war, also alles Gemüse und Obst zum Eigenverbrauch selbst anbaute, hatte sie sich oberhalb des Dorfes ihren Platz zum Leben gesucht. Hier gab es angrenzend an das Haus einen kleinen Acker, den sie bewirtschafteten. So lebten sie einerseits außerhalb des Dorfkerns, andererseits waren sie bestens im Dorfleben integriert.

Das Haus der Familie war aus grob gehauenen Holzstämmen und Balkenverbindungen zusammengesetzt, die auf einem massiven Steinkorpus saßen. Das Dach wurde mit Reisig gedeckt, mit Lehm abgedichtet und zog sich bis dicht über den Boden. Es gab nur kleine Öffnungen, die ein bißchen Licht in das Haus ließen. Diese Bauweise des Daches hielt sowohl Wind, Regen und Schnee als auch große Hitze im Sommer aus dem Haus fern. In einem geräumigen Anbau des Hauses, das nur aus einem einzigen großen Raum bestand, befand sich die Feuerstelle mit einem großen nach oben offenen Abzug. Auf der Feuerstelle stand immer ein großer eiserner Topf. Darin wurden sämtliche warme Speisen zubereitet. Meist kochte Guiwa einen Hirsebrei, der mit Bohnen und Wurzelgemüse langsam gegart wurde. Hruza liebte es, wenn der Duft dieses einfachen Gerichtes durch das Haus zog. Vor allem, wenn es „Geselchtes" gab! Dieses geräucherte Fleisch gab dem „Ritschert", so hieß (und heißt) das Gericht im Volksmund, erst einen ordentlich würzigen Geschmack.

Hruza saß gerne bei Guiwa und sah ihr beim Kochen zu. Während sie kochte, erzählte Guiwa gern Geschichten von ihren Vorfahren: „Meine Großeltern haben in einem fernen Land im Norden gewohnt. Sie hatten von dort aus eine lange Fahrt mit einem Boot...", begann sie die nächste Geschichte. „Und warum sind sie von dort weggegangen?", fragte Hruza. „Weil sie ungefähr so neugierig waren wie Du", lachte Guiwa, „Sie sind aufgebrochen, weil es im Norden am großen Meer immer öfter heftige Sturmfluten gab. Viele Dörfer sind einfach weggespült worden. Ihre Felder wurden unterspült und sie wussten nicht mehr, wovon sie leben sollten. Andere sind weggegangen, weil sie Krieger waren und neues Land erobern wollten. Wir waren ein Volk, das immer unterwegs war. Und wir haben uns unser Land immer erkämpfen müssen. Deshalb sind wir hier gelandet, in den Bergen." „Ja aber wir gehen doch nicht hier weg, oder? Wir sind doch schon lange hier und wir bleiben doch...", fragte Hruza. „Wir haben hier alles, was wir zum Leben brauchen. Wir haben das Haus, die Arbeit im Berg und vor allem Wasser. Der See wird von den vielen Bächlein und Flüsschen aus den Bergen gespeist, das ist wichtig... wir können Fische fangen und natürlich können wir im Wald jagen gehen...", meinte Guiwa und wurde nachdenklich. „Aber das dürfen wir nicht, stimmt's?", fragte Hruza. „Genau", meinte Guiwa, „das dürfen wir nicht!", sie lächelte verschmitzt, „aber, wenn wir uns vom Gutsherrn nicht erwischen lassen, kann uns keiner anklagen, oder?" Jetzt grinste sie.

„Was haben Deine Großeltern hier gemacht?", fragte Hruza neugierig. Er hatte die Geschichte schon zig mal gehört, aber jedesmal, wenn Guiwa sie erzählte, kam noch ein Detail dazu und Hruza fand es spannend, wie die Geschichte immer wieder erweitert wurde. „Oh, es war ein weiter Weg von der Küste, an der sie landeten. Sie haben viele Winter gebraucht, um mit ihren Familien in primitiven Wagen hier anzukommen. Ich sagte ja schon, dass sie große Krieger waren. Sie mussten überall kämpfen, um irgendwo bleiben zu können. Die Menschen, die vorher hier waren, hatten große Angst vor unserem Volk. Sie sagten, dass unsere Krieger von unglaublich großer Gestalt seien und furchterregend bunte und grelle Kleidung trügen. Und dass sie helles, dickes, manchmal sogar rotes Haar hätten, das ihnen wild und wirr vom Kopf abstand! Genau wie Deines übrigens! Das Schrecklichste und Furchterregendste aber war wohl ihr Kampfstil! Sie hatten nämlich eigentlich gar keinen! Vor einem bevorstehenden Kampf zogen sie sich einfach nackt aus und kämpften nackt! Einige rieben ihren ganzen Körper mit einer Mischung aus Kalk und Wasser ein und malten sich aus Ruß und

Moor Zeichen ins Gesicht und auf die Brust. Wenn sie sich zum Angriff in die geordneten Reihen der Feinde stürzten, bliesen sie laut in große Hörner, auf denen oben drauf ein Eberkopf aus Eisen saß. Dadurch wirkten die Angreifer noch bedrohlicher. Das sollte den Gegner erschrecken und war auch ein großer Schock für die Armeen der Länder, in denen sie ankamen und kämpften! Diese Armeen hatten Kettenhemden und nachher Rüstungen. Aber sie hatten keine guten Schmiede, so wie wir. Ihre Rüstungen konnten den guten Schwertern und Kurzdolchen unserer Vorfahren nicht standhalten! Und weil unsere Vorfahren so wild und ungeordnet kämpften, kamen die Krieger der Gegenseite nicht zu ihrer gelernten Kampfordnung. Das hat sich bis heute nicht geändert. Es war für die Feinde wohl auch bedrohlich, dass unser Volk keine Angst vor dem Tod hat. Mein Vater Melcho hat mir erzählt, dass seine Eltern und deren Vorfahren gar nicht tot seien. Sie machten lediglich Pause während eines ewigen Lebens. Irgendwann kämen sie wieder und würden ihr altes Leben wieder aufnehmen, oder in ein neues Leben eintreten." Hruza wurde nachdenklich. „Aber dann würden wir ja gar nicht wirklich sterben!" „Genau, wir machen im Tod einfach nur Pause. Deshalb geben wir den Toten auch zu Essen und zu Trinken mit ins Grab. Und ein bißchen Gold und Silber, damit sie einen guten Start in ihr neues Leben haben", meinte Guiwa. „Woher hatten die Leute denn früher schon Gold und Silber? Waren sie denn reich?", fragte Hruza. „Nein, reich kann man das nicht nennen. Aber sie hatten schon früh die Schmiedekunst aus

Eisen gelernt. Das war das Metall der normalen Leute. Wer reicher war, etwa Händler oder Gutsherren, konnte es sich leisten, seine Waffen mit Gold und Silber zu veredeln. Oder auch den Schmuck der edlen Damen. Die einfachen Leute waren stolz, wenn sie ein Schmuckstück aus Eisen besaßen und es mit Gold oder Silber überziehen lassen konnten. Meine Großmutter hatte eine goldene Spange, um den Winterumhang zusammen zu halten. Aber ich weiß nicht, ob sie wertvoll ist…, jedenfalls war sie sehr stolz darauf und hütete sie wie einen Schatz!"

Das Essen war fertig und Guiwa beauftragte Hruza, die Familie zusammenzurufen. Alle zusammen machten sie sich über den großen Topf mit Hirsebrei und Geselchtem her.

Guiwas Eltern waren beide sehr alt geworden. Hruzas Großvater war vor ein paar Monaten mit 35 Jahren gestorben, seine Großmutter mit 34 Jahren. Beide hatten, genau wie ihre Kinder und Enkel ihr Leben lang im Salzbergwerk gearbeitet. Die Arbeit dort war auch gefährlich. Wer zur Arbeit kam, rutschte über lange, enge Rutschbahnen in den Berg, das war praktischer und schneller, als sich einen mühsamen Abstieg durch die Schluchten zu suchen und dann in den Berg abzuseilen. Bis zu 160 Meter tief kamen die Arbeiter und Arbeiterinnen in den Stollen, in denen sich die Salzsalinen quer durch eine Schicht des Berges zogen. Alle hatten unterschiedliche Aufgaben im Berg. Die Männer trieben mit Werkzeugen aus Horn und Eisen immer tiefere Gänge in den Berg. Für einen Meter benötigen sie ungefähr einen Monat!

Andere Männer bauten die Salzplatten innerhalb des Stollens ab und transportierten diese in eine der großen Höhlen. Dort wurden die großen Salzplatten zerkleinert und in wollene Säcke gepackt, die sie dann schulterten und durch die engen unterirdischen Gänge zu den Treppen trugen. Innerhalb des Berges zogen sich große Höhlen unterirdisch quer durch ganze Landstriche. Teilweise waren die Höhlen bis zu 150 m lang und hatten eine Raumhöhe von bis zu 12 Metern! Hier wurde das Salz in großen Blöcken am Stück gewonnen und über große, breite Holztreppen den „Salzförderern" zugeschoben, die es dann über andere Rampen ans Tageslicht beförderten. Das war dann die Arbeit für Hruza, Kina und andere größere Kinder aus dem Dorf. Sie arbeiteten dann an einer der großen Treppen in 140 m Tiefe. Die Kinder waren dafür verantwortlich, dass die Salzsäcke auf den Rutschen gut verankert waren und während des Transportes nicht verrutschen konnten. Eines der Kinder begleitete immer johlend eine Fuhre nach oben und war stolz, mit dem Salzblock nach oben gezogen zu werden und nicht laufen zu müssen.

Dieser Arbeitsplatz hatte noch einen Vorteil. In diesen Höhlen roch es immer gut! Das lag daran, dass hoch oben unter der Decke dieser Riesenhöhlen Schweinehälften aufgehängt wurden. Das war ein wichtiges Zusatzeinkommen für die Betreiber des Salzbergwerkes. Sie nutzten die salzige Luft, um in großen Mengen Schweinefleisch zu räuchern und es damit haltbar zu machen. Bis weit in den Süden lieferten sie es dann aus und verkauften das Fleisch an ihre Kunden.

Innerhalb der riesigen Höhlen standen Wannen, in denen die Schweine gepökelt und dann zum Trocknen an die Decke gehängt wurden. Diese räucherten dann automatisch durch die salzige Luft in den Höhlen. Diese Schweine wurden vorher bis zu zwei Jahre durchgefüttert, was die Aufgabe der Arbeiter des Salzbergwerks war. Da Tanor und Melcho im Dorf auch Schweine hielten, die sie für das Bergwerk mästeten, konnten sie ab und zu ein Stück „Geselchtes" ergattern, was den Eintopf zu Hause gewaltig aufwertete! Damit gehörte Hruzas Familie schon zu den etwas privilegierteren Familien.

 Als Hruza an einem Tag im Salzbergwerk helfen durfte und gerade einen Sack mit Salzstücken von einer der Treppenrampen schleifte, rief ihm ein Mann zu, dass er schnell zum Eingang laufen sollte. Sein Großvater Melcho würde dort auf ihn warten. Dies war sehr ungewöhnlich. Hruza lief so schnell er konnte an die Oberfläche. Dort saß sein Großvater mit schmerzverzerrtem Gesicht. Er war beim Arbeiten an der großen Treppe abgerutscht und hatte sich den Unterschenkel aufgeschlagen. Er blutete stark und andere Arbeiter hatten ihn die engen Stiegen im Berg bis an die Oberfläche getragen, wo sie ihn sitzend an einen Stein lehnten. Dann mussten die Kollegen schnell wieder zurück in den Stollen rutschen, da die Betreiber des Stollens streng auf die Arbeiter aufpassten.

Melcho hatte Glück im Unglück: er saß mitten in einem Meer von Arschwurzn! Als Hruza ihn erblickte, rupfte er sofort ein paar Blätter ab und säuberte damit notdürftig die Wunde. Hruza sah sich die Wunde an und war sehr erschrocken. Das sah nicht gut aus, die Blutung musste schnell gestoppt werden.
Er knickte je ein Blatt in der Mitte, so daß der Pflanzensaft hervor kam und legte mehrere Blätter sorgsam auf die Wunde. Dabei murmelte Hruza leise einige Formeln, die die guten Geister, die man zum Heilen brauchte, zu Hilfe rufen sollten. Dann nahm Melcho seinen gewebten Stoffgurt von der Taille und Hruza wickelte ihn fein säuberlich um die Blätter wie einen Verband. Die Wunde war tief und Melcho

konnte mit dem Bein nicht auftreten. Der Weg zurück nach Hause war weit, auch ohne Verletzung hätte er eine gute Stunde gebraucht. So saß er mit Hruza wartend an einen Stein gelehnt. „Woher weißt Du die Formeln, wenn Du eine Wunde versorgst?", fragte Melcho seinen Enkel. Hruza musste grinsen: „Och, ich weiß sie eigentlich nicht genau. Aber Segari, unser Druide, macht das doch auch so. Ich habe ihn genau beobachtet!" „Und du bist sicher, dass die Arschwurzblätter die Wunde heilen?", hakte Melcho nach. „Melcho, Arschwurz sind für alles immer gut! Wenn Du nichts anderes hast, ist Arschwurz immer richtig. Und den gibt es ja auch überall!"

Als die anderen Männer aus dem Dorf aus dem Berg kamen, kümmerten sie sich besorgt um Melcho. „Na, was machen wir denn mit Dir? Wir müssen Dich irgendwie nach Hause kriegen! Kommt, wir bauen ihm eine Trage!" „Kommt nicht in Frage, wenn ihr mich stützt, laufen wir!", sagte Melcho rigoros. Sie brauchten Stunden für den Weg nach Hause. Melcho war schneeweiß im Gesicht, fast so weiß wie das Salz, das er sein Leben lang abgebaut hatte. Im Dorf trugen sie ihn in das Haus des Druiden Segari, der sich gut mit solchen Verletzungen auskannte. Segari war oft lange auf Wanderschaften durch die Wälder, um „Häuptlingsbäume" aufzusuchen und deren Blätter, Äste, Beeren usw. zu sammeln. Daraus bereitete er in seiner „Druidenküche" Tinkturen, Heiltränke und Salben zu. Segari war der Dorfälteste und als Druide ein hochangesehener Mann. Wenn etwas im Dorf oder mit einem Dorfbewohner passierte, wurde Segari sofort informiert. Von Segari ging eine Art Zauber aus…

Segari war ein großer Mann, uralt, wie Hruza fand. Tanor hatte ihm mal erzählt, dass Segari schon mindestens vierzig Mal das Sonnenwendfest zelebriert hatte. Seine blonden langen Haare waren inzwischen schneeweiß geworden und er hielt sie mit einem kunstvoll bestickten Stoffband, dass er sich um den Kopf gebunden hatte, im Zaum. Zu Feierlichkeiten oder Zeremonien schmückte er sich mit Tierfellen, Hörnern oder Federn oder der geschnitzten Maske eines Seeadlerkopfes. Manchmal war er einfach ein paar Tage aus dem Dorf verschwunden und dann plötzlich wieder da. Nach diesen Tagen umwehte ihn ein ganz besonderer Zauber, fand Hruza. Er bewunderte den alten Mann sehr!

Sie legten Melcho auf den großen Tisch und Segari wickelte den provisorischen Verband um den verletzten Unterschenkel ab. Besorgt wiegte er seinen Kopf hin und her. Er reinigte die Wunde sorgfältig mit einem Auszug der Holunderbeere und strich um die Wundränder eine Paste aus Eichenblättern, da Eichenrindenextrakt eine zusammenziehende Wirkung hat. So können offene Wunden schneller heilen. Dann verband der Druide die Wunde wieder mit Melchos Stoffgurt.
Die Nacht sollte Melcho im Haus des Druiden verbringen. Um dieses Haus herum wuchs nämlich ein große Weißdornhecke. Nach keltischem Glauben sorgte der Weißdorn, auch Schlafdorn genannt, für

Schutz und friedlichen Schlaf. Wilde Tiere, aber auch Dämonen, böse Geister und Krankheiten sollten durch die Stacheln der Weißdornhecke ferngehalten werden und an den langen Stacheln hängen bleiben. Die weißen Blüten und die roten Früchte wurden als Zeichen des Lebens für das Innerste, also das Herz angesehen.

Auch ein Haselstrauch befand sich auf dem Grundstück von Segaris Haus. Dieser Strauch bot nach dem keltischen Glauben Schutz vor negativen Kräften und sollte störende, krankmachende Strahlungen abhalten.

Die Familie war nun sicher, dass Melcho eine gute Nacht haben würde.

Aber am nächsten Morgen war Melcho tot. Die Umgebung der Wunde hatte sich blaulila verfärbt, die Verfärbung zog sich über das gesamte Bein. Segari hatte in der Nacht immer wieder versucht, Melchos Fieber zu senken, indem er kalte Wickel anlegte und seine Formeln sprach. Melcho hatte sich unruhig auf seinem Nachtlager hin und her gewälzt und laut fantasiert. Schließlich hatte Melcho Ruhe gefunden und war in einen fiebrigen, aber ruhigen Schlaf gesunken, aus dem er nicht mehr erwachte. Owisa, seine Frau war sehr traurig. Aber in ihrer Trauer war sie auch sicher, dass es Melcho in seiner neuen Welt gut gehen würde. Er war ohne Angst in den Tod gegangen, dessen war sie sich sicher.

Die Vorbereitungen für das Bestattungszeremoniell waren bereits in vollem Gange. Auf dem Thingplatz wurde trockenes Holz für ein wärmendes Lagerfeuer aufgeschichtet. Der Thingplatz war eine Lichtung außerhalb des Dorfes, der von großen alten Eichen und einer alten Buche umstanden war. Die heilige Buche war der Thingbaum und machte dadurch den Platz zu einem heiligen Ort. Auf diesem Platz wurden Versammlungen abgehalten, Gerichtsverfahren und Geschäftsverhandlungen geführt und auch Begräbniszeremonien für die Bewohner des Dorfes zelebriert.

Nun war Melcho doch sehr plötzlich gestorben. Bis zu seinem Tod war er gesund und stark. Jetzt musste die Familie überlegen, wie und wo Melcho bestattet werden sollte. Es gab da mehrere Möglichkeiten. Melchos Eltern waren in einer großen Grabkammer bestattet, die von einem großen Erdhügel verdeckt wurde. Die Stätte lag am Ortsrand, dort türmten sich mehrere Grabhügel, alle von den etwas wohlhabenderen Einwohnern des Dorfes angelegt. Durch die Nähe zum Dorf sollte den Ruhenden die Wiederkehr in ihre gewohnte Umgebung erleichtert werden. Die einfache Dorfbevölkerung hatte bescheidenere Grabstätten außerhalb des Dorfendes, die meisten wurden am Fuß des nächsten Gebirges angelegt.
Guiwa und Tanor entschieden, dass Melcho in der großen Grabkammer seiner Eltern bestattet werden sollte. Ansonsten müssten sie eine neue Grabkammer ausheben, was Wochen in Anspruch genommen hätte. Den beiden waren zwar Möglichkeiten der Einbalsamierung mit Hilfe von Honig bekannt, aber auch das hätte wieder viel Zeit in Anspruch genommen. Sie überlegten hin und her. Ein Kammerschachtgrab erschien beiden noch viel aufwändiger als eine

Hügelgrabbestattung in der Grabkammer seiner Eltern. Für ein Kammerschachtgrab würde ein riesiges Loch gegraben werden müssen und der Leichnam in einer Art Sarg aus massiven Steinplatten im Erdboden versenkt. Diese Art Begräbnis war auch ein sehr teures Unterfangen. Sie waren sich also einig!

Die Männer des Dorfes würden den Eingang zum Grabhügel freilegen. Das war harte Arbeit, die einen ganzen Tag in Anspruch nahm.

Die Zeremonie für Melcho sollte am Abend stattfinden. Er wurde in sein prachtvollstes Gewand gekleidet und auf eine hölzerne Bahre gelegt. Nun konnte jeder Dorfbewohner, allen voran aber seine Familie, ihm eine Gabe mitgeben, die er in seinem neuen Leben vielleicht gut gebrauchen könnte.

Owisa trat als Erste an seine Bahre heran. Sie schloss einen vergoldeten, vorne offenen eisernen Halsring, den er immer um den Hals trug mit einer reich verzierten goldenen Spange. Dann nahm sie ihre eigene schwere eiserne Halskette mit einem runden Anhänger, auf dem ein Runenkreuz eingehämmert war und legte ihm auch diese um den Hals. Diese Kette hatte er ihr zur Hochzeit geschenkt und es war Brauch und Sitte, sie dem Ehegatten im Tod zurück zu geben und ihm damit im Totenreich die Gelegenheit zu ermöglichen, wieder ein Geschenk machen zu können. Tanor, Guiwa, Hruza, Kina und Fran legten Salz, Brot und je einen Krug Bier und einen Krug Öl an den Rand der Bahre. Melcho hatte trotz der schweren Arbeit „sein" Salzbergwerk sehr geliebt.

Alle anderen Anwesenden brachten nun kleinere Gaben.

Melcho wurde feierlich aus dem Dorf getragen, alle hatten ihre buntesten und verziertesten Gewänder, Mäntel, Gürtel und Haarbänder angelegt und so bot die Gesellschaft ein buntes Bild. Der Druide Segari hatte seinen Seeadlerkopfschmuck angelegt ging singend und sich im Rhythmus des Liedes wiegend vor der Bahre her, damit Melcho sein Lied mitnehmen konnte…

Als die Träger die Bahre in den Eingang des Grabhügels trugen, fielen alle in den Gesang des Druiden ein und verabschiedeten Melcho feierlich.

Hruza hatte die Begräbnisrituale schon öfter erlebt, aber er war immer wieder aufs Neue fasziniert von dem Vorgang. Wie gerne wäre er mit den Trägern in die Begräbnishöhle gegangen! Wie würde es darin wohl aussehen? Dunkel? Was war mit seinen Urgroßeltern geschehen, die ja schon vor langer Zeit dort bestattet worden waren. Waren sie vielleicht schon aufgebrochen in ihr neues Leben? Haben sie die Beigaben ihrer Familie und die der anderen Dorfbewohner gebrauchen können? Er nahm sich fest vor, auch einmal zu den Begräbnisträgern zu gehören, wenn er größer war.

Im Haus des Druiden wurde ein Festmahl für das ganze Dorf aufgetischt. Es wurde ein lautes Fest, wie Melcho es geliebt hätte! Mit voranschreitender Stunde und einer gehörigen Menge selbstgebrauten Bieres wurden die Gäste lauter und fröhlicher und stimmten wilde Kriegsgesänge an, wie sie sie von ihren

Vorfahren kannten. Hruza fiel spät abends todmüde auf sein Schlaflager und schlief sofort und traumlos ein.

Nur drei Wochen später fand Kina ihre Großmutter Owisa morgens tot auf ihrem Lager in der Nähe der Kochstelle vor. Sie war einfach eingeschlafen und nicht wieder aufgewacht. In den letzten Tagen hatte sie oft davon geredet, dass sie Melcho unendlich vermisse und sie ihm fast schon ein bißchen böse war, dass er sie nicht in sein neues Leben mitgenommen hatte. Owisa sah sehr friedlich aus, ja man hatte schon fast den Eindruck, als lächele sie!
Wieder wurde die Grabkammer geöffnet, damit Owisa und Melcho nun gemeinsam in ihr neues Leben starten konnten…

 Segari machte sich nach der Totenfeier wieder einmal auf den Weg in den Wald. Hruza beobachtete den Aufbruch des alten Druiden. „Segari, wohin gehst Du?", fragte der Junge neugierig. Segari lächelte ihn an und sagte: „In den Wald. Ich muss neue Kräuter sammeln und den Wald um Erlaubnis bitten. Heute Nacht wird der Mond sich ändern und die Sterne werden sich neu ausrichten, dann werde ich wissen, wo ich suchen muss, um die besten Kräuter zu finden." Hruza fand das total spannend und ließ nicht locker: „Segari, nimmst Du mich mit? Ich kann Dir helfen und suche mit Dir. Ich kenne mich gut aus im Wald. Und ich habe keine Angst, auch im Dunkeln nicht!" „Nein Hruza, das geht nicht", sagte Segari ernst, der innerlich über den Eifer des Jungen schmunzeln musste, „nur Druiden und ihre Novizen dürfen die heiligen Bäume um Erlaubnis fragen. Du weißt doch, dass ich jetzt erstmal ein paar Tage nicht da sein werde und ich darf Dir nicht sagen, wohin ich gehe…!"

Das befriedigte Hruzas Neugierde natürlich überhaupt nicht! Im Gegenteil, jetzt wollte er es erst Recht wissen und beschloss, Segari heimlich zu folgen, wenn dieser spätabends aufbrach.

Als Hruza am nächsten Morgen aufwachte und zum Haus des Druiden lief, ärgerte er sich sehr. Er hatte den Aufbruch seines großen Freundes verschlafen. So nahm er sich fest vor, bei dem nächsten Aufbruch Segaris in den Wald besser aufzupassen!

Aber heute musste er auch mit seinem Vater und den anderen Männern aus dem Dorf aufbrechen, um im Salzbergwerk zu arbeiten. Auch Guiwa und Kina gingen heute mit, um noch ein paar Kräuter im Wald zu sammeln. Sie wanderten erst ein Stück durch den Wald in Richtung Berg, bis sie vor einer dunklen hohen glatten Felswand standen, die eine Art Halbkreis bildete und eine Öffnung hatte wie einen Höhleneingang. Hruza war schon oft heimlich hier gewesen. Eigentlich durfte er nicht allein so tief in den Wald gehen und die Felswand erhob sich wirklich drohend wie aus dem Nichts. Er hatte sich auch schon vorsichtig dem vermeintlichen Höhleneingang genähert. Aber je näher er dem Felsspalt gekommen war, desto kleiner erschien er ihm, bis er kaum mehr zu sehen war. Das lag daran, dass der Höhleneingang zur Seite abknickte, so dass man ihn im Vorbeigehen nicht sehen konnte. Der Boden vor dem Halbkreis des Felsens war mit Sand bedeckt, auf dem man hervorragend Tierspuren studieren konnte. Hruza wusste, dass sich hier oft Rehe und Hirsche trafen. Auch Hasen-, Fuchs- und Vogelspuren gab es hier reichlich. Er konnte jede Tierspur deuten. Er konnte auch sehen, ob ein Tier verletzt war und hinkte.
Aber etwas war hier heute völlig anders! Der Boden war übersät von frischen Blättern. Die Bäume hatten gerade wieder frisch ausgeschlagen und begannen, in sattem Grün zu erstrahlen, der Winter war vorbei! Zwischen den Blättern waren menschliche Fußspuren zu sehen, eindeutig! Hruza lief von Fußabdruck zu Fußabdruck und untersuchte die Spuren im Sand ganz genau. Guiwa rief ihn zurück: „Hruza, komm weiter,

der Platz ist nichts für Kinder, wir müssen uns beeilen!" „Aber hier stimmt was nicht", rief Hruza aufgeregt, „hier ist irgend etwas passiert!" „Das geht uns nichts an!", sagte Tanor streng und zog Hruza am Arm wieder auf den Weg, der sich jetzt links am Felsen vorbeischlängelte um nach ein paar hundert Metern wieder geradeaus im Wald zu verschwinden. Hruza lief unwillig mit, ärgerte sich aber sehr. So etwas Interessantes und er durfte dem Geheimnis nicht auf die Spur kommen. Was war da passiert? Die Blätter waren eindeutig frisch von den Bäumen gefallen. Aber stop! Waren sie wirklich herunter-gefallen? Wenn er sich recht erinnerte, waren die Blätter doch teilweise an kleinen Ästen vom Baum gefa… nein! Sie waren eindeutig abgeschnitten und auf den Boden fallen gelassen worden! Und viele Menschen waren dort gewesen, das hatte Hruza an den vielen verschieden großen Fußabdrücken genau gesehen! Wieso waren in der Nacht so viele Menschen hier gewesen und hatten den Boden mit Blättern bedeckt? Und warum war dieser Ort nichts für Kinder, wie Guiwa sagte? „Mama, sag schon, was hier passiert ist, Du weißt es doch! Warum erzählst Du mir nicht, was Du weißt!", forderte Hruza mit Nachdruck. Guiwa schüttelte vehement den Kopf, dass die langen Haare nur so flogen und verzog das Gesicht, als hätte sie große Schmerzen. Dann ging, nein rannte sie wie panisch an den anderen vorbei und lief dann schnell voraus. Tanor bedeutete Hruza, jetzt nichts mehr zu sagen und ging mit ihnen in großem Abstand zu Guiwa zum Salzbergwerk.

Hruza nahm sich fest vor, am Abend noch einmal zum Berg zu gehen und den Ort genau zu untersuchen.

Am Nachmittag wurden im Bergwerk die Kinder mit ihren Müttern nach Hause geschickt, nur die Männer mussten noch arbeiten. Guiwa ging heute einen anderen Weg nach Hause als sonst und wirkte fröhlich und ausgeglichen. Sie wollte noch die Kräuter sammeln, damit der Eintopf heute Abend besonders würzig schmeckte. Heute hatte es kein Fleisch im Salzbergwerk gegeben und so mussten Kräuter die Mahlzeit schmackhaft machen. Die Kinder sammelten unterwegs fleißig mit und so fiel es auch Hruza gar nicht auf, dass sie den Platz vor dem Berg großräumig umgangen hatten.

Zu Hause halfen die Kinder beim Zubereiten der Mahlzeit, damit sie fertig war, wenn die Männer hungrig heim kamen. Als sie sich alle wieder um den Tisch versammelt hatten und sich fröhlich unterhielten fiel Hruza plötzlich wieder der Platz mit den Blättern ein! Er sprang auf und rief in die überraschte Runde: „Ich muss nochmal weg!", und flitzte um den Tisch herum Richtung Ausgang, wo Tanor ihn erwischte und aufhielt. „Na, wohin so eilig? Es ist gleich dunkel und ich finde nicht, dass es etwas so Eiliges gibt, das nicht auch morgen erledigt werden kann! Außerdem wird es gleich regnen, das rieche ich...", und wie zum Beweis schnupperte Tanor wie ein Hund in die Luft. Alle lachten und schnupperten auch mit ihren Nasen in die Luft, auch Hruza musste mitlachen. „Ach, ist nicht so wichtig...", murmelte er. Wie gerne wäre er noch einmal zum Berg gelaufen und hätte nachgesehen, ob er noch etwas herausbekommen könnte über den mysteriösen Blätterteppich. Tanor war in der Beziehung unerbittlich und wenn er entschieden hatte, wagte niemand, sich zu widersetzen. Also fügte Hruza sich und die Familie zog sich zum Schlafen in die jeweiligen Schlafbereiche zurück.

Hruza, Kina und Fran teilten sich eine Ecke des Hauses als Schlafplatz. Oft krochen sie zusammen unter eine Decke, wenn die Eltern schon schliefen. Dann flüsterten sie noch zusammen. Hruza erzählte seinen Geschwistern von seiner Entdeckung. „Ja, das habe ich auch gesehen", flüsterte Kina aufgeregt und fast zu laut! „Psst!", machte Fran und spähte unter der Decke her in Richtung Schlafplatz der Eltern, um sicher zu gehen, dass sie nichts mit bekommen hatten. „Segari ist doch im Wald. Ob er sich mit den Geistern des Waldes trifft?", überlegte Hruza halblaut, „oder vielleicht mit anderen Druiden?", meldete sich Fran zu Wort. Fran war der jüngste der Familie und eigentlich fand Hruza, dass sein kleiner Bruder noch nicht so viel von Druiden und Ritualen und der Natur wusste. Aber vielleicht irrte er sich auch und der Kleine hatte vielmehr Ahnung als Hruza dachte. Aber auch Kina spürte oft, wenn sich z.B. das Wetter änderte oder sie konnte sehr zielsicher sagen, wo im See eine gute Stelle zum Fischen war. Dort fingen sie immer mindestens einen großen Fisch! „Meint ihr, es ist gefährlich, wenn wir uns jetzt herausschleichen und zum Halbrundplatz laufen? Dann würden wir vielleicht herausbekommen, was da nachts los ist", raunte Kina mit leuchtenden Augen ihren Brüdern zu. „Stell Dir vor, Segari und die anderen heiligen Männer erwischen uns dort!", flüsterte Hruza beschwörend, „die jagen uns aus dem Dorf...!" Sie überlegten noch eine Weile schweigend jeder für sich. Auf einmal mussten Hruza und Kina unter der Decke kichern und hatten alle Mühe, dabei still zu sein. Fran war eingeschlafen und hatte auf dem Rücken liegend Arme und Beine von sich gestreckt, der Kopf war zur Seite gerollt und er atmete laut mit offenem Mund. Dabei schnarchte er so laut, dass seine Geschwister ruhig laut hätten sein können. Wenn von Fran's Krach niemand wach wurde, dann konnten sie auch kichern. Die beiden beschlossen aber, dass es wohl besser wäre, heute Nacht nicht nach Segari zu suchen und jetzt auch zu schlafen.

Aber Hruza fand keine Ruhe. Was hatte das alles zu bedeuten? Wen konnte er fragen? In Kina hatte er eine Verbündete, das wusste er. Aber Kina war auch noch ein Kind und genauso neugierig wie er. Sie war oft draufgängerischer als er, brachte sich aber damit auch in brenzlige Situationen. Andererseits hatte seine Schwester manchmal Vorahnungen, die ihn staunen ließen. Wenn sie allein im Wald oder auch auf dem Feld hinter dem Haus waren, sagte sie oft: „Lass uns nach Hause gehen, es wird gleich Gewitter geben." Hruza hatte sich abgewöhnt, dagegen zu protestieren, auch wenn den Himmel kein Wölkchen trübte. Sobald sie zu Hause waren, brach das Gewitter los ... !

Auch Tanor hatte Recht behalten mit seinem Instinkt für Wetter, es hatte in der Nacht ordentlich geregnet. Die Luft war feucht, aber frisch, als am nächsten Morgen alle wieder unterwegs waren ins Salzbergwerk. Als sie aus dem Wald heraus auf den sandigen halbrunden Platz vor der schwarzen Felswand traten, blieb Hruza wie angewurzelt stehen! Kina und Fran hinter ihm bekamen das zu spät mit und liefen von hinten aufeinander. Das konnte doch nicht wahr sein! Hruza traute seinen Augen nicht! Der Platz lag vor ihnen wie immer! Kein einziges Blatt, kein kleiner Ast war zu sehen, nur Sandboden! Und darauf im nassen weichen Boden zahlreiche Abdrücke von Tierpfoten, Vogelkrallen oder Hufen! Nichts deutete darauf hin, dass hier in der letzten Nacht etwas Ungewöhnliches passiert sein konnte. Hruza fragte Guiwa noch einmal, warum sie gestern gesagt hatte, dass dieser Ort nichts für Kinder sei und warum der Ort heute so anders aussah als gestern früh. Guiwa zögerte mit ihrer Antwort, das spürte Hruza. „Unsere Ahnen erzählten, dass halbrunde Lichtungen und Plätze kein Ort sind, an dem man sich lange aufhalten sollte. Sie bergen immer ein Geheimnis und verändern ihre Form oder ihre Beschaffenheit. Diese Orte sind den Bewohnern des Waldes vorbehalten, hier haben wir nichts zu suchen!" „Aber wir wohnen doch auch im Wald!"", sagte Hruza. Aber Guiwa sagte nichts mehr, blickte richtig ehrfürchtig in Richtung Berg und schien plötzlich viel kleiner zu sein, als sie wirklich war. Sie schlich förmlich am Felsen entlang, um wieder auf den Weg durch den Wald zu gelangen. Hruza ging nachdenklich weiter. Das wurde ja immer spannender. Er beschloss, Segari danach zu fragen, wenn dieser wieder ins Dorf zurück kam.

Aber Segari kam nicht wieder ins Dorf zurück. Aus den zwei oder drei Tagen, die er schonmal weg war, wurden Wochen und Monate, in denen Hruza sehnsüchtig auf den alten Druiden wartete. Die Tage wurden länger und der Sommer wurde sehr heiß. Der Platz vor dem Berg hatte sich nicht mehr verändert, seit Hruza ihn im Frühling mit Blättern übersät vorgefunden hatte. Der Weißdorn in Segaris Garten wucherte und Tanor stutze ihn hin und wieder. Auch der Haselstrauch hatte seine Früchte abgeworfen. Guiwa schickte die Kinder in Segaris Garten, um die Nüsse aufzusammeln, damit sie sie essen konnten.

Tanor und Guiwa kümmerten sich gern um das Haus des Druiden, wenn dieser wiedermal länger weg war. Aufgrund seines Alters hatte er schon seit längerer Zeit keine längeren Ausflüge mehr unternommen und auch Tanor und Guiwa begannen sich zu wundern, dass Segari so lange weg war. Aber Sorgen machten sie sich nicht. Wenn Segari etwas zugestoßen sein sollte, würden sie es schon erfahren. Dann käme ein anderer Druide zum Thingplatz und würde den Dorfbewohnern seine Geschichte erzählen. Dies passierte nur, wenn der eigentliche Druide des Dorfes nicht persönlich kommen konnte.
Irgendwann im Spätsommer kam Hruza aus dem Wald nach Hause und sah eine Bewegung in Segaris Garten. Hruza duckte sich schnell hinter der Weißdornhecke und schlich sich vorsichtig und sehr leise in Richtung der Bewegung an. Am Ende der Hecke streckte er den Hals vorsichtig vor um um die Ecke schauen zu können. Aber bevor er irgendwie reagieren konnte, hing er zappelnd und schreiend in der Luft und japste, weil ihm etwas den Atem abdrückte. Er konnte nicht sehen, was ihn da am Bauchgurt gepackt und mit großer Kraft von den Füßen gehoben hatte!

Schließlich fand er sich auf allen Vieren auf dem Boden wieder und er brauchte eine kleine Zeit, um sich vom Schrecken zu erholen. Als er, immer noch auf dem Boden sitzend langsam an den vor ihm stehenden Beinen hochsah, fühlte er sich klein wie eine Ameise. So hoch ragte Segari über ihm auf, der alte Druide wirkte doppelt so groß wie er er eigentlich war! Und er hatte einen unheimlichen Ausdruck im Gesicht, wirkte um Jahre gealtert, aber doch so kraftvoll, ja würdevoll, dass Hruza sich nicht traute, ihn freudestrahlend zu begrüßen. Konnte es sein, dass Segari ihn so hochgehoben hatte? Segari war ein alter Mann, er war schon alt, als Melcho in seinem Haus gestorben war! Verstohlen sah Hruza sich um, ob vielleicht noch jemand in der Nähe war. Aber die beiden waren allein und blickten sich ernst an. Einem unerklärlichen Instinkt folgend rappelte Hruza sich auf und verbeugte sich schweigend und tief vor Segari. Als er wieder aufrecht stand und nicht recht wußte, wie er sich jetzt verhalten sollte, tat Segari es dem Jungen gleich und verbeugte sich schweigend und tief vor ihm. Dann drehte sich der Druide bedächtig um und ging langsam in sein Haus.

Hruza hatte dieses Erlebnis tief beeindruckt. Und er fühlte sich stark und mutig. Segari hatte sich vor ihm verbeugt! Vor einem Jungen, der sich hinter der Weißdornhecke angeschlichen hatte!

Aber Moment! Segari? Segari war seit Monaten weg gewesen! Er hatte keinem gesagt, dass er ging, und jetzt war er wieder da und nahm das Kind am Bauchgurt hoch und schwieg und verbeugte sich vor ihm? Hruza setzte sich wieder auf den Boden und lehnte an einem Holzpfosten, der einen Teil des Zaunes um das Druidenhaus darstellte. Was sollte er jetzt tun? Erwartete Segari, dass Hruza jetzt zu ihm ging und ihn willkommen hieß? Oder bedeutete diese unerwartete Begrüßung, dass er genau dies nicht tun sollte?

Er hörte ein kleines Rascheln neben sich und suchte mit den Augen nach einer Bewegung im Gras. Da hüpfte ein Rotkehlchen neben ihm aufgeregt hin und her und trippelte schnell in Richtung Ortsausgang. Es sah sich immer wieder um und lief zu Hruza zurück, um in einem kleinen Abstand zu dem Jungen wieder loszulaufen. Dabei piepste der kleine Vogel unaufhörlich, als wollte er Hruza etwas erzählen. Hruza kannte und liebte die Tiere aus dem Wald und freute sich über den kleinen Vogel. Doch dann war ihm, als könnte er verstehen, was der Vogel ihm sagen wollte! Fasziniert stand Hruza auf und folgte dem Rotkehlchen. Es sah sich immer wieder um, ob er ihm auch folgte. Das Rotkehlchen führte Hruza zum Thingplatz des Dorfes. Als sie angekommen waren, blieb Hruza erstaunt stehen. Der Platz war bedeckt von den Blättern der großen Buche und ein Windstoß wirbelte die Blätter durcheinander und Hruza befand sich plötzlich mitten in einem Strudel um ihn herum aufsteigender Blätter! Als hätte jemand „Stop!" gerufen, fielen alle Blätter wieder auf den Boden und um Hruza herum. Das Rotkehlchen hüpfte eifrig um den Blätterberg und den mittendrin stehenden Hruza und nahm immer wieder mit dem Schnabel ein Blatt auf, trug es ein Stück weiter in Richtung Dorf, ließ es dann fallen und blickte sich zu Hruza um. Er verstand und bückte sich, um eine Handvoll Blätter vom Boden aufzuheben. Er betrachtete den kleinen Ast mit drei Blättern genau und stellte überrascht fest, dass der Ast nicht abgefallen, sondern eindeutig auch abgeschnitten worden war. Er bückte sich noch einmal, um den nächsten Ast zu prüfen und zuckte plötzlich mit einem kleinen Schmerzensschrei mit der Hand zurück. Irgendetwas hatte ihm in die Hand geschnitten. Eine lange blutende Wunde zog sich vom Daumen aus einmal quer durch seine Handinnenfläche. Hruza hielt sich die Hand fest, von der das Blut auf den Boden tropfte. Er ärgerte sich. Das konnte doch nicht sein, da lagen doch nur Blätter! Mit dem Fuß schob er vorsichtig die Blätter zur Seite um zu sehen, was darunter lag. Da kam eine kleine goldfarbene Sichel mit einem Horngriff zum Vorschein, die Hruza unter dem Blätterberg nicht gesehen hatte. Er hatte mit der Hand voll in die scharfe Klinge gegriffen.

Hruzas Herz machte einen Sprung! Er hatte eine goldene Sichel gefunden. Das war ein wertvoller Fund und er war sicher, eine Druidensichel gefunden zu haben. Er wurde plötzlich ganz aufgeregt. Wem mochte diese Sichel gehören? Segari? Waren andere Druiden hier gewesen? Sollte er die Sichel einfach behalten? Er überlegte nur einen kurzen Moment und dann wurde ihm klar, dass er das heilige Werkzeug wieder dahin zurück bringen musste, wo es hingehörte. Und dabei konnte ihm nur sein Freund Segari helfen!

Er nahm die Sichel, legte instinktiv ein Thingbaumblatt in die blutende Hand und packte eine Handvoll Blätter in seinen Beutel. Er traute sich nicht, die

Sichel noch einmal zu berühren und trug sie trotz der blutenden Hand auf einem Blätterbett feierlich vor sich her ins Dorf. Andere Bewohner kamen aus ihren Häusern, zogen sich aber staunend und wispernd wieder zurück, als sie sahen, was Hruza da vor sich her trug. „Er hat eine heilige Sichel...", raunte es ehrfürchtig durch das Dorf. „Sie hat ihn geschnitten, das ist ein Zeichen...", flüsterten die Leute sich zu.

An Segaris Haus angekommen waren Hruza eine Menge Dorfbewohner in respektvollem Abstand gefolgt. Sie wollten mitbekommen, was Hruza vorhatte. Der ging etwas unsicher, ob er das Richtige tat, durch den Garten des Druiden zur Haustür und blieb dort unschlüssig stehen. Er wusste, wie wütend Segari werden konnte, wenn jemand an seine Sicheln und Messer ging. Vor allem Hruza wusste das, er war ja schon öfter der Versuchung erlegen und hatte mehr als einmal ordentlich Ärger bekommen.

Er nahm allen Mut zusammen und klopfte zaghaft an die Tür. Es dauerte eine gefühlte Ewigkeit, bis er schwere Schritte im Haus vernahm und sich die Tür ruckhaft öffnete. Hruza sog die Luft ein und zog den Kopf zwischen die Schultern, als würde ihn das schützen. Segari stand groß und respekteinflößend im Rahmen und sah auf den klein wirkenden Jungen herunter. „Hruza", sagte Segari sanft und freundlich, „Du blutest ja. Und Du hast die richtigen Blätter gefunden, um die Blutung zu stoppen, zeig mal her." Damit beugte er sich herunter, nahm Hruzas verletzte Hand, entfernte vorsichtig die Blätter des Thing-baumes und entdeckte dann die Sichel in ihnen. Er schien weder überrascht noch ungehalten. Er kümmerte sich nicht mehr um den Jungen, sondern nahm die Sichel in beide Hände und ging an Hruza vorbei in seinen Garten. Dort blieb er an der Weißdornhecke stehen, die inzwischen ein Meer von orangeroten Beeren trug. Segari schnitt mit der Sichel ein paar Äste ab, entfernte geschickt die langen Dornen und kam zu Hruza zurück, der wie versteinert immer noch vor der offenen Haustür stand, die blutende Hand mit der Innenfläche nach oben von sich streckend. Segari kam zu ihm zurück, legte ihm die Weißdornzweige in die verletzte Hand und drückte mit seinen großen Händen Hruzas kleine Hand zusammen. Es tat gar nicht weh, wunderte sich Hruza. Er sah zu Segari auf und bemerkte, dass Segari seine Lippen bewegte, wie als würde er stumm Formeln sprechen. Dazu rollte er zwischendurch die Augen und sah fast komisch dabei aus, aber Hruza „spürte" die Kraft des Rituals!

Als Segari die kleine Hand wieder öffnete, war die Blutung gestillt und ein roter feuchter Streifen zog sich einmal quer durch Hruzas Hand. Segari wickelte ein Leinentuch darum, drehte Hruza an den Schultern herum und wies mit dem Finger in Richtung des Hauses, in dem Hruza wohnte. Segari sprach kein einziges Wort.

Schweigend nickte Hruza und ging wie in Trance auf sein Elternhaus zu, aus dem in diesem Moment Guiwa stürzte um ihren Sohn in Empfang zu nehmen. „Was ist passiert?", rief sie im Laufen und nahm Hruza in die Arme. „Deine Hand! Wie ist das passiert? Hast Du Dich geschnitten?" Die Worte sprudelten nur so aus ihr heraus. Auch Kina und Fran liefen aus dem Haus, um zu sehen, warum so viele Menschen auf den Beinen waren und ihre Mutter so aufgeregt war. Alle redeten plötzlich durcheinander: „Hruza hat eine Sichel von Segari gestohlen!" „Nein, er hat sie gefunden und Segari hat sich bei ihm bedankt, dass er sie zurück gebracht hat!" „Ach was, Segari hat ihm die Sichel geschenkt!" „Unsinn, ein Druide verschenkt seine Sicheln nicht!" Und so weiter …

Hruza blieb auf halbem Weg nach Hause stehen und wehrte sich dagegen, dass Guiwa ihn ins Haus ziehen wollte. Laut sagte er: „Segari hat mir ein Zeichen geschickt, damit ich seine Sichel finde! Dabei habe ich mich geschnitten und Segari hat meine Hand wieder gesund gemacht!" Guiwa, die großen Respekt vor allem hatte, das irgendwie an Zauberei grenzte, war ganz aufgeregt. Sie ließ Hruza los und ging respektvoll, aber auch mit Würde zu Segaris Haus zurück und segnete es mit einem rituellen Handzeichen. Sie „malte" mit den Händen geheime Zeichen in die Luft, während sie sich langsam auf die Haustür zu bewegte. An der Tür angekommen legte sie beide Hände und die Stirn an das Holz und murmelte leise Worte, die keiner der Umstehenden verstand. Hruza hörte die Worte seiner Mutter nicht, verstand sie aber ganz genau!

Die Wunde in der Hand heilte nur langsam. Sie schmerzte und brannte höllisch, wenn Hruza im Salzbergwerk die wollenen Säcke zur großen Treppe schleppte und mit Hanfseilen festzurrte. Er half sich mit Leinentüchern, die er um die Hand wickelte. Darunter hatte er einen Sud aus Weißdornrinde und dessen Beeren aufgetragen. Den Sud hatte er selber hergestellt, Guiwa wollte ihm helfen, aber er lehnte jede Hilfe kategorisch ab! Guiwa beobachtete ihren Ältesten genau und war sowohl stolz als auch beunruhigt über die Entwicklung, die er nahm. Hruza war seit dem Erlebnis in Segaris Garten verändert. Er wirkte erwachsener und wenn jemand krank oder verletzt war, wußte Hruza schon, was zu tun ist. Aber die anderen Bewohner des Dorfes trauten dem Jungen nicht und fragten immer bei Segari nach, was er raten würde. Segari ordnete immer das an, was Hruza schon zuvor gesagt hatte. Hruza nahm das selbstverständlich hin und machte sich darüber keine weiteren Gedanken.

Die Wunde in seiner Handfläche vernarbte mit einer dicken Wulst und blieb tiefrot. Wenn er die Hand länger nicht benutzte oder er morgens aufwachte, musste er die Hand oft massieren und durchbewegen, damit er sie öffnen konnte. Heimlich probierte er, sich selber eine Paste aus den Pflanzen und Bäumen des Waldes zu kochen oder eine Kräutermischung herzustellen, die die Narbe in seiner Hand geschmeidiger machen würde. Er wollte es einfach selber herausfinden, Segari um Rat zu fragen traute er sich nicht. Alles, was er ausprobierte, half nur kurz und brachte

nicht den gewünschten Erfolg. Er saß gerade wieder auf einem Ast einer Blumenesche, die gerade in voller Blüte stand. Die weißen feinen Blüten übersäten die gesamte Baumkrone und überdeckten fast das satte Grün der Blätter. So fand Hruza „seine" Esche am Schönsten. Er wollte mit seinem Messer ein paar junge Triebe schneiden, als er neben sich eine Bewegung wahrnahm. Ein Rotkehlchen - oder war es das selbe Rotkehlchen, das ihm beim Finden der goldenen Sichel geholfen hatte? - hüpfte neben Hruza von rechts nach links auf dem Ast herum und zwitscherte aufgeregt. Es waren einige Monate vergangen, seit er sich an der Hand verletzt hatte, aber er erinnerte sich sofort an den kleinen Vogel. Nun war wieder Frühling und der ganze Wald blühte auf und endlich konnte Hruza wieder auf die Suche nach frischen Trieben gehen. Auch das Rotkehlchen war auf der Suche; allerdings eher nach Futter oder Material für den Nestbau. Der kleine Vogel hüpfte auf die Erde und sah zu Hruza hoch. Als dieser keine Anstalten machte, vom Baum herunter zu kommen, flog das Rotkehlchen wieder neben ihn und hüpfte laut zwitschernd sofort wieder herunter. „Halt stop", dachte Hruza, „was hat es da gerade gesagt?", und im selben Moment dachte er „Was für ein Unsinn, es zwitschert nur!" „Ja", zwitscherte das Rotkehlchen „ich zwitschere mit Dir. Du brauchst nicht laut zu antworten, ich verstehe Deine Gedanken auch so …"
Hruza saß wie versteinert auf seinem Ast und traute sich nicht, etwas zu denken oder sich zu bewegen. Aber dann erinnerte er sich daran, dass Segari ihm mal vor langer Zeit gesagt hatte, dass die heiligen

Männer im Wald mit dem Wald leben und dort nur überleben können, wenn sie sich auf die Sprache des Waldes einlassen. Also auch auf die Sprache der Tiere. Konnte das sein? Konnte Segari tatsächlich mit dem Wald und den Tieren reden? Und verstehen, was sie dachten, fühlten und vielleicht sogar sprachen?

Hruza sah das Rotkehlchen an, das nun wieder neben ihm saß. „Ich kann Dir helfen, das richtige Kraut für Deine Hand zu finden", sagte es in seinem Zwitschergesang, „Du musst nur Dir selbst vertrauen!" Hruza nickte langsam und begann, vom Baum herab zu steigen. Bildete er sich das ein, oder neigte der Baum seine Zweige wie lange Arme nach unten, damit er besser herunterklettern konnte? „Nein, nicht möglich!", dachte er beim Weggehen. „Traue Dir selbst", raunte der Baum und reckte seine Zweige wieder zurecht - so, wie sie vorher waren.

Hruzas Kopf war voller Gedanken, er stolperte hinter dem Rotkehlchen her und war doch mit seinen Gedanken komplett in diesem Wald. Er hörte plötzlich ein Rauschen und Raunen aus den Bäumen. Sie alle waren freundlich und ließen ihn durch, wenn ein Weg versperrt war. Die Wurzeln der Waldriesen schienen sich dicht an den Boden zu pressen, wenn Hruza Schwierigkeiten hatte, über sie hinweg zu steigen. War er vorbeigegangen, sah er im Herumdrehen, wie sich die Wurzeln gemächlich wieder ihren Platz suchten und zur Ruhe kamen. Fast hätte er auf einen kapitalen Hirschkäfer getreten, im letzten Moment konnte er seinen Fuß wegdrehen! Kam da ein Gefühl der Dankbarkeit aus der Richtung des Hirschkäfers?

Was war das für ein eigenartiger Traum, in dem er sich da befand...

Langsam lichtete sich der Wald und gab den Blick auf eine kleine Lichtung frei. Hier wartete das Rotkehlchen auf seinen Begleiter. Hruza traute seinen Augen nicht: er stand inmitten eines riesigen Feldes mit Arschwurz! Er hatte die Blätter der Pflanze immer als Hilfsmittel zum Säubern angesehen und den Saft zur Heilung offener Wunden! Klar, wenn man die Pflanze abbrach, kam eine Flüssigkeit aus dem Stiel und auch aus den Rippen der Blätter. Ob dies die Lösung war? War der Saft auch gut für seine Narbe? Er bückte sich, um ein paar Blätter des Arschwurzn abzuschneiden und steckte diese dann in einen ledernen Beutel, den er immer mit sich herumtrug. „Trage einfach ein Blatt immer in Deiner verletzten Hand, zerquetsche das Blatt, so dass die Flüssigkeit an die Narbe kommt", hörte er das singende Zwitschern des Rotkehlchens, das ihn von einem Baum aus beobachtet hatte. Er nickte dem kleinen Tier zu und fühlte sich plötzlich genauso klein wie der kleine Vogel. Eine tiefe Dankbarkeit und Demut überfiel den Jungen als ihm bewusst wurde, dass er ein Teil dieses ganzen Systems war! Er gehörte einfach zu diesem Wald, zu diesen Tieren und den Bäumen, die ihm den Weg wiesen, die ihm Platz machten, damit er sich sicher bewegen konnte. Er hörte auf, sich gegen den Zauber zu wehren. Er nahm jetzt einfach an, was diese Natur ihm anbot und zweifelte nicht mehr daran, dass er tatsächlich mit einem Rotkehlchen sprach, dass der Baum ihn wirklich sanft auf dem Waldboden abgesetzt hatte und die Wurzeln sich für ihn klein gemacht hatten, damit sie sich danach wieder wohlig ausstrecken konnten.

Hruza ging mit seinem Beutel voller Blätter wieder zu dem Platz, an dem er seine Versuche unternahm, Extrakte und Salben herzustellen. Er hatte sich die kleine Höhle in dem Bergmassiv dafür ausgesucht, an der die Familie vorbeilief, wenn sie zum Salzbergwerk gingen. Die Einbuchtung im Felsen hatte ja die kleine nach links abknickende Nische, in der Hruza jetzt seine Gerätschaften versteckte. Dies war sein Geheimnis, er hatte niemandem davon erzählt. Aber jetzt wurde ihm plötzlich bewusst, dass ja der gesamte Wald sein Geheimnis kannte! Das Rotkehlchen hüpfte oder flatterte lebhaft immer in seiner Nähe, die Bäume raunten ihm rauschend und knarzend zu und ein Reh blickte aus dem Dickicht auf, blieb aber reglos stehen. Es hatte keine Angst und Hruza spürte die innere Ruhe des Waldtieres. Da überfiel auch Hruza eine unglaubliche Ruhe, wie er sie noch nie gespürt hatte. Bedächtig holte er seine Utensilien aus der Nische der Höhle und begann, mit den mitgebrachten Blättern zu experimentieren. Er kochte die Blätter des Arschwurzn im Ganzen und ließ sie ein bißchen abkühlen. Gerade wollte er sich ein paar der Blätter in die Hand legen, als das Rotkehlchen begann, an Hruzas Beutel herumzuzerren. „Was ist los?", fragte Hruza. „Lege ein Blatt des Thingbaumes dazu, das wird noch besser helfen", riet das Rotkehlchen und hüpfte aufgeregt um den Beutel herum. „Stimmt, die Thingbaumblätter habe ich ganz vergessen! Hoffentlich sind sie überhaupt noch brauchbar!", rief er, dachte, dass das ja nicht schaden könne und nahm ein Blatt aus dem

Beutel. Das Blatt war nun schon alt, es lag ja schon lange in dem Beutel. Trotzdem wirkte es frisch und geschmeidig. Komisch, dachte Hruza, es müsste entweder faulig oder vertrocknet sein... Er legte es kurzentschlossen so wie es war mit dem Arschwurzblatt in seine Handinnenfläche auf die Narbe. Dann band er ein breites Lederband um die Hand, damit er weiterarbeiten konnte.

So vergaß Hruza oft die Zeit und hastete schnell nach Hause, wenn er bemerkte, dass die Sonne schon wieder unterging. Guiwa bemerkte natürlich, dass mit ihrem Sohn eine Veränderung stattgefunden hatte. Aber Hruza war inzwischen schon 11 Jahre alt und kein Kind mehr. Als er wieder einmal spät nach Hause gehastet kam, legte sie ihm wortlos eine Handvoll Möhren auf den Tisch und ein Messer daneben. Ebenso wortlos fing Hruza an, die Möhren zu schälen und in Stücke zu schneiden. Guiwa sah, dass ihr Sohn mit seinen Gedanken ganz woanders war. Bestimmt nicht beim Möhren schneiden! „Sag mal", begann Guiwa zögerlich „was treibst Du eigentlich den ganzen Tag im Wald. Triffst Du Dich mit jemandem?" Hruza wurde puterrot. Hatte Guiwa ihn beobachtet? Wußte sie von seinem Geheimnis? „Nein, ich streife durch den Wald. Manchmal bin ich auch am See und versuche, uns einen Fisch zu fangen, aber das hat ja bisher noch nicht geklappt", erzählte Hruza möglichst lässig und versuchte dabei, ein unauffälliges Gesicht zu machen. Aber das funktioniert bei Müttern meistens nicht. Hruza merkte das auch und hoffte, Guiwa würde es dabei belassen. Er reichte seiner

Mutter die Schüssel mit den geschnittenen Möhren und dabei fiel Guiwas Blick auf die Hand ihres Sohnes. „Hast Du Dich wieder verletzt?", fragte sie und schaute neugierig auf den Lederschutz, den Hruza immer noch um die Hand gewickelt trug. „Nein, das Lederband habe ich mir um die Hand gewickelt, weil das Salz im Bergwerk immer noch in der Wunde brennt, wenn sie wieder ein bißchen aufgegangen ist", erklärte Hruza und war froh, von dem anderen Thema ablenken zu können. „Gute Idee", lobte Guiwa. Hruza war erleichtert! Er setzte sich an den großen Tisch und begann langsam, die Lederbinde abzuwickeln. Unauffällig ließ er das Arschwurzblatt und die Buchenblätter in seinem Beutel verschwinden und traute seinen Augen nicht: die rote Wulst, die seit Monaten seine Innenhand quälte, war hellrosa und genauso flach wie der Rest der Hand. Die offene Stelle, die sich immer wieder entzündet hatte, wenn er mit Salz in Berührung kam, war verheilt und nicht mehr erkennbar. Vorsichtig bewegte er die Hand und schloss sie zur Faust. Kein Problem! Guiwa beobachtete aus der Kochecke aus dem Augenwinkel heraus die Übungen, die Hruza da veranstaltete und kam nun neugierig näher. Sie sog hörbar die Luft ein, als sie Hruzas Hand sah! „Warst Du bei Segari? Hat er Dir nochmal eine Paste gegeben? Welcher Zauber ist da geschehen?" Guiwa sah Hruza mit großen Augen ungläubig an! Hruza wusste, dass seine Mutter an die magischen Kräfte der Natur, aber auch an die der Gottheiten und der großen Männer glaubte. Dazu gehörte natürlich auch der Glaube an böse Mächte und Orakel. Hruza nahm allen Mut zusammen und vertraute sich ihr an: „Ich kann die Tiere im Wald verstehen. Und auch die Bäume. Wenn sie rauschen, verstehe ich, was sie mir mitteilen wollen. Ein Rotkehlchen taucht immer bei mir auf und führt mich zu Stellen im Wald, die ich noch nie gesehen habe, obwohl sie täglich auf meinem Weg liegen! Es hat mir gezeigt, wie ich ein Kraut für meine Hand finde. Ich konnte das alles erst gar nicht glauben, aber als ich es einfach hingenommen habe, habe ich den Wald verstanden! Und jetzt ist meine Hand plötzlich wieder fast, als wäre nie etwas geschehen! Kannst Du mir das glauben?"

Guiwa hatte Tränen in den Augen und nahm Hruza in die Arme. „Ja mein Kind, das kann ich! Und ich sehe es ja auch! Und ich sehe, dass Du erwachsen wirst. Ich verrate Dir jetzt mein Geheimnis: ich denke auch oft, der Wald spricht mit mir. Ich weiß, das klingt völlig verrückt, aber manchmal denke ich, dass ein Baum mir nachsieht. Oder dass ein Eichhörnchen mich von Ast zu Ast springend begleitet und mir etwas erzählen möchte. Oder dass die Wurzeln der Bäume unter unseren Füßen alle miteinander verbunden sind und sich so unterhalten. So, als wüßten die Bäume, dass wir jetzt vorbeigehen werden…". Guiwa war ins Träumen geraten und erschreckte sich, als Kina und Fran laut lachend ins Haus traten. Verschwörerisch schauten Hruza und Guiwa sich an und grinsten heimlich vor Freude über ihr gemeinsames Geheimnis…

In der Nacht konnte Hruza nicht schlafen. Er dachte lange darüber nach, was seine Mutter ihm heute anvertraut hatte. Konnte es sein, dass seine Mutter eine „Seherin" war? Wie oft schon hatte sie eine Vorahnung gehabt, dass etwas passiert. Als die große Eiche, die früher auf dem Thingplatz stand von einem Blitz gespalten und in Brand gesetzt worden war, hatte Guiwa am Abend davor der Familie erzählt, dass ein großes Feuer kommt, das aber niemandem gefährlich werden würde. Im selben Moment zuckten die ersten Blitze am Himmel, lautes Donnergrollen wurde zwischen den Bergen hin und her geworfen und verstärkte sich dadurch zu furchterregender Lautstärke. Kurz darauf hörte die Familie einen langgezogenen Ton, als ein Wachtposten am Dorfrand in ein großes Horn blies. Das ganze Dorf war auf den Beinen, um die Eiche mit Seewasser zu löschen und zu retten. Aber die Eiche war schon uralt und hatte keine Kraft, sich gegen das Feuer zu wehren. Alles Wasser half nicht. Enttäuscht und verzweifelt standen die Dorfbewohner auf dem Thing um die verkohlten Überreste der Eiche herum und wussten nichts zu sagen. Am nächsten Morgen beschloss der Dorfälteste mit seinem Dorfrat, zu dem auch Melcho gehörte, die Buche, die am Rand des Platzes hoch aufragte und ein breites Blätterdach bot, zum Thingbaum zu erklären. Viele Abende und Nächte vollzogen die ältesten und weisesten Männer und Frauen des Dorfes Rituale und segneten den Baum! So kam es, dass Guiwa als Melchos Tochter an den rituellen Handlungen teilhaben durfte. Während dieser Zeit merkte, sie, dass die Buche für sie nicht einfach ein Baum war, der halt auf einem Thingplatz stehen musste, sondern dass von diesem Baum etwas ganz besonderes ausging. Guiwa wusste lange nicht, ob der Baum ihr „gesagt" hatte, dass sie eine ganz besondere Gabe besäße, oder ob sie das geträumt hatte. Damals war sie so alt wie Hruza jetzt und auch sie traute sich nicht, sich jemandem anzuvertrauen.

Wußte Tanor davon? Tanor war jetzt im Rat der Dorfältesten und musste doch dann auch die Rituale kennen. Hruza warf sich auf seinem Lager herum und grübelte. Warum war Guiwa im Dorf nicht als weise Frau angesehen? Seherinnen hatten in anderen Dörfer großes Ansehen, das wusste Hruza. Sollte er Guiwa fragen? Oder Segari?

Segari! Hruza musste unbedingt morgen zu Segari laufen, und ihm seine Hand zeigen! Vielleicht würde der Druide Hruza ja auch noch ein Geheimnis seiner Heilkunst verraten! Er strich sich mit einem Finger über die Narbe in seiner Innenhand und war sehr stolz, dass die Narbe kaum noch zu ertasten war und auch nicht mehr weh tat. Darüber musste er dann wohl doch eingeschlafen sein...

Hruza war seit seiner Verletzung durch die Sichel nur noch selten bei Segari gewesen. Er wußte nicht, wie er sich dem weisen alten Mann nähern sollte. Segari hatte damals zwar freundlich, aber doch seltsam abwesend und schweigsam die Wunde versorgt und ihn dann weggeschickt. Jetzt traute sich Hruza durch den massiven Holzzaun, der Segaris Haus umgab und nur einen schmalen Durchlass als Eingang frei ließ. Er klopfte an die hölzerne dicke Tür und hörte schnell sich nähernde Schritte aus dem Inneren des großen Hauses. „Hruza, das ist aber ein schöner Besuch", wurde er von Segari empfangen, „Komm herein, was gibt es zu erzählen?" Hruza war verunsichert und überrascht. War Segari schon wieder gealtert? Sein Gesicht war braungebrannt, vom Wetter gegerbt und von tiefen Falten zerfurcht, seine langen Haare standen grau und weiß wild vom Kopf ab und sein weißer Bart war so lang geworden, dass er sein Ende mit dem Stoffgürtel seines Gewandes vor dem Bauch festgebunden hatte. Aber er war immer noch groß und schlank, von Bauch konnte nicht die Rede sein. Auch seine klugen, stechenden blauen Augen blitzten noch so wach und freundlich wie immer! Wieder einmal fragte sich Hruza, wie alt Segari wohl sein mochte...

Segari ging vor Hruza her in das Innere des geräumigen Langhauses. In der Mitte des riesigen Raumes stand ein großer Holztisch, auf dem sich Berge von Kräutern, Wurzeln, Gräsern und Federn türmten, aber auch wassergefüllte Eimer mit Muscheln aus dem See darin und Eimer mit Kalk oder Moor. Es standen metallene, hölzerne und steinerne

Gefäße und Schalen herum, Mörser lagen daneben, auch Messer, Sicheln und Steinbeitel. In mehreren der Holz- oder Steinschalen lagen unzählige kleine Tierknochen, die mit geheimnisvollen Zeichen verziert waren. Hruza wusste, dass Segari diese für Weissagungen und Orakel brauchte. Eine eigenartige starke Kraft zog Hruza zu den Schalen mit den Knochen und Runenzeichen hin. Er konnte den Blick kaum davon lösen!

Eine große Steinplatte lag am Ende des Tisches. Diese brauchte Segari, um Kräuter zu schneiden. Direkt neben dem Tisch stand der große Eisentopf auf einer Feuerstelle. Genau darüber hatte das Dach des Hauses einen Abzug, damit der Rauch und die Dämpfe nach oben abziehen konnten. An einer weiter entfernteren Hauswand stand noch ein kleinerer Tisch mit zwei groben Holzstühlen. Segari empfing nicht oft und nicht gern Besuch, deshalb fiel der gastfreundliche Bereich des Hauses eher spärlich aus. In einer anderen Ecke hatte Segari sich ein Nachtlager gebaut. Es bestand nur aus einem Holzgestell mit einer Hafermatratze und einer aus dicker, grober Wolle gewebten Decke. Im hinteren Teil des Hauses stand ein weiterer großer Holztisch. Auf diesem konnte Segari Kranke untersuchen. Melcho war auf diesem Tisch gestorben...

Natürlich fand Hruza den großen, hoffnungslos überfüllten Arbeitstisch am spannendsten. Aber es gab noch mehr zu entdecken. Über dem großen Tisch hatte Segari aus der Höhe des Daches heraus an Seile befestigte Bretter, die wie riesige Regale von der

Decke aus über dem Tisch hingen. An der Unterseite der Regalbretter waren Haken aus Eisen, aber auch aus Zähnen von Keilern und auch kürzere Seile angebracht. An den Haken hingen nach der Größe sortiert außen die großen goldenen Sicheln, nach innen wurden diese immer kleiner. Hruza bemerkte, dass bei den kleineren Sicheln ein Haken frei war, eine war also entweder gerade in Arbeit oder lag einfach woanders. An den kurzen Seilen hingen büschelweise die verschiedensten Kräuter, Äste, Kornähren und auch Hasenpfoten und Hühnerkrallen.

So konnte Segari um seinen Tisch herumgehen und kam mühelos an alle Materialien heran, die er gerade brauchte. Hruza konnte das nicht! Obwohl er für sein Alter schon recht groß war, kam er nicht an die oberen Regale heran.

Er war noch nicht oft so weit ins Innere von Segaris Haus gekommen, dass er sich alles so genau hätte ansehen können. So holte Segari ihn jetzt aus seiner Faszination und fragte Hruza sofort nach seiner Hand. Woher wusste Segari, dass Hruza wegen seiner Hand bei ihm war? Er hätte ja auch wegen eines Schnupfens zu ihm kommen können…

Hruza streckte dem Druiden seine Handinnenfläche entgegen. Dieser nahm sie in seine Hände und drehte sie ein wenig in Richtung Licht, um sie genau betrachten zu können. „Erstaunlich…", murmelte Segari in seinen Bart und fuhr mit seinem Daumen über die flache, kaum noch sichtbare Narbe. „Hast Du das selber so hinbekommen, oder hat Guiwa damit etwas zu tun?", fragte Segari freundlich, aber nicht ohne einen neugierigen Ausdruck im Blick. „Guiwa?

Nein, Mama hat damit nichts zu tun. Ich habe ein paar Arschwurzblätter gekocht. Und die Buchenblätter des Thingbaumes, die ich vom Boden aufgesammelt hatte dazugegeben und heimlich einen Sud davon zubereitet. Am nächsten Morgen sah die Hand so aus!" Hruza erschreckte sich selber, als er merkte, dass er Segari eigentlich nichts von den Blättern erzählen wollte, die er auf dem Thingplatz mitgenommen hatte. Und dass er selber versuchte, Heilmittel herzustellen. Er wusste, dass dieses Privileg nur den Druiden zustand! „Du hast die Blätter des Thingbaumes genommen?" Segari hatte die Stimme erhoben und sah Hruza streng an. „Aber die Blätter lagen doch schon am Boden! Ich habe nichts genommen, was den Baum verletzen könnte! Ein Rotkehlchen hat mir gezeigt, dass ich sie nehmen soll...", versuchte Hruza, sich zu verteidigen und dachte im selben Moment, dass er sich wieder mal selbst verraten hatte! Hatte er Segari zu viel von seinem Geheimnis verraten? Konnte er Segari anvertrauen, dass ein kleiner Vogel ihn geführt hatte? Aber gerade Segari musste doch nachvollziehen können, dass die Natur in uns ist. Und genau das tat Segari auch. „Ach, das Rotkehlchen hat Dich geführt ...", sagte er leise wie zu sich selber, und dann an Hruza gewandt: „Haben die Bäume schon mit Dir gesprochen?" Auf diese Frage war Hruza nicht vorbereitet. Er wollte Segari doch eigentlich nur seine Hand zeigen. Hruza zögerte. „Jaaaa", sagte er gedehnt, wie um Segaris Reaktion abzuwarten, „ich glaube schon. Sie reden nicht wirklich mit mir, sie „rauschen" und ich habe das Gefühl, dass ich weiß, was sie sagen wollen... und...", Hruza beobachtete Segari ganz genau und versuchte, im Gesicht des alten Mannes eine Regung zu entdecken. Aber Segari sah den Jungen einfach nur freundlich an und forderte ihn mit seinem Blick auf, weiter zu erzählen. „Und?", fragte Segari nach einer Weile neugierig. Hruza holte tief Luft. „Und ich glaube, dass sie mir den Weg im Wald frei machen, wenn ich nicht durch das dichte Dickicht komme. Und dass sie mir mit ihren Ästen wie Arme entgegen kommen um mir zu helfen, auf sie drauf oder von ihnen runter zu klettern", beendete Hruza aufgeregt seinen Bericht.

Segari schien mit seinen Gedanken ganz weit weg zu sein, aber Hruza spürte, dass der Druide ganz nah bei ihm war. Fast war Hruza das unheimlich, aber er hielt es für besser, jetzt nichts mehr zu sagen. Er wartete ab.

„Hruza, alles, was Du mir gerade erzählt hast, habe ich als junger Mann genau so erlebt. Nur, dass es bei mir kein Rotkehlchen war, das mir den Weg gezeigt hat, sondern eine Haselmaus. Ich hätte sie gar nicht wahrgenommen, wenn sie mich nicht „angesprochen" hätte! Sie war sehr schnell im Wald unterwegs, das war sehr ungewöhnlich für so ein kleines Tier. Sie sprach mit den Bäumen und ich habe da zum ersten Mal wahrgenommen, dass Bäume ja auch Lebewesen sind. Warum sollen sie nicht mit anderen Lebewesen reden? Jedes Lebewesen hat halt seine eigene Sprache, wir müssen nur lernen, einander zu verstehen. Wenn der Thingbaum für Dich seine Blätter abgeworfen hat, dann ist das eine große Ehre!" Hruza war sehr erleichtert! Aber - Hruza war auch unsicher.

Der Thingbaum hatte ja seine Blätter nicht für ihn abgeworfen! Hruza hatte sie bereits abgeschnitten auf dem Thingplatz entdeckt, als er sich mit der Sichel in die Hand geschnitten hatte. Sollte er Segari davon erzählen? Oder wusste der weise Mann das sowieso schon? „Segari, warst Du immer schon Druide?", fragte er vorsichtig. Er wusste eigentlich nichts über Segari. Er war halt immer schon da gewesen und Hruza hatte sich nie gefragt, wo Segari eigentlich her kam. Aber Segari war plötzlich nicht mehr sehr gesprächig. „Ich war als Kind auch im Salzbergwerk, genau wie Du", sagte er und damit war für ihn das Gespräch beendet.

Nachdenklich ging Hruza nach Hause. Was hatte Segari gefragt? Ob Guiwa mit der Heilung etwas zu tun hätte? Guiwa war doch nicht heilkundig! Sie hatte Hruza zwar erzählt, dass sie mit den Ritualen des Thingbaumes vertraut war und sie auch oft dachte, der Wald rede mit ihr. War es das, was Segari meinte? Er nahm sich fest vor, Guiwa danach zu fragen.

Es sollte sich lange keine gute Gelegenheit zu einem Gespräch mit Guiwa ergeben. Alle, die nicht im Salzbergwerk arbeiteten, waren damit beschäftigt, auf dem kleinen Gemüsefeld hinter dem Haus zu arbeiten. Gerade im Frühjahr war es wichtig, dass die Früchte gut wuchsen, damit immer etwas geerntet werden konnte. Besonders das Getreide war wichtig; es war lange haltbar und sicherte die Versorgung mit Brot und Getreidesuppen. Dies war nahrhaft und sättigend, was vor allem im Winter dringend nötig war.

Hruza wunderte sich jedes Jahr aufs Neue, wieviel Arbeit dieser doch eigentlich kleine Nutzgarten machte, um optimalen Ertrag abzuwerfen. Da Hruza abgelenkt war, dachte er auch nicht mehr so oft daran, was er mit seiner Mutter noch besprechen wollte.

Trotzdem hatte er neue Ideen im Kopf. Er hatte beobachtet, dass Segari oft Blätter einer Birke, an der er gerade vorbei ging abrupfte und in seiner Hand knetete. Hruza fragte ihn, warum er das machte. Segari streckte Hruza seine Hände entgegen und dieser besah sich die runzelige, faltige Haut der Hände, die in ihrem Leben schon so viele Äste, Blätter und Wurzeln geschnitten und ausgegraben hatten. Die Hände waren zwar faltig aber überhaupt nicht rau und hatten auch keine Schwielen. Die Finger kamen Hruza an den Gelenken etwas dicker vor, als es eigentlich zu Segaris langen schlanken Fingern gepasst hätte. Der rechte Mittelfinger schien sich etwas nach innen zu drehen. Hruza sah Segari fragend an. „Tja Hruza, da macht sich dann doch das Alter bemerkbar", seufzte Segari lächelnd und bewegte demonstrativ seine Hand und die Finger. Der Mittelfinger ließ sich nicht mehr ganz krümmen. „Aber ich verrate Dir ein Geheimnis, wenn es Dich interessiert…" Hruza war ganz wild auf Segaris Geheimnisse! „Wenn Du das Öl der Birkenblätter nimmst und dann vielleicht noch ein Blatt des Thingbaumes dazu verreibst, bekommst Du eine schmerzlindernde Lösung. Damit reibe ich mir oft die schmerzenden Fingergelenke ein. Deshalb sind meine Hände auch nicht rau und schwielig, obwohl ich sie eigentlich genauso benutze wie ein Feldarbeiter. Auch für die Hände der Salzbergwerkarbeiter wäre das gut. Aber es wird noch besser: wenn ich dieses Öl in meine Haare und den Bart schmiere, sind die Haare nicht mehr so störrisch und auch mein Bart wird viel weicher!" Segari grinste gewinnend.

Hruza dachte kurz nach und hatte sofort eine Idee! Wenn er diese Lösung herstellen könnte, könnte er vielleicht in Zukunft auf die Ledermanschette um seine Hand verzichten und so die Narbe geschmeidig halten. Und auch seine Haare könnten ein bißchen geschmeidiger sein. Und den Haaren seiner Mutter täte eine solche Kur bestimmt auch gut!

Birkenblätter hinterließen eine ölige Substanz an den Fingern, wenn man das Blatt zwischen Daumen und Zeigefinger zerrieb. Nun musste Hruza eine Möglichkeit finden, das Öl, das dann an den Händen klebte, in einem Gefäß zu sammeln. Aber es war zu wenig Öl, das man aus einer Handvoll Blätter gewann. Die Haut saugte es sofort auf. Er verzog sich in sein kleines privates Höhlenlabor und packte einen ganzen Sack voll frischer Birkenblätter aus. Er nahm die Hälfte davon und legte sie auf einen Stein, der über einem kleinen Feuer an der Decke mit Eisenketten befestigt hing. Die Blätter welkten in Sekundenschnelle und fielen in sich zusammen. Hruza blies die Reste in eine Holzschale und wartete darauf, dass sie abkühlten. Dann mörserte er die trockenen Reste der Blätter zu einem Pulver. Dies versetzte er mit ein paar Tropfen Sonnenblumenöl und rührte das Ganze zu einer Paste. Diese sah unappetitlich grau aus und roch nach Verbranntem, nach Rauch und ein wenig ranzig. Aber das war der Junge gewöhnt. Er verdünnte die Paste mit Öl, bis sie geschmeidig war und warf noch ein paar Lavendelblüten in den Sud. Dann gab er den Sud in ein grobes Leinentuch, band es oben zusammen wie einen Beutel und hängte den Sack an einem Felsvorsprung in der Höhle auf. Darunter stellte er eine kleine Schale, die aus einem einzigen Stein geschliffen war. Langsam tröpfelte ölige Flüssigkeit in die kunstvoll glattgeschliffene dunkelrote Stein-schale...

Wiedermal musste Hruza sich beeilen, um pünktlich zu Hause zu sein. Guiwa sah ihm an, dass er etwas plante. „Und?", fragte sie neugierig. „Och", wand sich Hruza um die Frage herum „das wird eine Überraschung, ich bin noch nicht ganz sicher, was daraus wird...". Guiwa nickte wissend. „Ich habe als Kind auch immer probiert, mit der Natur zu leben. Ich habe oft verletzte oder kranke Tiere mit nach Hause gebracht. Einmal habe ich eine verletzte Amsel gefunden. Sie hatte einen gebrochenen Flügel. Ich habe ihn im Wald mit kleinen Stöckchen geschient und die Amsel vorsichtig nach Hause getragen. Sie war ganz ruhig und hat mich die ganze Zeit angesehen, als hätte sie weder vor mir noch um ihr Leben Angst. Mir war, als könnte sie meine Gedanken lesen und mir meine Angst um sie nehmen. Ich brachte sie zu Melcho, der zufällig gerade vor dem Haus war. Er sah sie sich kurz an und meinte dann: „Bring sie am Besten zu Segari, der weiß, was zu tun ist". Hruza fuhr mit einem Ruck auf! Segari? Guiwa kannte Segari schon so lange? Aber klar, Segari war ungefähr so alt wie Melcho. Und Melcho war mit Segari und anderen Dorfältesten im weisen Rat gewesen. Zusammen hatten sie die Beschwörungs-rituale auf dem Thingplatz durchgeführt, nachdem Guiwa das große Feuer vorausgesagt hatte. „Und was hat Segari gesagt?", fragte Hruza aufgeregt. „Er hat den Flügel der Amsel glattgestrichen und mit zwei Fingern vorsichtig jeden der kleinen feinen Knöchelchen des Flügels gerichtet. Die Amsel hat keinen Mucks von sich gegeben. So hatte er den gebrochenen Knochen im Flügel gerichtet. Dann hat er die Amsel in einen kleinen Korb gesetzt und an ein offenes Fenster gestellt, damit sie wieder in die Natur fliegen kann, wenn sie sich kräftig genug fühlt. Ich bin jeden Tag zu Segari gelaufen und habe nach ihr gesehen. Segari hat mir viel gezeigt in seinem großen Haus und der große Tisch hat damals schon ausgesehen wie jetzt. Ich durfte nichts berühren, genau wie Du, aber ich durfte immer zusehen, wenn er seine Pasten oder Tränke zubereitete. Einmal durfte ich in einem großen Topf mit einer zähen stinkenden

Paste, der über dem Feuer hing rühren. Große Blasen stiegen heiß aus dem Topf auf und zerplatzten mit einem lauten „Plopp"! Er stand hinter mir, sah mir über die Schulter und murmelte plötzlich unverständliche Laute, gestikulierte wild mit den Armen und warf kleine Bröckchen über meine Schultern in den Topf. Zwischendurch sagte er immer wieder völlig klar verständlich: „Rühren Guiwa, rühr weiter!", und dann murmelte er wieder, als spräche er eine andere Sprache. Plötzlich legte er mir beide Hände so fest auf meine Schultern, dass ich dachte, er wollte mich in den Boden drücken. Er stieß einen langgezogenen hohen Ton aus und dann mit ungewöhnlich hoher Stimme, die nicht zu ihm gehören zu schien eine Beschwörungsformel, die so ähnlich klang wie „Aaahrraggarataaohhhhlrrhighada!" Guiwa ahmte den langgezogenen hohen Ton nach und dann die Formel. Dabei zog sie fürchterliche Grimassen und Hruza musste sich sehr zusammen nehmen, um keinen Lachanfall zu bekommen. Guiwas kastanienbraune lange Haare standen ihr wild vom Kopf ab, sie schüttelte ihren ganzen Körper und sprang aufgeregt durch die Küche. Dabei tat sie die ganze Zeit so, als rühre sie kräftig in einer dicken Suppe. Dann plumpste sie mit gespielter Erschöpfung grinsend auf den Holzschemel und japste nach Luft. Doch plötzlich sprang sie auf, stellte sich hinter Hruza und legte ihm so fest die Hände auf die Schultern, dass nun Hruza dachte, sie wolle ihn in den Boden drücken. Hruza drehte den Kopf nach hinten, um zu sehen, was seine Mutter jetzt vor hatte. Sie erzählte atemlos weiter:

„Segari nahm plötzlich mit einem Ruck die Hände von meinen Schultern", und sie ließ abrupt Hruzas Schultern los, „und breitete seine Arme aus. Ich hatte das Gefühl um mindestens einen Kopf gewachsen zu sein und sah in den Topf, in dem ich immer noch fleißig rührte. Doch jetzt ging es viel leichter! In Sekundenschnelle war der zähe Brei in dem Topf, der so schwer zu rühren war eine feine geschmeidige goldfarbene Lösung geworden, die köstlich duftete! Ich war total erschöpft vom Rühren, aber ich hatte mich auch nicht getraut, einfach aufzuhören. Nun konnte ich vor lauter Überraschung nicht weiter rühren. Segari ließ sich sichtlich erschöpft aber zufrieden auf seinem Holzschemel nieder und meinte lächelnd zu mir: „Nimm Dir mal eine Hand voll aus dem Topf und reibe die Lösung in Deine Haare". Ich sollte in die kochend heiße Brühe greifen? Ich sah ihn entsetzt an. Er nickte aufmunternd mit dem Kopf in Richtung Topf. Ich nahm also allen Mut zusammen und griff in den Topf. Ein lauwarmes Öl strich um meine Finger in dem Topf und es fühlte sich unglaublich weich an. Diese Paste, die ich da gerührt hatte, kochte und brodelte vor einer Minute noch und schlug große Blasen! Und jetzt wanderte meine Hand in wohlig warmem Öl herum. Ich nahm meine Hand heraus und verrieb ein wenig davon in meinen langen Haaren. Sofort waren sie weich und glänzend, wie von Zauberhand…

Ich war durch dieses Erlebnis total fasziniert und fing genau wie Du damit an, mir aus selbst zusammengesuchten Kräutern und Blättern Pasten und Tränke zu kochen. Segari hatte immer ein offenes Ohr für meine

Kreationen und zeigte mir auch manchmal, wie ich die Tränke beschwören und besprechen konnte. Das war wirklich eine schöne Zeit", beendete Guiwa ihre Geschichte. Hruza hatte atemlos zugehört, er hatte ja keine Ahnung gehabt, wie Guiwa ihre Kindheit erlebt hat. „Ja, und dann? Wenn Du das doch alles kannst, wieso bist Du nicht Druidin und Seherin geworden?", fragte er aufgeregt. „Tja, da kommt einem im Leben schonmal was dazwischen...", lächelte Guiwa versonnen. „Jetzt erzähl schon, sonst kann ich wieder nächtelang nicht schlafen!" Guiwa musste über den Eifer ihres Sohnes lächeln.

„Als ich 14 war, beschlossen Melcho und Owisa, dass ich zu Segari gehen sollte, damit er mich als Seherin lehrt, mich mit den Göttern, den Geistern und den Geheimnissen der Natur zu verbinden. Aber das bestimmen nicht die Eltern, sondern der weise Mann oder halt die weise Frau des Dorfes, der Seher oder Druide, in unserem Fall also Segari. Wenn er nicht zu meinen Eltern käme, um mich als Novizin zu holen, hätte ich keinerlei Anspruch auf eine Ausbildung zur Seherin gehabt. Das wollte ich aber unbedingt werden. Andererseits hatte ich mich verliebt. Der Nachbarjunge gefiel mir sehr. Er war auch mit den Riten und Gebräuchen der Vorfahren vertraut, hatte aber keine besondere Gabe. Außer halt, dass er gerne draußen in der Natur war, den Garten seiner Großeltern, bei denen er lebte bearbeitete und auch in Segaris Garten immer Ordnung machte. Da habe ich ihn auch zum ersten Mal wahrgenommen. Ich kannte ihn ja aus der Kindheit, so groß ist unser Dorf ja nicht. Aber wir waren jetzt älter und naja, plötzlich keine

Kinder mehr..." „Und dann?" Hruza hatte wieder rote Ohren, wie immer wenn spannende Geschichten erzählt wurden. Aber diese Geschichte war ja keine Legende, sie war echt! Und beschrieb das Leben seiner Mutter vor 15 Jahren! „Bitte, erzähl schon weiter, was ist dann passiert?" Guiwa wurde ernst: „Ich musste mich entscheiden, und zwar nach Möglichkeit schnell! Mit 14 war ich schon relativ alt, um von Segari auserwählt zu werden. Weißt Du Hruza, wenn ein Dorf schon einen Druiden hat, kann sich dort kein zweiter Druide oder Seher, egal ob Mann oder Frau niederlassen. Ich hätte das Dorf verlassen müssen. Ich hätte für die langen Jahre der Ausbildung Tanor verlassen müssen". Hruza richtete sich sofort auf und wäre er ein Hund gewesen, hätten sich seine Ohren gespitzt aufgerichtet! „Tanor? Ihr kennt Euch schon so lange hier aus dem Dorf? Ich dachte, Du seist mit Melcho und Owisa auf der langen Wanderung über das große Wasser hierher ge-kommen!"

„Das ist eine ganz andere Geschichte, welche soll ich erzählen?" „Eigentlich beide, aber erzähl bitte weiter von Segari und Tanor und Dir..."

„Also gut. Auch wenn Tanor auf mich gewartet hätte, hätten wir uns beide zusammen ein anderes Dorf suchen müssen, in dem es noch keine Seherin oder Heilkundige gegeben hätte. Du weißt selbst, wie schwierig es ist, in einem anderen Dorf Fuß zu fassen. Die Clans bleiben unter sich und akzeptieren vielleicht eine Seherin, aber bestimmt nicht eine, die mit ihrem Mann, der einfacher Handwerker ist, neu ins Dorf kommt. Klar, wir hätten uns einfach zu zweit irgendwo niederlassen und einen eigenen Clan gründen können. Aber wir wissen alle, wie verloren wir ohne die Unterstützung unseres Clans sind.

Tanor konnte es sich nicht vorstellen, unser Dorf zu verlassen. Seine Großeltern hatten in großgezogen, sie waren schon älter, aber seine Eltern waren im Salzbergwerk bei einem Erdrutsch im Stollen ums Leben gekommen.

Als Segari dann tatsächlich ins Haus meiner Eltern kam, um mich als Novizin mit in den Wald zu nehmen, war ich so stolz! Und so traurig! Sollte ich mich jetzt freuen? Oder weglaufen? Oder mit ihm mitgehen? Das Dorf verlassen und es vielleicht nie wiedersehen? Und auch Tanor verlassen?

Wenn der Dorfdruide kommt, um ein Kind, das er zur Ausbildung ausgesucht hat abzuholen, gilt es als große Beleidigung, dieses Privileg auszuschlagen. Ich hätte riskiert, dass Melcho und Owisa das Dorf und ihren Clan verlassen müssen. Ich war sehr ver-zweifelt." Guiwa nahm diese Erinnerung sichtlich mit und sie wischte sich verstohlen eine Träne aus dem Augenwinkel. Aber Hruza war zu gebannt von diesem Bericht seiner Mutter als dass sie jetzt aufhören durfte, zu erzählen! „Und? Wie hast Du Dich entschieden, erzähl!", drängelte Hruza. Guiwa sah ihn fest an: „Ich bin am nächsten Morgen mit Segari gegangen. Ich hatte die ganze Nacht geweint und sah wohl morgens dementsprechend aus...", Guiwa musste leise lachen. „Segari hat mich völlig entsetzt angesehen, als wir uns von Melcho und Owisa verabschiedeten. Tanor habe ich nicht mehr gesehen, ich weiß nicht, ob ich dann auch gegangen wäre."

Hruza saß nachdenklich am Tisch. Wie würde es ihm gehen, wenn Segari kommen und ihn auserwählen würde? Gäbe es etwas, das ihn daran hindern könnte, mit Segari wegzugehen? Er hatte hier keine Freundin, war nicht verliebt, wie es seine Eltern gewesen waren. Aber er würde seine Eltern und Geschwister verlassen. Nach seiner Novizenzeit würde er erst nach Jahren vielleicht wieder ins Dorf kommen. An Guiwa gewandt, die ihren Sohn sehr genau beobachtete und natürlich längst wußte, was ihm durch den Kopf ging, fragte er: „Und wie ist dann alles so gekommen, wie es jetzt ist?" Guiwa stand auf, um sich um das Brot zu kümmern, das im Steinofen vor sich hin garte. „Hruza, ich konnte nicht bei Segari bleiben. Er hätte mich sowieso in ein anderes Dorf gebracht, in dem ich dann jahrelang gelebt und gelernt hätte. Vielleicht bei einer Seherin, deren Platz ich eingenommen hätte, wenn sie zu alt geworden und gestorben wäre? Segari hat mich nach ein paar Tagen zurück geschickt. Er meinte, meine Heilkräfte und meine seherischen Fähigkeiten reichten dann doch nicht aus, um eine gute Verbündete der Natur und der Götter und Geister zu werden. Ich war entsetzt, zerstörte er doch meinen Traum. Ich war erleichtert, weil ich in mein Dorf zurück gehen durfte. Ich war ängstlich, was meine Eltern sagen würden. Und ich war aufgeregt, weil ich nun doch Tanor wiedersehen sollte. Ich war nervös, weil ich Angst vor der Reaktion des ganzen Dorfes hatte. Das war schrecklich. Ich durfte mich nicht freuen und nicht traurig sein. Und ich fühlte mich sehr allein.

An dem Abend, als Segari mich wieder an den Waldrand brachte, von dem aus ich allein ins Dorf zurückkehren sollte, traute ich mich nicht. Ich saß allein unter einer Esche und weinte und zweifelte. Ich zweifelte an mir selber, weil die Esche nicht mehr zu mir sprach. Weil kein Waldbewohner mir noch einen Weg ebnete, mir zuraunte, was ich jetzt tun sollte. Weil ich nicht mal die Blätter der Esche hören konnte. Sie war so still … alles um mich herum war so still!

In dem Moment wurde mir klar, dass Segari Recht hatte! Meine Kräfte reichten nicht aus, um mich voll und ganz der Natur zu überlassen! Ich war für dieses Leben nicht auserwählt, nicht vorgesehen.

Jahre später hat Segari mir gestanden, dass er das schon wusste, als ich noch ein kleines Mädchen war! Aber er musste mich diesen Weg gehen lassen, damit ich selber drauf komme! Hätte er mir das gesagt, als er mich mit der Esche am Waldrand allein ließ, hätte ich es wohl noch nicht verstanden und wäre zutiefst verletzt und beschämt gewesen.

So kam ich am nächsten Morgen ins Dorf und Owisa empfing mich weinend mit offenen Armen, Melcho nickte mir lächelnd zu. Na ja, den Rest kannst Du Dir jetzt selber denken, denn sonst gäbe es Dich ja nicht!", lächelte Guiwa Hruza an.

„Aber Du hast doch immer noch diese Fähigkeiten. Ich sehe doch, dass Du den Weißdornstrauch beschwörst, dass Du Zeichen in die Luft machst und auch, dass Du Ritualgesänge und -sprüche kennst".

Hruza war hin und her gerissen von der Erkenntnis, dass seine Mutter auf dem Weg in eine Zauberwelt gewesen war und dann doch umkehrte. Von ihr konnte er vielleicht noch viel mehr lernen, als er es je für möglich gehalten hätte. Hruza fragte seine Mutter danach.

„Hruza, sage so etwas nie, wenn Segari dabei ist!", sagte Guiwa eindringlich und ernst. „Segari hat mir verboten, über diese Zeit zu reden und auch, Rituale durchzuführen! Wenn jemand einmal in der anderen Welt war, gibt es eigentlich kein Zurück. Außer Tanor und Dir weiß das niemand! Segari erzählt allen, er habe mich am Waldrand sitzen lassen, um meine Entscheidung noch einmal zu überdenken. Viele Dorfbewohner hier wissen nicht so recht, ob sie das glauben sollen und stehen mir deshalb skeptisch gegenüber. Die Älteren kennen mich ja ihr Leben lang und haben auch mitbekommen, dass ich damals das Feuer vorausgesagt hatte, das den alten Thingbaum niederbrannte. Segari hat mir streng verboten, einem meiner Kinder oder sonst jemandem irgendetwas von diesen Dingen zu erzählen oder gar beizubringen. Deshalb bin ich immer so neugierig, was Du so alles im Wald treibst. Deshalb habe ich Dich von dem Halbrundplatz im Wald weg gelockt. Ich habe auch gesehen, was Du gesehen hast. Aber es hätte böse Mächte geweckt, wenn ich Dich gelassen hätte. Der Wald mag unser Freund sein, aber er kann sich auch gegen uns stellen! Es rächt sich, wenn Unbefugte seine Ordnung stören.

Nachdem ich damals wieder nach Hause gekommen war, hat sich kein Tier des Waldes mehr um mich geschert. Die Rehe, die früher zu mir kamen, um sich streicheln und füttern zu lassen, liefen panisch vor mir davon. Keine Maus, keine Amsel nahm von mir Notiz. Und die Bäume schienen ihre Wurzeln noch enger zu schließen, wenn ich vorbei wollte, statt mir wie früher den Weg zu ebnen.

Erst als Du geboren wurdest, ließ mich der Wald wieder an ihm teilhaben. Ich habe Dich als Neugeborenes zu der alten Esche gebracht, unter der ich gesessen und darüber nachgedacht habe, wieder ins Dorf zurück zu gehen. Die Esche hat Dich gesegnet, sie ist Dein Lebensbaum! Jeder braucht einen Lebensbaum, der die Verbindung zwischen den Menschen und dem Reich der Natur herstellt. Ohne die Esche könntest Du diese Verbindung nicht aufbauen. Und bei der Esche hast Du doch auch das Rotkehlchen getroffen, oder?" Hruza nickte aufgeregt mit offenem Mund. Es war also alles schon vorbestimmt und so gewollt. Konnte es tatsächlich sein, dass er das Erbe seiner Mutter weiterführen sollte? Darüber hatte er noch nie nachgedacht.

Tanor kam aus dem Gemüsegarten herein und wischte sich die schmutzigen Hände an einem Tuch ab. Er bemerkte die besondere Stimmung zwischen Guiwa und Hruza, lächelte still, so wie er es oft tat, wenn es eigentlich nichts zu sagen gab und er trotzdem wusste, worum es ging und setzte sich zu den beiden an den Tisch.

„Die Bohnen sind schon fast reif zum Ernten. Wenn Du sie kochst und dann trocknest, haben wir im Winter einen guten Vorrat. Hruza, Du könntest mir gut bei der Gemüseernte helfen, Kina und Fran sollen sich um die Schwarzwurzeln und die Moorwurzeln (Pastinaken) kümmern. Wenn dann die Rüben und die Zwiebeln reif sind, sind wir für den Winter versorgt. Und auch unser Viehzeug hat genug Futter!", meinte er zufrieden.

Hruza nickte still, machte sich wortlos und sehr nachdenklich auf den Weg zum Gemüseacker und begann zu arbeiten, bis es dämmerte. Er ging früh schlafen, weil ja am nächsten Morgen alle wieder ins Salzbergwerk mussten. Er dachte an den täglichen Weg dorthin und daran, dass ja jeden Morgen die ganze Familie und auch viele Andere aus dem Dorf an dem Halbrundplatz und an seiner geheimen Höhle vorbeigingen. Ob Guiwa von seinem Platz wusste? Und hatte sie Tanor davon erzählt?

Er konnte ein paar Tage nicht in seine Höhle gehen, weil er seinem Vater bei der Ernte helfen musste. Er hatte sich fest vorgenommen, noch intensiver auf die Natur zu achten. Wenn er Kartoffeln ausgrub und von Erdresten befreite, waren oft noch kleine Käfer oder Würmchen in der Erde. Er löste sie jetzt vorsichtig von der Erde und der Kartoffel und setzte sie wieder dort in die Erde, wo er sie aus ihrem Lebensumfeld gerissen hatte. Das schien ihm das Natürlichste zu sein. Früher hatte er sie achtlos mit der Kartoffel in den Erntesack geworfen. Er versuchte sich vorzustellen, wie es ihm wohl gehen würde, wenn ein riesiger Mensch käme und ihn einfach aus seinem Dorf heben und in ein anderes Lebensumfeld werfen würde, in dem er vielleicht sogar gar nicht überleben könnte. Er hätte wahrscheinlich große Angst. Kannte so ein kleiner Käfer Angst? War ihm bewußt, dass er sich in Gefahr befand? Oder schaltete er einfach um und fand sich in seine neue Umgebung ein? Wie erging es dem Regenwurm, den er mit seiner Hacke zerteilt hatte und der sich trotzdem weiter ins Erdreich wand? Hruza hatte immer mehr das Gefühl, in diese Natur eingebunden zu sein.

Er fand erst einige Tage später Zeit, noch einmal zu seiner Höhle zu gehen. Mit einem kleinen Ausruf des Erstaunens ging er schnell zu dem Beutel mit dem Birkensud, den er ja aufgehängt hatte. Die kleine Steinschale darunter war halb gefüllt mit einer Flüssigkeit und Hruza trug sie vorsichtig, um nichts zu verschütten nach draußen. Dort setzte er die Schale ab und betrachtete die goldgrünfarbige Lösung interessiert. Dann tauchte er einen Finger in die Lösung und stellte überrascht fest, dass sie eine feine ölige Konsistenz hatte.

Ein ungewohntes Geräusch ließ ihn auffahren! Da war jemand! Oder war es ein Tier des Waldes? Nein, Hruza spürte, dass es sich um ein Geräusch handelte, das hier nicht hin gehörte. Gehetzt sah er sich um …

Da stolzierte wie selbstverständlich ein Reh aus dem dichten Unterholz, trat ein in den Halbrundkreis und sah ihn erst skeptisch, dann milde an. Hruza hatte noch nicht viel mit Rehen zu tun gehabt. Wenn er ihnen im Wald begegnete, waren diese ihm gegenüber immer zurückhaltend, aber nicht ängstlich oder scheu. Dieses Reh schien ihn kennenlernen zu wollen (oder kannte es ihn vielleicht schon?) und kam vorsichtig und respektvoll auf Hruza zu. Als es die Schale mit dem Öl erreicht hatte, senkte es kurz den Kopf, um daran zu schnuppern, sah ihn dann mit seinen braunen sanften Augen direkt an und lächelte. Hruza bekam wieder Zweifel an seiner Wahrnehmung. Das Reh lächelte? Wieder knackte es im Unterholz, das Reh blieb stehen und drehte seelenruhig den Kopf in die Richtung, aus der das Geräusch kam. Wieder traute Hruza seinen Augen nicht, als er einen kupferfarbenen wilden Wuschelkopf aus dem Gewirr von Zweigen erkannte, der nur einer Person gehören konnte! Diese Haare hatten fast die gleiche Farbe wie seine eigenen und des Fells des Rehs. Kina kroch scheu lächelnd aus dem Gebüsch, in dem sie sich versteckt hatte. Er konnte nichts sagen, zu überwältigt war er von dem, was da gerade geschah. Wie hatte Kina sein Versteck herausbekommen? Wie kam es, dass das Reh offensichtlich zu ihr gehörte? Hruza war eigentlich sauer, dass sein Geheimnis und sein Geheimplatz nun aufgeflogen waren, aber gleichzeitig war er froh, dass es Kina war, die ihn hier überraschte.

„Du brauchst Dein Geheimnis nicht zu fürchten, niemand außer uns hier wird es je kennen lernen", sagte das Reh. „Das Reh gehört zu mir", sagte Kina leise, „Es war eben einfach plötzlich da und redete mit mir. Und ich dachte, das kann doch jetzt nicht sein, dass ich höre und verstehe, was das Reh sagt! Aber es hat mich angelächelt und gesagt, dass ich den ganzen Wald, die ganze Natur und die ganze Welt da draußen hören, riechen, fühlen, schmecken und verstehen kann, wenn ich es zulasse! Es hat gesagt, dass Du wahrscheinlich der einzige Mensch bist, dem ich das anvertrauen kann und jetzt hoffe ich, dass Du mir nicht böse bist, weil ich Dein Geheimnis entlarvt habe. Ohne das Reh hätte ich Deine Höhle nie gefunden. Weißt Du, dass Menschen, die sich nicht mit dem Wald verbunden haben, diese Höhle nicht sehen können? Sie existiert eigentlich gar nicht! Wie hast Du die Höhle gefunden? Bist Du verbunden mit dem Wald? Hat Dir die Esche davon erzählt?" Das war für Kina ein Redeschwall gewesen. Kina war immer fröhlich, lustig und direkt und machte beim Reden keine Schnörkel und vor allem kein Wort zu viel! Hruza wurde blass und musste tief Luft holen. „Was weißt Du über die Esche?", fragte er skeptisch. Guiwa hatte nur ihm und Tanor davon erzählt. „Guiwa hat Dich als Baby zu ihr gebracht, damit sie Dich mit dem Wald verbindet", sagte das Reh und sah plötzlich hinauf in Richtung Felswand, aus der ein grüner Ast wuchs und gerne ein Baum werden wollte. Ein Rotkehlchen flog vom Ast herab und ließ sich auf dem Rand der Steinschale mit dem Öl nieder. Die beiden Waldtiere nickten sich zu. „Die Esche ist sehr alt", zwitscherte das Rotkehlchen, „und genau, wie Segari Dir, Hruza, erzählt, dass wir alle miteinander verbunden sind, so weiß das auch die Esche. Sogar der kleine grüne Ast hier über uns weiß das alles! Er wirkt noch so klein und frisch und doch ist er ungefähr zehnmal so alt wie Du, Hruza! Gerade die Bäume sind miteinander verbunden, alle! Der gesamte Wald besteht eigentlich unterirdisch aus einem riesengroßen Geflecht von Wurzeln und Flechten und da unten lebenden Pilzkolonien. Viele kleine Wald-bewohner wie Käfer, Schnecken und Larven geben Informationen von Wurzel zu Wurzel und von Baum zu Baum weiter. Bienen und andere Insekten sorgen dafür, dass sich die Bäume oberhalb der Erde weiter entwickeln und auch an anderen Standorten leben können. In unserem Wald gibt es viele Eschen, Eichen, Lärchen und Buchen. Die Linde steht immer gerne allein und gehört trotzdem dazu! Und die Bäume, die wir sehen, sehen seit Anbeginn des Waldes alles, was in ihm vorgeht. Ein paar Menschen gibt es, die das Wunder des Waldes, des Sees, der Berge und der gesamten Natur sehen, hören, riechen und schmecken. Und sich selber glauben können, wenn sich ein Reh und ein Rotkehlchen mit ihnen unterhalten. Ihr beide, Hruza und Kina seid solche Menschen. Ihr seid noch Kinder, aber ihr habt hier eine besondere Aufgabe." Die Geschwister hörten atemlos zu, beide konnten beide Tiere verstehen. Das Reh ergänzte die Rede des Rotkehlchens: „Hruza, dieses feine Öl in dieser Schale soll ein Geschenk an Guiwa sein. Sie wird es dankbar annehmen und die Gabe des Waldes verstehen. Kina, wenn Hruza eines Tages die Familie verlassen und eigene Wege gehen wird, wirst Du Deinen Clan weiter führen. Du wirst Dein Leben lang mit uns, der Natur und dem Wald verbunden bleiben, und wir werden Dir in allen Lebenslagen zur Seite stehen und Dich beraten, wann immer Du es brauchst! Auch ohne Hruza bist Du nie allein!" Erstaunt sahen sich die Geschwister an. „War das jetzt echt? Hast Du das auch gehört?", fragten beide gleichzeitig wie aus einem Mund und mussten plötzlich lachen. Sie lachten laut und wie befreit und merkten auf einmal, wie ähnlich sie sich waren und wie sehr sie einander mochten!

Vorsichtig die kleine Schale mit dem wertvollen Birkenöl vor sich her tragend machten sich Hruza und Kina langsam auf den Weg nach Hause. Beide redeten nicht, jeder ging seinen eigenen Gedanken nach. Und davon schossen ihnen wahrlich genug durch den Kopf.
Konnten sie den Tieren glauben? Aber sie hatten es beide erlebt: dass die Bäume raunten und ihnen Platz machten, wenn Wurzeln oder Äste im Weg waren. Dass die Tiere des Waldes die beiden wie selbstverständlich einbezogen und nicht panisch flohen, wenn sie in Sicht kamen.
Das Rotkehlchen hatte Hruza bei der Behandlung seiner Hand geholfen und ihn daran erinnert, ein Blatt

des Thingbaumes zu Hilfe zu nehmen. Und wenn er jetzt genau darüber nachdachte, flohen die Tiere des Waldes nie vor ihm, wenn er allein war. Wenn er mit seiner ganzen Familie und vielleicht noch in Begleitung anderer Dorfbewohner zum Salzbergwerk ging oder nach Hause kam, war keines der scheuen Waldtiere zu sehen. Ging er allein durch seinen geliebten Wald, begegneten ihm immer Tiere, die gleichmütig seine Anwesenheit wahrnahmen.

Kina dachte in diesem Moment das Gleiche und beide Geschwister wußten von den Gedanken des Anderen. Es kam Kina nur komisch vor, dass sie schon lange wusste, was das Reh damit meinte, dass sie die Aufgabe habe, den Clan zusammen zuhalten! Das war doch selbstverständlich! Sie würde einen Mann finden, Kinder bekommen und irgendwann helfen, im Bergwerk Salz abbauen. Doch wenn sie diese Gedanken hatte, war ihr im Unterbewusstsein immer klar, dass da noch ein Gedankengang fehlte…

Dieser war aber absolut nicht greifbar! Warum konnte sie den nicht sehen? Auch Hruza konnte nicht erfassen, was auf dem Lebensweg der beiden noch für sie bereit lag!

Als die beiden an der Dorfgrenze ankamen, lag das ganze Dorf in unheimlicher Ruhe. Es war nichts Ungewöhnliches zu sehen, alles war wie immer. Sie bogen um die Ecke, hinter der ihr Haus stand und blieben wie angewurzelt stehen. Eine große Menschenmenge, es musste sich das ganze Dorf versammelt haben, stand schweigend in einem Pulk vor dem Haus der Familie. Niemand sagte etwas, zwischendurch wurde hinter vorgehaltener Hand dem

Nachbarn etwas zugeraunt. Ein Mann aus dem Dorf kletterte gerade auf das Reetdach des Hauses und arbeitete sich bis zum Kamin vor, der von der Kochstelle der Küche aus gerade hoch ging und den Abzug der Kochstelle bildete. Er schlug mit einer Axt auf das Dach ein und machte ein großes Loch hinein. Plötzlich begann der Mann zu husten und zu keuchen und er entfernte sich so schnell es ging aus dem Bereich des Loches. Aus dem Dach entwich eine riesige schwarze Rauchsäule, die sich offensichtlich unter dem Dach gesammelt hatte und nicht durch den Kamin entweichen konnte.

Hruza und Kina begannen auf ihr Zuhause zu zu laufen und beide wußten, dass etwas Schreckliches passiert war! Als sie atemlos vor ihrem Haus ankamen, wurden sie von der schaulustigen, betroffen schweigenden Menschenansammlung zurückgehalten. „Ihr könnt jetzt da nicht rein!", sagte ein älterer großer Mann mit roten langen Haaren und einem wirren ebensolchem Bart. Die Kinder kannten ihn gut, er war Trombsen der Dorfschmied. Es war ihm ein Leichtes, die Kinder, je eines rechts und eines links im Arm festzuhalten. „Was ist los? Was ist passiert? Lass uns in unser Haus!", schrien Kina und Hruza gleichzeitig durcheinander und wehrten sich heftig. Doch der Dorfschmied hielt sie eisern fest und ließ sich nicht beeindrucken. Er stierte wortlos auf das Haus mit dem qualmenden Dach. Hruza und Kina kam es vor, als würden sie schon Stunden ausharren und sich den kräftigen Armen des Schmiedes nicht entziehen können. Beiden liefen jetzt die Tränen über die Wangen. Die Ungewissheit war unerträglich!

Nach einer gefühlten Ewigkeit trat plötzlich Segari aus dem Haus, beachtete die umstehenden Menschen nicht und blieb vor der Haustür stehen. Er wirkte abwesend, als wäre er mit seinen Gedanken in einer anderen Welt. Der Druide hielt seinen Stab mit dem geschnitzten Eulenkopf in der linken Hand, breitete jetzt beide Arme weit aus und hob das Gesicht in Richtung Himmel. Dann begann er mit einer Art wiegendem Tanz von einem auf das andere Bein, schwenkte den Eulenkopfstab in weit ausladenden Bewegungen und tat, als wolle er den Stab in Richtung Himmel schleudern. Dazu verfiel er in einen rhythmischen Gesang, der immer lauter und drohender wurde. Nach einiger Zeit kniete Segari auf dem Boden und sank dann ganz in sich zusammen. So blieb er hocken. Die Menschen sahen teils erschrocken, teils fasziniert, aber auch mitfühlend dem Schauspiel zu. Einige sanken mit Segari auf die Knie, einigen liefen Tränen über die Wangen, viele murmelten vor sich hin.

Hruza und Kina waren nun ganz ruhig und der Dorfschmied musste die beiden nicht mehr festhalten. Er stellte sie wieder auf ihre Füße und hatte nun je eine Hand auf einer Schulter der beiden. Für die Kinder wirkte das jetzt eher beruhigend als bedrohlich.

Hruza kannte diese wiegenden Schritte von Segari. Auch den anschwellenden Gesang kannte er. Er erinnerte sich gut an die Zeremonie, als Melcho in die Grabkammer seiner Ahnen getragen wurde.

Hruza und Kina sahen im selben Augenblick zum Dorfschmied hoch. Dieser nickte kaum merklich und ließ die Schultern der beiden los. Dann gingen die Kinder langsam auf den immer noch auf dem Boden hockenden Segari zu. Sie berührten ihn beide an der Schulter, er hob den Kopf und sah sie traurig an. „Geht jetzt hinein, ihr wißt, was zu tun ist.", sagte er leise und stand wieder auf. Die Kinder gehen ins Haus und Segari blieb wie ein Wachposten im Türrahmen stehen, mit Blick auf die immer noch schweigende Menschenmenge. Er breitete noch einmal seine Arme aus und sagte dann leise aber freundlich: „Ihr könnt hier nichts mehr tun, geht nach Hause. Die Familie ist dankbar für Euer Kommen!"

Hruza und Kina gingen langsam in ihr Haus, das ihnen plötzlich kalt und unbewohnt vorkam. In der Nähe der Kochstelle sahen sie Tanor und Guiwa auf dem Boden hocken. Als sie näher kamen erkannten sie, dass vor den beiden ein Lager gebaut wurde, auf dem jemand lag. Hruza wusste sofort, dass es Fran war, der da reglos auf dem Lager lag. Fran war tot.

Kina heulte leise auf und Hruza bedeutete ihr, nicht hinzulaufen. Die Eltern saßen wie versteinert und Hruza und Kina hockten sich dazu. Alle vier nahmen gemeinsam traurigen Abschied von ihrem Jüngsten.

 Stunden später saßen alle wie erschlagen schweigend am großen Tisch und tranken Tee. Leise fragte Hruza: „Was ist denn passiert?" Guiwa und Tanor antworteten erst nicht, dann begann Tanor langsam zu erzählen: „Fran war allein im Haus, ich musste für den Lehnsherrn 2 Säcke Salz zur Burg bringen. Als ich in der Mitte des Tages wieder hier ankam, lag Fran da, wo er jetzt auch liegt. Er hatte sich selbst sein Lager dort gebaut, weil ihm so kalt war und noch ein bißchen Glut in der Kochstelle schwelte. Und er hatte Fieber und hustete. Ich musste ihm helfen, aus dem Becher zu trinken, er konnte ihn nicht selber halten. Er war ja auch noch so klein...", Tanor musste mit den Tränen kämpfen, seine Stimme kippte. Da half Guiwa ihrem Mann und erzählte traurig weiter: „Tanor hatte Segari geholt, der kam auch sofort. Gut, dass er da war! Segari hat ein rituelles Feuer entfacht und Fran mit heiligen Blättern abgerieben. Als ich kam, war Fran schon in unruhigem, fiebrigem Schlaf. Er fantasierte von einem Reh, das mit ihm sprach und dass er da jetzt hin müsste. Er wollte immer aufstehen, war aber viel zu schwach. Segari rief die Geister des Waldes an. Sie sagten ihm, dass er ihnen das rituelle Feuer durch das Dach schicken sollte. Wenn es hindurch käme, könnten sie helfen. Aber der Rauch des Feuers entwich nicht durch das Dach...es füllte den Raum mit schwarzem, scharfem Rauch, der uns fast den Atem nahm. Der Rauch zog auch durch die offenen Fenster, durch den Eingang nicht ab, er blieb im Raum! Wir hörten, dass sich draußen Menschen aufgeregt unterhielten und dann die Stimme von

Trombsen dem Schmied, der einen Mann anwies, auf unser Dach zu klettern und den Weg für den Rauch frei zu schlagen. Als das passierte, entwich der Rauch in einer langen schlanken schwarzen sich drehenden Rauchsäule. Es wirkte, als ob ein Riese draußen die Luft einsog und die Rauchsäule einatmete." Guiwa sah ehrfürchtig zur Decke des Hauses hoch, in der ein großes Loch klaffte und inzwischen den Blick auf den sternenklaren Himmel freigab. Tanor erzählte weiter: „Segari sank auf einmal in sich zusammen und malte Zeichen in den Sandboden. Hier könnt ihr sie noch sehen", er wies auf die Stelle am Boden, an der Hruza und Kina die Familie vorgefunden hatten. „Er murmelte dabei die ganze Zeit, der Geist des Waldes hätte Fran den Atem genommen, den Rest habe ich nicht verstanden…! Segari verließ das Haus und wir waren allein. Dann ward ihr beide plötzlich da und in dem Moment atmete Fran schon nicht mehr…" Tanor nahm einen großen Schluck Tee und stierte vor sich hin. Keiner sagte etwas.

„Was habt Ihr da aus dem Wald mitgebracht?", fragte Guiwa müde und deutete auf die Steinschale. Als Hruza und Kina losgelaufen waren, um ins Haus zu kommen, hatte Trombsen die beiden ja ziemlich unsanft gebremst und Hruza hatte nicht verhindern können, dass er einen großen Teil des wertvollen Öls verschüttete. Jetzt schob er die Schale auf dem Tisch zu seiner Mutter herüber. Sie roch daran und sah Hruza überrascht an. „Hast Du das gemacht? Wie kann das sein?", wunderte sie sich und roch ehrfürchtig noch einmal an dem Öl. Hruza nickte stumm und starrte gebannt auf die Reaktion seiner

Mutter. Zu seinem Entsetzen begann Guiwa zu weinen. „Nein, wir haben heute genug geweint!", sagte er energisch und wollte die Schale wegstellen. Aber Guiwa sah ihn mild an und lächelte jetzt durch ihre Tränen hindurch: „Hruza, Kina, das ist ein Geschenk von Fran! Ich weiß es! Fran schickt es mir durch Euch!" Und dann nahm sie gedankenverloren zwei Finger, tauchte sie in den Rest des edlen Öls in der Steinschale und rieb sich das Öl in ihre Haarspitzen. Dann in ihr ganzes Haar. Dann ins Gesicht und über ihre Schultern. Sie hatte nicht ein einziges Mal die Finger erneut ins Öl getaucht, es schien, als sei ein Tropfen so ergiebig, wie anderes Öl in dreifacher Menge! Das Öl tauchte das Haus in einen wunderbaren Duft von Lavendel, Kräutern und Wald. Es roch, als säße die traurige Familie in einem Meer von Blüten mitten im Wald…

Nach einer Weile ging Hruza zum Lager seines kleinen Bruders und legte eine Hand auf die kalte Stirn. Hruza murmelte die Worte, die er vom Boden ablas und spürte, wie ihn eine wohlige Ruhe überkam. Es war plötzlich in Ordnung, dass alles so gekommen war. Hruza hatte mit dem Reh geredet, das Fran sprechen wollte. Aber Fran war nicht mit der Gabe des Sehens geboren worden. Er hatte dieses Erbe seiner Mutter nicht erhalten, wohl das des Vaters, der ein tüchtiger, zupackender Mann war. So wäre Fran als Erwachsener wohl auch geworden. Hruza sah in das kindliche Gesicht seines Bruders, der nun aussah, als schliefe er entspannt. In seiner Vorstellung war Fran nun erwachsen und ein großer, fleißiger Familienvater.

Vielleicht wäre er Anführer eines neuen Clans geworden, Hruza hatte dieses Bild deutlich vor Augen.

Kina hockte sich neben ihre Brüder und auch sie verabschiedete sich von Fran.

Die Nacht war für alle unruhig, vor allem, weil ein gewaltiges Gewitter über dem See tobte. Es blitzte und donnerte wild, die Schallwellen des Donners hallten lange zwischen den Bergen hin und her. Ein heftiger Sturm kam vom See her und alle im Dorf hörten, dass der Sturm mit den Bäumen spielte und der Wald versuchte, sich dagegen zu wehren. Trotzdem knackte es gefährlich und große Äste knallten laut auf dem Waldboden auf. Es begann heftig zu regnen, die Langboote auf dem See, die am Steg festgemacht waren, ächzten und schlugen gegeneinander. Durch das Loch im Dach regnete es im Haus auch auf die Stelle, an der Fran gestorben war. So wurden die geheimnisvollen Schriftzeichen, die Segari Stunden zuvor auf den Boden gemalt hatte vom Wasser verwaschen. Segari hatte noch in der Nacht, bevor das Unwetter begann, Fran auf seinen Armen in sein Haus getragen und auf dem großen Tisch aufgebahrt. So war es üblich, wenn ein Dorfmitglied starb.

Schon am nächsten Tag wurde Fran auf dem Thingplatz feierlich verabschiedet. Segari trug wieder den Kopfputz des Seeadlers und einen Umhang mit Federn und Fuchsfell, er tanzte um die kleine Bahre herum und sang. Er übergab damit feierlich den Toten dem Totenreich, damit dieser in seinem neuen Leben einen guten Start habe. Viele Dorfbewohner hatte sich die Zeit genommen, ihren kleinen Mitbewohner zu seinen Großeltern in die Grabhöhle zu begleiten. Auch Trombsen der Schmied kam und legte Fran ein kleines Messer in die Hände. „Er wird es gebrauchen können!", murmelte er, verneigte sich kurz vor dem kleinen reglosen Körper, drehte sich um und ging wieder an seine Arbeit.

Auch Hruza und Kina wandten sich ab und gingen wie selbstverständlich in Richtung Wald. „Sag mal", meinte Kina zögerlich, während sie langsam auf die Felswand zuliefen, in der sich das geheime Höhlenlabor von Hruza befand, „konntest Du gestern Abend im Sandboden lesen, was Segari da gekritzelt hatte?" Überrascht sah Hruza seine Schwester an. „Tja, scheint wohl so. Was habe ich denn gesagt?" „Das weißt Du gar nicht?", jetzt war Kina die Überraschte. „Nein, ich erinnere mich nicht, komisch", wunderte sich Hruza und kratzte sich am Kopf. Ratlos sahen sich die beiden an. „Naja", begann Kina, „Du hast irgendwie so mit Fran gesprochen, als würde das Reh mit Fran sprechen. Du hast Frans Seele erreicht, das habe ich deutlich gespürt. Deshalb bin ich zu Dir gekommen. Fran ist glücklich jetzt." „Und das hat Segari auf den Boden geschrieben? Weiß er von unserer Begegnung mit dem Reh? Vielleicht wußte er, dass wir die Zeichen lesen können und Fran so noch einmal erreichen?", wunderte sich Hruza. „Ich konnte die Zeichen nicht so lesen, wie Du. Für mich hatten sie eine ganz andere Bedeutung", sagte Kina leichthin. Hruza blieb stehen. „Wie meinst du das, welche

Bedeutung hatten sie denn für Dich?" „Kina drehte sich zu ihm um und meinte: „Hruza, das Reh IST Fran! Er konnte sich nicht anders mit uns darüber unterhalten, was er sah! Und was er uns zu sagen hatte. Deshalb haben wir das Reh getroffen und mit ihm geredet. Und das Reh hat uns gesagt, das wir das Öl Guiwa zum Geschenk machen sollen, sie wisse es zu schätzen. Hat das Reh gesagt! Überleg doch mal: als wir im Wald mit dem Reh und dem Rotkehlchen gesprochen haben, lag Fran im Fieber in der Hütte. Segari hat versucht, uns mit seiner Rauchsäule zu erreichen, aber es war zu spät. Deshalb hat er uns die Zeichen in den Sand gemalt. Tanor und Guiwa scheinen sie gar nicht bemerkt zu haben." „Dann weiß Segari also alles!", stellte Hruza fest und wußte nicht so recht, ob er sich darüber freuen sollte. Also war sein Geheimnis gar kein Geheimnis. War er jetzt enttäuscht? Nein, eigentlich nicht. Wenn Segari nicht gutheißen würde, was Hruza tat, dann hätte er es längst unterbunden. Und auch mit Kina hätte er längst geredet.

Die beiden gingen zum Halbrundplatz, an dem sie mit dem Reh und dem Rotkehlchen gesprochen hatten. Hruza nahm Kina zum ersten Mal mit in seine Höhle und selbst Kina staunte. „Komisch, dass Andere die Höhle nicht sehen können", sagte sie, als sie langsam forschend durch die kleine Ausbuchtung im Felsen ging. „Sie ist doch gar nicht so klein. Ich bin mit anderen Kindern aus dem Dorf schon oft am Halbrundplatz vorbeigelaufen. Auch wenn wir mit dem halben Dorf zum Salzbergwerk gehen. Aber niemand hat diese Höhle bemerkt. Ich habe mich immer gewundert, warum keiner etwas darüber gesagt hat. Und ich habe immer gedacht, dass ich dieses Geheimnis besser für mich behalte. Jetzt weiß ich den Grund dafür!" Auf dem Platz vor der Höhle war plötzlich lautes Vogelgezwitscher zu hören. Es klang nach großer Aufregung. Hruza und Kina gingen vorsichtig hinaus, um nachzusehen. In den Bäumen, die um den Halbrundplatz standen saßen und flatterten hunderte Vögel, alles Bewohner des Waldes und alle waren scheinbar sehr aufgeregt. Die Kinder konnten die Vögel nicht verstehen, das beunruhigte sie.

Es knackte im Unterholz und die Vögel flogen aufgeregt hoch und landeten auf einem anderen Ast. Da zwängte sich ein ausgewachsener fast schwarzer Wolf durch das dichte Unterholz auf den Platz. Sofort war es mucksmäuschenstill. Hruza lief ein eisiger Schauer über den Rücken, als er das beindruckende, große Tier sah. Für ihn war der Wolf ein mächtiger Herrscher des Waldes, der alle Bewohner des Waldes beschützte. Auch Kina war sichtlich beeindruckt und konnte ihre Augen nicht von dem mächtigen Tier wenden.

Der Wolf strich erst vorsichtig abwartend, dann selbstbewusster am Rand des Unterholzes entlang und setzte sich dann würdevoll hin. „Das Rotkehlchen schickt mich", setzte er an zu sprechen und Hruza und Kina waren erleichtert, dass sie ihn verstehen konnten. „Es ist mit dem Reh unterwegs. Das Reh wird nicht wieder kommen. Es begleitet Euren Bruder in sein neues Leben. Dieses wird wesentlich länger dauern, als das Leben, das er jetzt beendet hat. Fran ist froh über die Begleitung des Rehs, ihr sollt Euch mit ihm freuen!" Kina und ihr Bruder schwiegen betroffen. Fran war tot, auch wenn er auf dem Weg in ein neues Leben war. Er fehlte jetzt schon und es war schwer zu begreifen, dass sie sich darüber freuen sollten. „Das Rotkehlchen wird Dich, Hruza weiter begleiten, so lange es Deine Verbindung zu Natur herstellt", fügte der Wolf hinzu, als könne auch er die Gedanken der Kinder erraten. Leise begannen die Vögel, die immer noch gebannt lauschend auf den Ästen saßen nun zu singen. Jeder Vogel sang in seiner Art und es erklang ein Vogelkonzert, das wirkte wie eine große wunderbare Melodie. „Die Melodie des Waldes....", sagte Kina leise lächelnd und beide Kinder machten ihren Frieden mit dem Wald und dem Tod des kleinen Bruders.

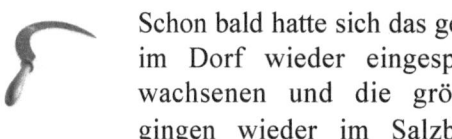 Schon bald hatte sich das gewohnte Leben im Dorf wieder eingespielt. Die Erwachsenen und die größeren Kinder gingen wieder im Salzbergwerk Salz abbauen und Tanor bekam immer öfter vom Lehnsherrn Aufträge, Salzsäcke auszuliefern. Mal musste er mit dem Langkahn einmal quer über den ganzen See fahren. Der Kahn war ein Salzschiff, das aus Holz gebaut wurde. Es war mindestens sechs mal so lang wie Tanor groß war, aber nur so schmal, dass Tanor quer liegend kaum hineinpasste. Am hinteren Ende des Bootes befand sich eine kleine Plattform, auf der der Bootsführer stehend oder sitzend den Kahn lenken und rudern konnte. Es war eine lange Fahrt von Hallstatt nach Obertraun, mindestens drei Stunden brauchten die Boote je Strecke.

Tanor überquerte den See an einer der schmalsten Stellen und hatte ständig das andere Ufer im Blick. Das Dorf Obertraun, in das er die Salzlieferung bringen sollte lag in der „oberen Traun". Wenn er am Ufer angekommen war, musste er noch die Säcke einen steilen Bergpfad hinauf schleppen, denn das Dorf lag etwas oberhalb des Sees. Das kleine Flüsschen Traun durchzog die Ansiedlung und mündete im See. Direkt hinter dem Dorf erhob sich ein gewaltiges Gebirge mit einer massiven bewaldeten Steilwand.

In diesem kleinen Dorf lebte der Bruder des Lehnsherrn vom See mit seiner Familie. Der Bruder profitierte von seinen Familienbanden und bekam seine Salzlieferungen gebracht. Oft nahm Tanor dann ein schön geschmiedetes Stück von Trombsen mit, um den Herrn zu bitten, ein paar Fische aus dem See nehmen zu dürfen. Er bekam dann meist die Erlaubnis, drei Fische zu nehmen, für jedes Kind einen. Da Tanor von den Aufpassern des Lehnsherrn kontrolliert wurde, wenn er wieder in seinem Dorf ankam, nahm er immer nur die größten drei Fische mit, die er fangen konnte. Kleinere Fische warf er zurück in den See. Ein einziges Mal hatte er vier Fische gefangen und versucht, sie ins Dorf zu schmuggeln. Aber sie erwischten ihn und nahmen ihm die gesamte Beute ab. Tanor war nicht gut im Schmuggeln oder Lügen und beschloss, nie wieder zu versuchen, sich über die Regeln hinwegzusetzen.

Als Hruza größer wurde, nahm Tanor ihn oft mit. Er konnte schon gut helfen und übernahm manchmal auch das Rudern. Beide liebten es, gemeinsam über das klare, tiefdunkle Wasser des Sees zu gleiten und Vögel im Flug zu beobachten. Oder auf der Rückfahrt ein paar Fische für das Abendessen zu fangen. Das war den einfachen Menschen der Dörfer von ihren Lehnsherren eigentlich nicht erlaubt. Alles, was sie fingen, egal ob am Land oder aus dem Wasser, mussten sie den Herren abgeben oder bezahlen. Da die einfachen Menschen aber kaum etwas zum Tauschen hatten, konnten sie das erlegte Wild oder die Fische meist nicht bezahlen. Dank Trombsen war dies nun wesentlich leichter. Tanor musste immer noch innerlich lachen, wenn er daran zurück dachte, wie das Dorf zu seinem Dorfschmied gekommen war.

 Trombsen war ein wilder Kerl. Er hatte in den nördlichen Landen als Krieger gekämpft, aber sein Clan hatte die Kämpfe nicht überlebt. So zog er alleine weiter und hoffte, dass ihn ein Dorf aufnehmen würde. Als er damals im Dorf ankam, war Herbst. Er stand einfach aufrecht und breitbeinig vor dem geschlossenen Dorftor und wartete. Er sagte kein Wort. Und er sah bedrohlich aus: mindestens zwei Meter groß, seine rotblonden langen Haare hatte er auf dem Kopf zu einem dicken Zopf geflochten und diesen mit bunten Bändern wild auf dem Kopf zusammen gebunden. Die Bänder hingen bis zur Hüfte wild um ihn herum. Er hatte große stahlblaue Augen, die fast hinter einem gewaltigen Bart verschwanden. Auch seine große Nase war kaum zu sehen. Er trug keine Hosen sondern einen langen Rock aus Fell und Leder, um die Beine hatte er sich bunt bestickte breite Stoffbänder gewickelt. Über den Oberkörper, dessen Breite und Muskeln man nur ehrfürchtig erahnen konnte hatte er sich wild zusammengesuchte Tücher geworfen, die er am einen oder anderen Ende festgeknotet hatte. Die riesigen Füße steckten in genähten Lederstiefeln, die innen mit Fell ausgekleidet waren. Über seiner rechten Schulter hing ein großer, schmutziger Leinensack, in dem er offenbar seine Habseligkeiten verstaut hatte. Das auffälligste und bedrohlichste aber war sein Gürtel! Er war aus dickem Leder, das offenbar in mehreren Schichten mit festen Lederbändern mehrmals zusammengenäht war. Hier waren große und kleinere Laschen und Schlaufen hineingenäht worden, in

denen ein riesiger Hammer, eine Axt und eine Riesenzange, die mindestens halb so groß war wie er selber hing! Eine Lanze mit eiserner Spitze, die weit über den Kopf des Mannes in den Himmel ragte, hielt er in der linken Hand, in der Rechten einen großen hölzernen Stock, den er sich offensichtlich auf seiner Wanderung geschnitzt hatte. An dessen oberem Ende stand ein kunstvoll gefertigter Bär drohend und mit aufgerissenem Maul auf den Hinterbeinen. Diesen Bärenstock hielt er vor sich, als er also eines Tages vor dem Dorf stand. Fran hatte ihn als Erster entdeckt und war erst mit vor Staunen offenem Mund vor Trombsen stehengeblieben. Dann drehte er sich laut schreiend auf dem Absatz um und rannte so schnell er konnte, nach Hause. Fran war ungefähr vier Jahre alt und sein Geschrei machte das ganze Dorf neugierig. Alle kamen aus ihren Häusern und Hütten, um zu sehen, weshalb Fran so schrie. Fran schrie dauernd: „Er stinkt, er stinkt, er stinkt!", und konnte sich gar nicht beruhigen. Dazu schüttelte er sich dauernd und begann sich zu kratzen, als ob er plötzlich die Krätze hätte. Die Dorfbewohner hatten den hünenhaften Mann draußen vor dem Tor noch gar nicht bemerkt und amüsierten sich über die Vorstellung, die der kleine Fran da zum Besten gab. Da riss ein unbekanntes Geräusch das Dorf aus seiner Laune: der große Mann hatte laut und vernehmlich mit dem Bärenstock gegen das massive Dorftor gehämmert. Später würde er erzählen, er habe nur leise angeklopft. Das Tor bestand aus einem stabilen Holzrahmen und einem Tor, das durchaus den Blick hinein in das Dorf, aber auch hinaus aus dem Dorf freigab. So hatte Fran den Mann da draußen gut sehen und natürlich riechen können. Alle Köpfe flogen in Richtung Tor, das jetzt noch im Nachhall zu zittern schien. Sofort erhoben sich hektische Stimmen. „Segari, holt Segari. Oder Melcho, einen aus dem weisen Rat." Andere riefen: „Das ist ein Omen, ich habe es gewußt!" Ein älteres Ehepaar war sich einig, dass ein wilder Krieger vor dem Tor stand und seine ganze Horde gleich plündernd und mordend im Dorf einfallen würde.

„Ich heiße Trombsen", sagte Trombsen „und ich suche ein Dorf, in dem ich bleiben kann. Ich bin Schmied."

Stille!

Ein Schmied!

Kein Krieger, auch wenn er so aussah.

Eine Frau aus dem Dorf lief los, um Segari oder Melcho zu holen. Beide kamen zum Tor und begrüßten den Fremden freundlich aber mit Abstand. Man konnte ja nicht wissen...

Trombsen hatte eine angenehme Stimme, wenn er auch etwas wortkarg war. Das Dorf lud ihn ein, herein zu kommen und seine Geschichte zu erzählen. Natürlich war Segaris Haus der Treffpunkt und das ganze Dorf brachte Speisen und selbstgebrautes Bier und es wurde ein fröhlicher Abend. Es gab eine Art Gästehütte im Dorf, dort nahm das Dorf gelegentlich befreundete Druiden anderer Dörfer oder Wanderer auf. Hier quartierten sie auch Trombsen ein. Das Bettgestell war viel zu kurz für ihn, so legte er kurzentschlossen den Heusack, also die Matratze auf den Boden und schnarchte dort die ganze Nacht durch.

Währenddessen begann Segari, sein Haus auszu-
räuchern. Er grummelte vor sich hin: „Wie kann man
nur so stinken! Ich bin ja einiges gewöhnt von
meinem Gebräu an Heiltränken, aber dass ein Mensch
so stinken kann, ist mir rätselhaft! Ich erwarte keine
Wohlgerüche, wenn man aus der Wildnis kommt, aber
diesen Gestank bekomme ich nur mit Spezialkräutern
jemals wieder aus meinem Haus…!"

Trombsen bat ein paar Tage später, im Dorf bleiben zu
dürfen. Er bot an, eine Schmiedewerkstatt für das
Dorf einzurichten. Am Ortsrand bauten alle
zusammen ein Steinhaus mit großer angrenzender
Werkstatt und einen Schlafplatz, dessen Gestell für
Trombsen lang genug war. Er konnte Werkzeuge aller
Art schmieden, aber auch feinen Schmuck und
Haarspangen. Gerne ließ er sich von Segari erklären,
was das Besondere an dessen Sicheln und Messern
war. Trombsen erwies sich als sehr verständig und
fertigte für Segari die schönsten Werkzeuge aber auch
edle Metalltöpfe für seine Tränke an. Die beiden
verstanden sich gut und Trombsen erwies sich als
reiner Segen für alle. Vor allem die Kinder hatte er ins
Herz geschlossen und machte immer jeden Spaß mit.
Außerdem trennte er sich von der Kleidung, mit der er
ins Dorf gekommen war. Es fiel ihm schwer, aber er
bekam von einigen Frauen des Dorfes neue Sachen
genäht und gestickt, so dass er sehr zufrieden war.
Und fortan stank er auch nicht mehr. Zumindest nicht
mehr als die anderen. Feierlich verbrannte er unter
dem Gejohle der Kinder seine alten Sachen auf dem
Dorfplatz. Diese Sachen hatten ihn Kilometer um

Kilometer auf seiner Wanderung gewärmt, geschützt und auch erfreut.

Er blieb allein und wollte offensichtlich auch keine Frau, die mit ihm das Leben teilte. Er schien im Dorf seine innere Ruhe zu finden und behielt seine Gedanken und seine Erlebnisse für sich. Nur Segari vertraute er an, was ihn dazu bewegt hatte, ein Dorf zu suchen, in dem er Frieden finden könnte…

Er trennte sich niemals von seinen langen Haaren, in denen er immer bunte lange Bänder trug, die er während des Arbeitens wieder auf dem Kopf zusammen band. Auch sein Bart wurde immer länger und länger und länger. Trombsen war dabei, sich einen längeren Bart wachsen zu lassen, als Segari ihn hatte!

Und auf diese Art und Weise hatten die Dorfbewohner plötzlich doch etwas von Wert zum Tauschen. Wollten sie also ein Wildschwein jagen gehen und es bei einem Fest auf dem Dorfplatz über dem Feuer drehen, konnten sie ihren Lehnsherren oft mit einer schönen Fibel oder einem Schmuckstück für die edle Dame überreden. Trombsen machte das gutmütig mit, dafür bekam er immer das beste und größte Stück vom Braten!

Und er bekam, was er noch nie in seinem Leben erlebt hatte: echte Freundschaft! Er war schon nach kurzer Zeit im Dorf komplett integriert und bekam oft zu hören, dass er hier einen Platz ausfüllt, der schon lange leer war. Trombsen war ein dankbarer und glücklicher Mann, seit er im Dorf war.

Auch Tanor und Trombsen verband bald eine wert-volle Freundschaft. Sie profitierten auch voneinander.

Wenn Tanor mit einem Ochsenkarren den hinter dem Dorf liegenden Berg umrunden musste, um in der Burg eines reichen Herrn Salz auszuliefern, gab Trombsen ihm schonmal ein schön geschmiedetes Schmuckstück mit auf den Weg. Mit solchen Gaben stimmten die beiden Männer den Lehnsherrn auch milde, wenn es um das Fischen im See ging. Der Lehnsherr gab dann schonmal ein paar Fische mehr zum Jagen frei, was Trombsen eine Einladung zu Guiwa und Tanor einbrachte. Und einen fröhlichen Abend.

Tanor ging gerne den „Echernpfad" zu der Burg des Lehnsherrn, weil auf diesem Weg seine Erdboden-steine lagen, die er bewirtschaftete. Dies waren große Felsblöcke mit fast ebener Dachfläche. Auf diesen Flächen hatte sich im Lauf der Jahrhunderte eine dicke Humusschicht gebildet. Durch die erhöhte Lage konnten diese Steinoberflächen viel mehr Sonnenlicht aufnehmen. Die Anbauflächen im Tal waren rar, auch deshalb lag das Dorf nicht direkt am See, sondern oberhalb auf einem Hochplateau. Jede Familie versuchte, ein Haus mit einigermaßen ebenem Grundstück zu bekommen, damit Obst und Gemüse angebaut werden konnte.

Tanor hatte an seinen Steinen je eine kleine Holzstiege befestigt, die es ihm erleichterte, auf den Stein zu kommen. Auf diesen Steinen wuchsen Kartoffeln besonders gut. Die Lehnsherren wussten von der Extranutzung dieser Anbaufläche. Aber sie duldeten, dass ihre Arbeiter aus dem Salzbergwerk diese für die Selbstversorgung nutzten.

Tanor nutzte den Weg zur Burg seines Lehnsherrn, um nach seinen „Kartoffelsteinen" zu sehen.

Der Weg führte ihn an steilen Bergvorsprüngen vorbei, über die sich in imposanten Wasserfällen die kleinen Flüsschen, die sich oben in in klaren Bergseen sammelten mit Getöse ins Tal stürzten. Viele kleine Holzbrücken, manchmal nur schmale Stege musste Tanor hier überqueren. Das war mit einem Ochsenkarren aus Holz manchmal nicht so leicht. Je nach Jahreszeit schwollen die Wassermassen an, rissen die Stege fort und machten die Überquerung unmöglich. Oft hatten sowohl der Ochse als auch Tanor nasse Füße, wenn sie an der Burg ankamen. Die Burg lag massiv auf einem Plateau, von dem aus man einen fantastischen Blick hinunter auf den See hatte. Sie war damals so gebaut worden, weil von hier aus das gesamte Gelände rundum beobachtet werden konnte. Nahende Feinde wurden schon entdeckt, wenn sie noch weit entfernt waren. So konnte man die Burg und die dahinter liegenden Dörfer rund um den See früh warnen und schützen. Auch hierher nahm Tanor gern seinen ältesten Sohn mit. So lernte Hruza von Kindesbeinen an seine Umgebung lieben und kennen. Sie lieferten gemeinsam die Salzsäcke in die Burg und trugen sie in die Vorratshäuser. Hruza wunderte sich immer wieder, wozu der Lehnsherr solche Mengen an Salz benötigte. Soviel Salz konnten doch die Bewohner einer Burg nicht verbrauchen! Tanor, aus dem auch ein guter Kaufmann hätte werden können, versuchte es Hruza zu erklären: „Das Salz bleibt nicht hier. Der Herr verkauft es weiter an Menschen im Land, hinter den Bergen. Dort gibt es kein Salzbergwerk, das gibt es nur hier in unserer Heimat. Salz ist also wertvoll. Meistens geben die Dörfer, die Salz brauchen, dem Herrn Getreide oder stellen ihre Arbeitskraft zur Verfügung. Brückenbauer sind z.B. hier bei uns gern gesehene Handwerker. Du hast ja gesehen, dass das Wasser hier immer wieder die Brücken und Stege einreißt. Also wird eine neue Brücke gebaut und der Handwerker nimmt dafür einen Sack Salz mit in sein Dorf. Dort kann er es dann den anderen Dorfbewohnern verkaufen. Dafür bekommt er wiederum zum Beispiel ein neues Leinenhemd genäht oder einen bestickten Mantel." „Dann kommt es aber doch auf die Menge des Salzes an, oder?", fragte Hruza, der das System gut verstand. „Genau", sagte Tanor, „je mehr Salz, desto größer und wertvoller der Gegenwert. Ich habe gehört, dass die Lehnsherren hier in der Gegend, aber auch weiter nördlich versuchen, aus Metall kleine Plättchen herzustellen, auf denen ihr Kopf oder ihre Burg abgebildet ist. Damit wollen sie demnächst die Handwerker und Händler bezahlen, die ihnen Waren bringen. Damit soll das schöne Tauschgeschäft aufhören. An der Menge der Metallplättchen, die jemand hat, wird der Reichtum gemessen...", sinnierte Tanor und schüttelte den Kopf über einen solchen Unsinn. „Aber dadurch hätten doch vielleicht einfache Leute auch die Chance, reich zu werden. Vielleicht wären wir dann nicht mehr von unserem Lehnsherrn abhängig!", rief Hruza und die Gedanken in seinem Kopf überschlugen sich förmlich. „Paaah...", machte Tanor mit einer wegwerfenden Handbewegung und Hruzas Begeisterung war im

Keim erstickt, „das kann ich mir nicht vorstellen, dass die Lehnsherren einen einfachen Mann reich werden lassen. Dann lassen sie sich wieder was einfallen, womit sie uns den Reichtum wieder abnehmen können!"

Hruza fühlte sich nicht wohl in der Welt der Reichen, aber die Idee, durch ein solches System zu mehr Einfluss und Reichtum zu kommen, faszinierte ihn. Er fand, dass Tanor diesbezüglich altmodisch und stur war. Sein Vater konnte einfach die Begeisterung seines Sohnes nicht nachvollziehen. Hruza musste seine Gedanken und Ideen alleine weiterspinnen, Tanor wollte davon nichts wissen.

Hruza beschlich oft das Gefühl, dass Menschen, die andere Menschen oder die Natur gewinnbringend nutzen wollten, von der Natur und dem Atem der Geister weit entfernt waren. Deshalb schienen sie ihm auch immer griesgrämig und unzufrieden zu sein. Sie spielten immer das Spiel der Macht und das war Hruza völlig fremd und unheimlich.

Vater und Sohn wanderten mit ihrem nun leeren Ochsenkarren an einer steilen schwarzen Felswand entlang. Wenn man hier laut rief, kam ein hundertfaches Echo zurück. Deshalb nannten die Menschen sie Echernwand und der Weg war der Echerntalweg. Ein riesiger Wasserfall stürzte mitten auf den Weg und hüllte diesen kurz in einen Wassernebel, der wie ein Schleier über der Gegend lag. Der Wasserfall war so gewaltig, dass Mensch und Ochse und Karren dicht an der Felswand entlang hinter dem herabstürzenden Wasser her gehen konnten, fast ohne einen Tropfen abzubekommen. Die Vegetation des Waldes war hier ganz besonders grün und die Moose und Farne wirkten fast unnatürlich groß. Auch die Bäume schienen von dem Wasserreichtum der Luft zu profitieren und standen im sattem Grün ihrer Blätter. Hruza spürte förmlich die Kraft, die von diesem Wald ausging! Darüber sprach er aber nicht mit seinem Vater. Er wusste, dass Tanor für so etwas kein Gespür hatte und diese Themen lieber nicht besprach.

Unterwegs kamen sie wieder an den Kartoffelsteinen vorbei und gruben ein paar aus, um sie Guiwa mitzubringen. Sie würde mit vielen Kräutern aus dem Garten ein leckeres Abendessen daraus zaubern.

 Hruza verbrachte seine wenige Freizeit immer öfter bei Segari. Der alte Druide mochte den Jungen und nahm ihn praktisch immer mehr in seine Lehre. Er nahm ihn mit auf seine Streifzüge durch die Wälder, auf denen er seine Heilkräuter, Wurzeln, Beeren und geweihte Wässer sammelte. Und er gab ein paar seiner Rezepte an ihn preis. Stolz konnte und durfte er jetzt auch seiner Familie helfen, wenn jemand Fieber hatte oder eine kleine Wunde. Die Rezepte durften nur in Segaris Haus zubereitet werden, Hruza musste absolutes Stillschweigen über die Zusammensetzung der Tränke, Gebräue und Pasten geloben.

Eines Tages klopfte Segari am Haus von Tanor und Guiwa und bat um ein Gespräch. Segari hatte sein weißes Gewand angelegt, das er bei Ritualen und anderen Feierlichkeiten trug und diesmal den feierlichen Kopfputz aus Fuchsfell extra für diesen Besuch. Außerdem hielt er seinen langen kunstvoll geschnitzten Stab in der Hand. Der Stab überragte ihn um mindestens eine Elle, die wunderbar geschnitzte und bunt bemalte Eule saß auf der Spitze des Stabes. Segari sah sehr würdevoll aus.

Alle nahmen an der langen Tafel aus grobem Holz Platz, Guiwa kochte Tee und stellte Krüge mit Bier auf den Tisch. Alle bedienten sich. Gespannt warteten sie, was der Druide zu sagen hatte. Guiwa rechnete damit, dass Segari die Familie auffordern würde, eine Kuh oder eine Ziege als Opfergabe für die Götter herzugeben. Doch im Grunde ihres Herzens wusste sie, was dieser Besuch in dieser Feierlichkeit bedeute.

Hruza und Kina zogen die Köpfe zwischen die Schultern. Segari kam auch durchaus schon mal, wenn die Kinder irgendetwas angestellt hatten; sie wussten, dass es da immer etwas zu berichten gäbe...

„Ich bin wegen Eures Sohnes Hruza hier", hob Segari seine Stimme. Hruza wurde blass. Hatte Segari bemerkt, dass Hruza Segaris kleines goldenes Messer benutzt hatte? Das goldene Messer war für Segari wie ein kleines Heiligtum und niemand außer ihm selber durfte es berühren oder es gar benutzen! Segari hatte ja viele Messer in seinem Haus: sie waren gerade und scharf geschliffen, es gab aber auch krumme gebogene Messer, die aussahen wie eine Mondsichel mit Holzgriff. Segari hatte Hruza immer wieder gewarnt, dass er diese Messer nicht berühren dürfe, sie seien heilig! Das alles faszinierte Hruza natürlich sehr und so konnte er sich diese Woche nicht zurückhalten...

Segari bemerkte das Unwohlsein des Jungen durchaus. Er war ein freundlicher Mann, von dem aber auch eine respekteinflößende Strenge ausging. Außerdem war er als „Seher" bekannt! Deshalb fürchteten die Kinder ihn auch, er „sah", dass sie etwas und meist auch was sie angestellt hatten. Er begann wieder zu sprechen: „Ich werde langsam alt und auch ich werde eines Tages in mein neues Leben eintreten. Ich habe keine Kinder und Euer Sohn scheint mir ein geeigneter Schüler zu sein. Ich nehme ihn mit in meine Obhut und ich werde ihn in die geheimen Künste der Lehren des Waldes und der Natur einführen. Er kann ein Heiler, Priester, Magier und Wissender werden. Ich weiß, dass Hruza sowieso nicht die Finger von meinem Werkzeug lassen kann", und sah den Jungen mit gespielter Strenge an, „und da wäre es doch angebracht, wenn ich ihm hier mehr beibringen könnte."

Die ganze Familie hatte eingeschüchtert die Luft angehalten. Hruza sollte ein Gelehrter werden! Ein Druide! Hruza schossen tausend Gedanken durch den Kopf. Hatte Guiwa etwas damit zu tun? Sollte er Guiwas „Ehre" retten, weil Segari sie vor vielen Jahren wieder zurück in ihr Dorf geschickt hatte? Oder war Segari tatsächlich davon überzeugt, dass Hruza ein würdiger Nachfolger Segaris werden könnte?

Es war durchaus üblich, dass begabte Kinder im jungen Alter von ihren Familien getrennt wurden, um sie im Sinne des Druidenkults zu erziehen. Guiwa war klar, dass sie Hruza erst als erwachsenen Mann wiedersehen würde, wenn sie ihren ältesten Sohn zu Segari gehen lassen würde. Aber sie freute sich sehr für ihren Sohn, der schon jetzt so fest und untrennbar mit dem Wald und der Natur verbunden war. Es wäre eine Schande gewesen, ihn für den Rest seines Lebens ins Salzbergwerk zu schicken.

Wenn Segari einer Familie so etwas unterbreitete, war dies eine große Ehre für die ganze Familie! Da wurde nicht um die Erlaubnis gefragt, das Kind mitzunehmen, es war beschlossene Sache! Dem Druiden kam es bei seiner Wahl nicht darauf an, einen Schüler aus hochgestellten Adelsfamilien auszubilden, obwohl das durchaus an der Tagesordnung war. Druiden waren hochgestellte, hochangesehene Männer, aber auch Frauen, die geistige Führer und wichtige Berater sowohl für die Stammesfürsten als auch für die einfachen Leute waren.

Tanor richtete sich zu seiner vollen Größe auf und stand nun am Ende des großen Tisches. Er blickte erst Segari dann Hruza mit festem, ernstem Blick an und begann leise zu sprechen: „Segari, Dich als Freund der Familie zu haben, ist uns eine große Ehre. Wir sind einfache Leute, die für ihr gutes Leben hart im Bergwerk schuften. Wenn einer von uns die Chance bekommt, zu lernen, in Geheimnisse eingeweiht zu werden oder Einblick in die Heilkunde zu bekommen, so ehrt uns das noch mehr. Nicht nur Hruza ist es eine große Freude, zu Dir zu kommen, auch wir sind sehr stolz und dankbar, dass Du unser ältestes Kind auserwählt hast." Tanor setzte sich wieder, er saß mit geradem Rücken und stolzem Blick aufrecht auf seinem Stuhl. Guiwa stand auf und ging in die Schlafecke, die sie mit Tanor teilte. Als sie zurück kam, hielt sie eine goldene, wertvolle Spange in der Hand, die sie Segari in beide Hände legte. „Segari", sagte sie mit fester Stimme, „Diese Spange ist unser wertvollster Familienbesitz! Ich habe sie von meiner Großmutter bekommen und immer behütet. Hüte Du sie, bis Hruza ein Mann ist und Du ihn für erwachsen und gelehrt genug hältst, dass er unser Familienstück mit Stolz tragen kann!"

Hruza hatte das alles atemlos verfolgt. Sein Herz klopfte so laut, dass er dachte, es müßten alle hören. Das war die Spange, von der Guiwa ihm erzählt hatte. Sie hatte ihm aber verschwiegen, dass sie noch in ihrem Besitz war! Er war so aufgeregt. Er sollte hier weg! Seine Eltern gaben ihn Segari mit. Das hieß, dass er aus dem Dorf musste! Er sollte mit Segari in der Natur leben, im Wald, vielleicht sogar in Höhlen...

Hruza wusste, dass man dem Druiden keine Bitte abschlug. Aber es war ja auch durchaus keine Bitte gewesen, die Segari vorgetragen hatte. Er hatte Hruzas Eltern eröffnet, dass er ihn als Schüler mitnimmt. Und seine Eltern hatten mit großem Stolz reagiert! Hruza war wild entschlossen, sie nicht zu enttäuschen! Auch er war stolz, wenn auch hin- und hergerissen zwischen einem breiten Grinsen und demütigem Ernst. Er entschied sich für einen festen, selbstbewussten Blick! Er gab sich zumindest Mühe...

Hruza nahm nichts mit. Er verabschiedete sich von seinen Eltern und Kina und folgte Segari, der den Weg aus dem Dorf einschlug und in Richtung Wald schritt. Dann verschwanden die beiden im Wald.

Segari brachte den Jungen in ein kleines Steinhaus, das in eine große Höhle hinein gebaut worden war. Der Berg, in dem sich die Höhle befand, glich dem, in dem die kleine Höhle mit der Nische war, in der Hruza seine bisherigen Versuche unternommen hatte, Tränke und Pasten herzustellen. Der Felsen ragte hoch und bedrohlich über dem nach außen gezogenen, mit groben Schieferplatten bedeckten Dach auf und schützte das Haus von hinten. Die hintere Wand des Hauses wurde von der Höhlenwand gebildet. Hruza war hier schon oft gewesen, aber er hatte nie bemerkt, dass hier ein Haus im Felsen stand! Er betrat es mit seinem neuen Meister und war von der Größe des Innenraumes beeindruckt! Von außen hatte das Häuschen so klein ausgesehen...

Dann realisierte er, dass dieses Haus im Inneren der Höhle weiter ging! Segari schritt vor Hruza her und der Junge folgte ihm staunend und ein wenig verunsichert. Der Weg ins Innere der Höhle schien unendlich. Es war sehr hell in dem Durchgang, auch war dieser großzügig bemessen, nicht so ein kleiner Gang, bei dem man vielleicht den Kopf hätte einziehen müssen. Sogar Segari, der seinen Kopfschmuck immer noch trug und dadurch noch viel größer erschien, als er ohnehin schon war, konnte aufrecht gehen, ohne sich zu bücken. Im Gegenteil, er hatte noch viel Platz in der Höhe!

Hruza konnte sich nicht erklären, woher das helle, fast gleißende Licht kam, das seinen Weg erhellte. Keine Fackel war zu sehen, überhaupt kein Feuer, dass den gelben, inzwischen warmen Lichtschein erklären könnte. Auch offensichtlich ohne offenes Feuer war es wohlig warm in dem Höhlengang. Dieser mündete endlich in einer riesigen Halle, die vor Helligkeit nur so glitzerte und strahlte! Die Halle war kreisrund, die Wände waren aus purem Fels, der offensichtlich spiegelglatt bearbeitet worden war. Sie strahlten die Helligkeit der gesamten Halle zurück und tauchten sie in ein wunderbares Leuchten! Hruza kniff die Augen zusammen, fast fühlte er sich geblendet. Er staunte! So etwas hatte er noch nie gesehen! Er kannte nur die dunklen Höhlen des Salzbergwerks. Diese wurden mit Fackeln beleuchtet. Aber auch dann sah man nur das eben Notwendigste. Oft war Hruza gestolpert, weil er in der Dunkelheit der Gänge ein herumliegendes Werkzeug übersehen hatte.

In der Mitte der Höhle stand ein massiver Tisch aus Stein. Er war aus einem einzigen Stück gehauen. Hruza erkannte, dass hier keine Tischplatte auf Beine gehoben worden war, sondern der ganze Tisch tatsächlich aus einem einzigen Stück geschlagen worden war! Wer brachte so etwas zustande? Dafür brauchte es doch Zauberkräfte oder mindestens zwanzig starke Arbeiter aus dem Steinbruch!

Als er sich wie in Trance dem steinernen Tisch näherte, hielt ihn plötzlich eine starke große Hand an der Schulter fest. Verwirrt blickte Hruza nach oben und sah in die leeren Augenhöhlen des Fuchses, den Segari auf dem Kopf trug. Erschrocken wich Hruza zurück, machte dabei einen kleinen Satz nach hinten und schlug der Länge nach hin. Plötzlich begann er hinterrücks kopfüber zu fallen. Er rutschte unaufhaltsam einen glatten schmalen Gang hinunter, dessen

Wände schimmerten und glänzten, konnte sich nirgends festhalten und wurde immer schneller. Die Welt drehte sich plötzlich um ihn, er verlor jedes Gefühl für oben und unten und gab sich irgendwann dem unaufhaltsamen Fallen hin...

Als er die Augen aufschlug war ihm schlagartig übel. Alles drehte sich und dann war da auch noch dieser Fuchs, der sein Lager ständig lauernd umkreiste. Lager? Fuchs? Hruza rappelte sich auf und sah sich um. Er war immer noch in der großen runden Halle. Aber er war doch so lange gerutscht und gefallen, wie konnte das sein? Der Fuchs zog sich unter den großen steinernen Tisch zurück und rollte sich ein, ohne jedoch Hruza aus den Augen zu lassen. Hruza sah sich um und machte im Schatten des Tisches eine auf dem Boden sitzende Gestalt aus, die sich hin und her wiegte. Es war ein dicker kleiner Mann mit wilden weißen vom Kopf abstehenden langen Haaren. Sein Bart war ebenso weiß wie die Haare auf seinem Kopf und nicht minder wirr. Der alte Mann summte eine Melodie, die sehr ungewöhnlich klang. Es war ein eigenartiger Gesang, der mit hoher Stimme einen Ton an den anderen reihte und mit tiefer Bassstimme dazwischen brummte. Das Brummen schien sich an den Wänden der Halle zu vervielfachen und kam wie eine Schallwelle in die Mitte des Raumes zurück. Die ganze Halle schien zu vibrieren! Es schien, als würde der alte Mann gleichzeitig hoch und tief brummend singen. Hruza sah und hörte ihm fasziniert zu. Plötzlich hörte das Singen auf und der alte Mann drehte sich abrupt zu Hruza um. Er sah ihn streng an.

„Na, hast Du ausgeschlafen, junger Mann?", sagte der Alte zu Hruza. „Das passiert hier jedem, der die heilige Halle zum ersten Mal sieht. Du hast allerdings besonders lang gebraucht, um aus dem Sog der Kristalle herauszukommen…" Der alte Mann rappelte sich auf und stand vor dem Jungen, der sich plötzlich winzig klein vorkam. Der Mann war viel größer, als Hruza gedacht hatte, vielleicht sogar noch ein Stück größer als Segari! Er hatte das gleiche weiße lange Gewand an, das Segari getragen hatte, als er ihn hierher gebracht hatte. Wo war Segari? Wie lange war er schon hier, fragte sich Hruza.

„Ich bin Genwulf, der Hüter des Waldes und der Inspiration unseres Geistes. Segari hat Dich in meine Obhut gegeben, damit ich Dich in den Naturlehren unterrichte. Wir beide werden ein paar Jahre zusammen in der Natur verbringen und mit ihr eins werden. Du weißt von Segari, dass wir unser Sein nur im Einklang mit der Natur leben können. Sind wir nicht in der Lage, selber zu Natur zu werden und mit ihr zu verschmelzen, haben wir kein Recht, uns Druiden zu nennen. Du musst Dir alles merken, was ich Dir erzähle, jedes Wort! Und Du wirst in der Abgeschiedenheit des Waldes, in dem wir leben in inniger Verbindung mit der Natur, Seele und Geist sein und Du wirst die Signatur von allen Pflanzen, Bäumen, Tieren und anderen Wesenheiten studieren. Dabei wird der Wald selbst Deine Inspiration sein und Deine geistige Quelle! Also bildet der Wald Dich aus, ich begleite Dich nur. Hast Du mir überhaupt zugehört?" Hruza stand mit geschlossenen Augen vor Genwulf und riss jetzt die Augen auf. Und ob er zugehört hatte! Jedes einzelne Wort hatte er gehört und in sich aufgesogen wie ein nasser Schwamm. Er hätte wortwörtlich wiederholen können, was Genwulf ihm gesagt hatte! Sie würden im Wald leben, nein, mit dem Wald leben und Eins mit ihm werden. Wie sehr Hruza den Wald liebte! Seine Zeit als Novize der Druidenschaft begann!

„Gut Hruza, Du brauchst einen neuen Namen! Der Wald wird Dich mit Deinem weltlichen Namen nicht annehmen. Du heißt ab heute Caradoc. Weißt Du, was die Bedeutung dieses Namens ist?" „Nein, gibt es eine besondere Bedeutung für Namen?", fragte Hruza/Caradoc seinen Meister erstaunt. „Oh ja, Genwulf zum Beispiel bedeutet „Druide vom Wolfssee", Segari heißt Segari, weil er der „Druide des Seeadlers" ist. Dein Name Caradoc bedeutet „Zuneigung". Du wirst Deinen endgültigen Namen noch erfahren, wenn Deine Ausbildung abgeschlossen ist. Du weißt, wie lange sie dauern kann?" „Ja", sagte Caradoc, „bis ich ein erwachsener Mann bin. Das sind noch viele Jahre, oder Genwulf?" Genwulf hob die Hand, die gar nicht so alt aussah, wie Caradoc es erwartet hätte und legte sie prüfend auf den Kopf des jungen Lehrlings. „Ja, das wird noch viele Jahre dauern…!" Genwulf wurde plötzlich sehr lebhaft, ging zum Tisch zurück und nahm einen langen geschnitzten Wanderstock, der dem von Segari nicht unähnlich war. Auch dieser Stab hatte eine geschnitzte Verzierung an der Spitze. Sie stellte einen kunstvoll aus dem Holz heraus-geschnittenen Baum dar, der in voller Blätterpracht stand. Der Fuchs, der sich am Tisch zusammengerollt hatte, sprang auf Genwulfs Schulter und schmiegte sich von hinten um seinen Hals. „Herrlich warm!", grinste Genwulf und seine Mundwinkel zuckten belustigt. „Na, dann geh mal vor und führe mich aus der Halle in den Wald. Nimm einen anderen Weg als den, den Du mit Segari gekommen bist!" Das war die erste Aufgabe, die Caradoc zu bewältigen hatte und er hatte keine Ahnung, wie er sie meistern sollte. Genwulf mit dem Fuchs um den Hals folgte ihm, bedächtig einen Schritt vor den nächsten setzend. Genwulf schien dem jungen Novizen zu folgen, ohne auf den Weg zu achten, den dieser eingeschlagen hatte. Der Weg war schmaler, als der, auf dem er gekommen war. Er leuchtete auch nicht so hell, die Wände waren dunkler, grob behauener Felsen. Es wurde immer dunkler und Caradoc wurde ein bißchen mulmig.

Immer noch folgte Genwulf ihm, sie sprachen kein Wort. Caradoc kam es so vor, als wären sie schon Stunden unterwegs, als er meinte, in weiter Entfernung einen hellen Lichtschein auszumachen. Er lief schneller, Genwulf folgte ihm im gleichen Tempo. Der Schein wurde immer heller und beleuchtete jetzt auch Teile des Ganges. Caradoc konnte jetzt sehen, dass die Wände tatsächlich aus dunklem Schiefergestein bestanden. Sie waren nicht glatt geschliffen. Caradoc rannte jetzt auf den Lichtschein zu. War da vorne tatsächlich ein Ausgang aus der Höhle? War es Sonnenlicht, das da schien? Als er aus dem Gang ins Licht trat, blieb er ruckartig wie angewurzelt stehen! Er war völlig entsetzt über das, was er da sah!

„Oh nein", stöhnte er auf „das darf doch nicht wahr sein!" Er setzte sich auf den Boden und kämpfte mit den Tränen. Genwulf stand neben seinem verzweifelten Schüler und zog ihn an Schultern hoch. Sie standen in der großen hellen Halle, in der sie sich vor ein paar Stunden kennen gelernt hatten, der Fuchs lugte gelangweilt über Genwurfs Schulter. Caradoc war die ganze Zeit im Gewirr der vielen Wege aus der Halle zurück in die Halle gelaufen und Genwulf hatte nichts gesagt! Caradoc wurde wütend! „Wieso sagst Du nichts? Das hast Du doch gewußt, dass ich falsch laufe, Du hast das doch gesehen…!" In diesem Moment drehte Genwulf Caradoc mit einem Ruck zu sich um und kam mit seinem Gesicht ganz nah an Caradoc heran, so dass sie sich in die Augen sahen. Entsetzt versuchte Caradoc zurückzuweichen, aber der alte Mann hielt ihn eisern an den Schultern fest und zwang ihn, ihm in die Augen zu sehen.

Aber da war nichts! Da, wo eigentlich Augen sein sollten, waren nur zwei schwarze Höhlen im Gesicht des alten Druiden! Genwulf hatte keine Augen! Er war blind!

„Aber, aber…", stotterte Caradoc, „wie hast du das gemacht? Du bist nicht einmal vor einen Felsvorsprung gelaufen, Du bist jede Abbiegung gegangen, ohne die Wände zu berühren! Wie machst Du das?"

Genwulf ließ seinen Schützling nun los und lächelte wieder sein verschmitztes Lächeln. Caradoc hatte das Gefühl, dass Genwulf ihn auch ohne Augen ansah…

„Caradoc, Du bist noch sehr jung und hast noch nicht viel über die Natur gelernt", setzte Genwulf an, aber

Caradoc widersprach: „Ich bin mein Leben lang in der Natur gewesen! Jeden Tag bin ich zur Salzmine am See entlang und dann durch den Wald gelaufen. Ich weiß, wie die meisten Bäume heißen, aus welchen Waldkräutern der Tee am besten schmeckt und wo die größten Arschwurz stehen!" Genwulf musste lachen und sein Lachen dröhnte in der großen Halle: „Soso, die größten Arschwurz, jaja, die könnten noch wichtig werden!", rief er laut und hatte Mühe, sich wieder unter Kontrolle und seine Würde zurück zu bekommen. Caradoc verstand nicht so ganz, was daran so erheiternd war, Arschwurz waren doch wirklich ein wichtiger Bestandteil des Lebens! Aber er war froh, dass die Situation gerettet war. „Verrätst Du mir, wie Du Dich so sicher bewegen kannst?" fragte er vorsichtig. „Überleg mal, Herr Caradoc, wer ist alles hier und kann sehen?" Caradoc hatte die Antwort sofort parat: „Na, der Fuchs und ich!" „Und ich!" rief Genwulf triumphierend. Caradoc traute sich nicht, zu widersprechen oder noch einmal nachzufragen. Genwulf bemerkte die Unsicherheit des Jungen und erklärte nun endlich besänftigend: „Caradoc, unsere Lebensaufgabe besteht darin, mit der Natur in der Natur zu leben. Jedes Lebewesen muss sich der Natur anpassen können, um mit ihr zu verschmelzen. Ein Reh mit gebrochenem Bein muss lernen, mit drei Beinen genauso schnell zu sein wie seine Artgenossen mit vier Beinen. Sonst ist es verloren. Der alte Wolf, dem die Zähne ausfallen, muss lernen, sich anders zu ernähren, sonst verhungert er. Ein Baum, der es sich gefallen läßt, von größeren Bäumen das Licht weggeschnappt zu bekommen, muss sich anstrengen und wachsen, damit er der Sieger im Kampf um das lebensnotwendige Licht ist! Und so musste auch ich lernen, ohne meine Augen auszukommen. Anfangs war es sehr schwer. Ich war ganz allein und hatte niemanden, der mich geführt hätte. Ich hatte Angst vor den wilden Tieren im Wald, oder dass ich über eine Wurzel stolpere und mich noch mehr verletze, was auch oft genug passiert ist. Eines Abends gesellte sich ein Fuchs zu mir. Ich habe ihn gespürt! Ich wußte nicht, was da bei mir saß, aber ich hatte keine Angst und der Fuchs auch nicht. Er kam von Abend zu Abend näher an mich herangerückt und irgendwann hatte ich den Mut, ihn anzufassen. Er brachte mir mal einen Vogel, den er erbeutet hatte, manchmal auch einen Hasen. So verhungerte ich nicht. Er führte mich zu Sträuchern, die voll hingen mit Beeren oder anderen Waldfrüchten. Er warnte mich vor Gefahren. Wir schwiegen beide und doch konnte ich durch den Fuchs spüren und praktisch sehen! Das war meine Aufgabe als Druide, blind und doch sehend mit der Natur zu leben. Und so kann ich auch Dich sehen! Deine Aufgabe wird in den nächsten Jahren darin bestehen, mich durch Dich sehen zu lassen! Du wirst mich die nächsten Jahre meines Lebens begleiten und Du wirst mir Deine Augen leihen. Und Du sollst auch viel von mir lernen. Ich zeige Dir die Wunder des Waldes und vor allem, wie wir sie nutzen können. Und der Wald wird großzügig mit seinen Geschenken an uns sein!" Genwulf schwieg. Caradoc bewunderte den alten Mann und war tief beeindruckt von dessen Geschichte. Er hätte noch tausend Fragen gehabt, aber es war klar, dass Genwulf, der sich jetzt gesetzt und mit dem Rücken an die glänzende Hallenwand gelehnt hatte, für heute genug preisgegeben hatte!

Es sah aus, als sei er eingeschlafen, der Fuchs war von Genwulfs Schultern herunter gesprungen, hatte sich am ausgestreckten Bein seines Gefährten lang ausgestreckt und schmiegte sich an. Plötzlich wandte Genwulf den Kopf in Caradocs Richtung und murmelte leise in seinen Bart: „Übrigens gibt es keinen anderen Weg aus der Halle, als den, den Du mit Segari gekommen bist…"

Viel später brachen sie noch einmal auf, um den Weg aus der Halle in den Wald wieder zu finden. Caradoc hatte einen guten Orientierungssinn und fand diesen Weg ohne Schwierigkeiten wieder. Der Fuchs lief jetzt mal neben Genwulf und mal neben Caradoc her und musterte den jungen Mann neugierig im Augenwinkel. „Na", meinte Genwulf, „Was meinst Du zu unserem neuen Gefährten?", und meinte damit natürlich den Fuchs. Genwulf nahm den Fuchs hoch und dieser ließ sich wieder auf dessen Schultern nieder. „Ja, ich weiß, was Du sagen willst, ich finde auch, dass er diesen Weg ausgesprochen gut meistert!", sagte Genwulf zum Fuchs und Caradoc verstand die Welt nicht mehr!

Zwischen dem alten Druiden und seinem Novizen entstand eine tiefe geistige Verbindung. Die beiden und der Fuchs lebten gemeinsam in Genwulfs Haus. Es lag am Ortsende eines Dorfes, das Caradoc nicht kannte. Es lag auch am See, genau wie das Dorf, in dem Caradoc geboren wurde, war aber wesentlich abgeschiedener. Hier kam der Wald dem Dorf noch näher. Der alte Druide und der Junge verstanden sich, ohne viel zu reden. Sie verstanden sich buchstäblich blind. Es war für Caradoc nicht schwierig, Genwulfs Augen zu ersetzen. Es funktionierte einfach und Caradoc hinterfragte dies nicht mehr. Immer mehr verschmolz der Junge mit dem Wald und der Natur. Er lernte von Genwulf genauso viel wie vom Wald. Der Wald stellte für beide eine tiefe Verbindung zur Seele der Natur dar und beide Männer empfanden ihn als heilig.

„Caradoc, die göttliche Kraft ist in jeder Pflanze, in jedem Baum, jedem Stein oder Tier sichtbar und spürbar. Die Bäume und Steine werden Dich Dinge lehren, die Dir kein Lehrmeister sagen kann! Kannst Du das fühlen? Spürst Du die Verbindung der Götter, Pflanzengeister und Naturwesen? Sie leben in den Bäumen und übertragen ihre Kraft auf uns! Spürst Du das?", fragte Genwulf ehrfürchtig und die Ehrfurcht übertrug sich auf Caradoc.

Genwulf war inzwischen sehr, sehr alt und musste sich bei jedem Schritt auf seinen heiligen Baumstock und auf Caradocs Schulter stützen. Die beiden lebten inzwischen schon viele Jahre zusammen und führten lange Gespräche, wenn sie im Wald unterwegs waren oder abends im Haus beim Feuer saßen. Der treue Fuchs war eines Tages einfach verschwunden. Aber der Geist des Waldtieres war immer noch bei den beiden heiligen Männern, das konnten sie beide spüren.

Einmal wurde Caradoc nachts wach und hörte ein eigenartiges Murmeln und Raunen, das er nicht zuordnen konnte. Er lauschte von seinem Schlafplatz aus ins Dunkel und nahm feine hohe Laute wahr. Es hörte sich wie das Fiepen junger Kätzchen an, aber noch viel feiner und höher. Allmählich gewöhnten sich seine Augen an das Zwielicht im Haus. Er konnte an der Decke die hölzerne Dachkonstruktion erkennen und meinte plötzlich dort oben etwas Kleines schnell herumfliegen zu sehen. Ach ja, dachte er, eine Fledermaus ist auf Jagd, das war nicht ungewöhnlich. Aber dann nahm er wieder diesen hohen Laut wahr, von dem er wußte, dass andere Menschen ihn nicht hören konnten. Caradoc aber war inzwischen so mit der Natur verbunden, dass er auch die hohen Ultraschalllaute einer Fledermaus hörte. Direkt neben ihm war plötzlich dieser Laut, gefolgt von einem leisen Schnalzen. Caradoc setzte sich neugierig auf und war hellwach. Diesen Laut hatte Genwulf von sich gegeben, da war der junge Mann ganz sicher. „Was machst Du?", fragte Caradoc leise flüsternd in Genwulfs Richtung. „Psst", machte dieser, „lausche der Fledermaus. Sie lehrt mich das Sehen!"

Dann stand Genwulf auf und ging mit der Sicherheit eines Sehenden im Haus umher. Es war ja sein eigenes Haus in dem er sich auskannte, aber immer, wenn

Genwulf und Caradoc wieder einmal hier wohnten, sah es anders aus. Die Möbel standen ständig an einer anderen Stelle, der große Esstisch stand mal quer und mal längs im Raum, die Stühle waren oft einfach einfach im Raum verteilt. Nach jeder Heimkehr hatte Caradoc den Eindruck, dass während ihrer Abwesenheit jemand in diesem Haus gewohnt hatte und es ständig veränderte. Genwulf konnte sich also nicht darauf verlassen, dass alles am alten Ort stand und er sich nicht stieß. Aber das tat er nie! Er wich allen Hindernissen geschickt aus, als würde er sie sehen. Caradoc hatte gedacht, der Fuchs hätte ihm jeweils ein Zeichen gegeben, aber der war ja nicht mehr da. Leise folgte Caradoc seinem Lehrmeister durch das Haus und zur Haustür hinaus. Als beide draußen waren, nahm Genwulf Caradoc am Arm und erzählte: „Siehst Du den Wald? Er ist jetzt dunkel, weil Nacht ist. Hier zur Rechten stehen die hohen Tannen. Man hat mir erzählt, dass eine der großen Tannen beim letzten Sturm umgeknickt sei. Aber es sind fünf Tannen umgeknickt. Ich war nicht dabei, aber ich „sehe" es. Ich spüre es. Im Hintergrund sind die Berge immer noch schneebedeckt. Wenn ich in diese Richtung ginge, so liefe ich auf einen Baumstumpf zu. Er ist ungefähr so hoch wie meine Taille. Seit der Fuchs nicht mehr bei uns ist, übe ich diese Technik und schnalze mit der Zunge, wenn ich mich alleine orientiert muss. Und plötzlich hatte ich den Bogen raus und es funktionierte!" Caradoc war fasziniert. Es stimmte alles haargenau, was Genwulf erzählte. Plötzlich setzte sich Genwulf in Bewegung, er rannte plötzlich los. Von Altersschwäche keine Spur!

Caradoc sprintete hinterher um auf den Älteren aufzupassen, dieser war ja blind! Aber Genwulf lief geradewegs auf den Wald zu und legte immer mehr an Tempo zu. Die Tannen mit ihren ausladenden Ästen waren schon bedrohlich nahe, als Genwulf geschickt um jeden Baum herum rannte, ohne einen einzigen Ast auch nur zu streifen! Er hielt in gleichbleibendem Tempo auf den kleinen Bach zu, über den drei Baumstämme gelegt waren, damit man ihn trockenen Fußes überqueren konnte. Genwulf lief schnalzend und mit schlafwandlerischer Sicherheit über die Baumstämme und überquerte den kleinen Fluß. Caradoc wußte, dass Genwulf auf dem Weg in die große Schlucht war und dass es Wahnsinn war, diese im Dunkeln zu gehen. Sie war ungeheuer steil und die glatten Felsen waren oft glitschig. Kam man einmal ins Rutschen, gab es keine Rettung und man stürzte in die tiefe steinige Schlucht, in der sich der kleine Bach von oberhalb zu einem sprudelnden, reißenden Fluß gewandelt hatte. Genwulf verlangsamte sein Tempo etwas, ging jetzt aber zügig auf die ersten Felsen der Schlucht zu. Dann drehte er sich zu Caradoc um: „Versuche, blind zu sein! Versuche, zu spüren, was neben Dir groß oder klein ist, hoch oder niedrig, weit oder nah, tief oder hoch, beweglich oder starr! Schnalze mit der Zunge. Ungefähr so", und Genwulf schnalzte wieder diesen eigenartigen Laut. Caradoc versuchte es auch. „Höre Dir selber zu, was sagt Dir dieses Geräusch?", fragte Genwulf leise und geheimnisvoll. „Nichts", meinte Caradoc und konnte mit der Sache nichts anfangen. Aber Genwulf ließ nicht locker. „Höre genau hin, schärfe Deine Ohren.

Du hast doch im Haus die Fledermaus gehört. Versuche, zu hören wie eine Fledermaus. Sie hat eine besondere Gabe, das Gehörte umzusetzen in ein Gespür! Hörst Du, Caradoc, in ein Gespür!", flüsterte Genwulf eindringlich und Caradoc verstand allmählich, worauf Genwulf hinauswollte. „Genwulf, meinst Du damit, dass Du spürst, was ich sehe? Ist es wie eine Welle, die durch das Schnalzen aus der Richtung zurückkommt, in die ich sehe?" „Ja genau!", triumphierte Genwulf, „Du kannst es. Schließ Deine Augen und versuche es. Sei eine Fledermaus, ihr passiert nie etwas. Sie spürt jede Bewegung, jedes Hindernis und weiß genau, wann sie im letzten Moment ausweichen muss. Das kannst Du lernen! Du musst es üben! Und nun komm, lass uns in die Klamm gehen!" Caradoc glaubte, seinen Ohren nicht zu trauen. „Es ist tiefe dunkle Nacht, wir können die Hand nicht vor den Augen sehen.....", protestierte er schwach und merkte im selben Moment, dass dieses Argument für Genwulf nicht galt. Er musste jetzt über sich selber lachen und Genwulf lachte verschmitzt mit.

„Komm, Du Fledermaus", gluckste er fröhlich, „gehen wir nach Hause und üben in den nächsten Nächten weiter. Unsere kleine Freundin unter dem Dach wird schon auf uns warten."

Sie gingen durch den Wald zurück und wieder wich Genwulf geschickt jedem Hindernis aus. Leise hörte Caradoc ihn vor sich hin schnalzen. Er versuchte es auch und war fasziniert von dem was er spürte. Er traute sich selber noch nicht, erkannte aber die Genialität, die dahinter steckte, sich die Technik der

Fledermäuse zu eigen zu machen. Caradoc wusste, dass Fledermäuse nicht blind sind, aber lieber andere Sinne nutzten, was sie wesentlich geschickter im Fliegen und Jagen in der Luft machte.

So kamen die beiden Männer in ihre Gedanken vertieft wieder am Haus an. Es dämmerte bereits und es lohnte sich nicht mehr, sich noch einmal schlafen zu legen. So brauten sie sich einen erfrischenden Tee und aßen etwas frisch gebackenes Brot. Als die Sonne aufging machten sie sich erneut auf den Weg in den Wald um im Morgengrauen frische Kräuter und Blätter zu ernten. Der Morgentau half ihnen dabei, denn in diesem Licht glitzerte der Wald besonders.

 Genwulf wurde nicht müde, Caradoc täglich Neues beizubringen. Es hatte sich erwiesen, dass Caradoc ein sehr begabter Kräuterheilkundiger war. Er war immer der Erste, der das gesuchte Kraut fand oder die jetzt benötigte Wurzel. Hieraus wurden Tränke, Pasten oder Kräutersude für Umschläge hergestellt. Die Rohstoffe wurden getrocknet, ausgekocht oder gerieben, einige auch roh verwendet.

Genwulf führte Caradoc oft zu heiligen Plätzen im Wald. Dies konnte eine offene sonnendurchflutete Lichtung sein oder aber die höchste Stelle eines Hügels. Es gab auch besonders wichtige Plätze mit uralten Steinkreisen, die wiederum für besondere Rituale reserviert waren.

Viele einfache Leute aus den umliegenden Dörfern kamen zu den Druiden des Waldes, meist um medizinische Hilfe zu erbitten. Dann gingen Genwulf und Caradoc zusammen ins Dorf, um mit ihren Heilkräutern oder Wickeln zu helfen. Der Lohn war oft ein gutes Essen und ein Nachtlager, aber auch immer der Respekt der normalen Bevölkerung.

Caradoc lernte auch die rituellen Gesänge, Lieder, Verse und Formeln, die für die verschiedenen Rituale gebraucht wurden. Inzwischen war er fast 17 Jahre alt und nun schon viele Jahre mit Genwulf im Wald unterwegs. Er war beseelt von seiner Lebensaufgabe, die Heilkunde zu erforschen.

Oft fragte Genwulf das Wissen seines Schützlings ab, wobei er darauf bestand, dass alles Wissen in Caradocs Kopf blieb! Er durfte keine schriftlichen

Aufzeichnungen machen. Das hatte nur einen einzigen Grund: das alte Wissen der Druiden mit all seinen Riten und geheimen Formeln durfte nur von Generation zu Generation weitergegeben werden. Jegliche schriftliche Aufzeichnung hätte in falsche Hände gelangen können und wäre vielleicht unsachgemäß weiter verbreitet worden. Vielleicht wollte aber auch Genwulf lediglich das Gedächtnis und die Konzentration seines Schülers trainieren…

Sie waren unterwegs in ihrem geliebten Wald und gingen gerade ein Stück am Ufer des Sees entlang. Ihr Ziel war ein kleines Dorf, das über dem See auf dem Plateau eines Tafelberges thronte. Ein anstrengender Aufstieg stand ihnen noch bevor. In diesem Dorf war ein kleines Mädchen an Fieber erkrankt, das nicht weichen wollte. Die beiden Druiden nutzten die Zeit für eine Unterrichtseinheit.

„Caradoc, nenne mir die wichtigsten Häuptlings-bäume!" „Hmm, die Häuptlingsbäume bedienen sich besonderer magischer Kraft und heißen Weißdorn, Hasel, Holunder, Weide, Erle, Esche, Eiche, Kiefer und Birke."

„Und welche Bedeutung haben für uns die Bäume?"

„Die Bäume sind der Sitz der Götter, sie sind Gerichtsorte und die Verkörperung von Kraft und Fruchtbarkeit! Sie sind heilig und unsere wahren Lehrmeister!" Und dann rezitierte Caradoc, was er vor Jahren als Erstes über die Bäume gelernt hatte:

„Es hat seine Haut, das ist die Rinde,

sein Haupt und Haar sind die Wurzeln,

es hat seine Figur und seine Zeichen,

seine Sinne und die Empfindlichkeit im Stamme.
Sein Tod und sein Sterben sind die Zeit des Jahres!"

Genwulf hatte anerkennend zugehört und nickte zustimmend. Aber er wollte die Kraft der einzelnen Bäume beschrieben haben. „Nun gut, erzähle mir doch, wie uns der Weißdorn behilflich sein kann!"

„Der Weißdorn wird auch Schlafdorn oder Hagedorn genannt und beschützt uns und unseren friedlichen Schlaf. Durch ihre langen spitzen Dornen verhindern Hagedornhecken das Eindringen von wilden Tieren und Menschen in ein Dorf. Auch Dämonen, böse Geister und Krankheiten bleiben an seinen Dornen hängen. Die weiße Blüte und die rote Frucht im Herbst sind Zeichen des Lebens, auch als Schutz für unser Herz, das rot ist."

Genwulf schnaufte zufrieden. „Hat er denn keine Heilwirkung für uns?", fragte er und Caradoc war froh, dass er wusste, was sein Meister von ihm wissen wollte: „Eine Tinktur aus getrockneten Weißdorn-blüten und Weißdornfrüchten kann unser Herz stärken. Diese läßt man in einem Sud von gegorenem Obst und Birkenzucker einen Mondgang lang stehen und filtert die Flüssigkeit dann aus. Man soll jeden Tag etwas davon trinken und merkt nach wenigen Wochen, dass das Herz wieder kräftiger schlägt."

Genwulf strengte es offensichtlich sehr an, mit dem leichten Schritt des jungen Mannes mitzuhalten. Er bekam einen roten Kopf und musste zwischendurch immer wieder stehen bleiben um sich zu erholen. „Ich glaube, Dir täte ein bißchen von der Weißdorntinktur auch ganz gut...." , versuchte Caradoc seinen Freund aufzumuntern. Aber der war zu erschöpft und brachte nur ein müdes Lächeln zustande. „Caradoc, lass uns hier irgendwo die Nacht verbringen. Wenn mich meine Augen nicht täuschen, sind wir hier in der Nähe einer alten Baumhöhle, in der ich schonmal eine wunderbare Nacht verbracht habe..." Genwulf machte gerne Anspielungen auf seine nicht vorhandene Sehkraft, Caradoc kannte das schon und lächelte darüber. Aber er fand mühelos die alte geräumige Baumhöhle. Eine uralte riesige Buche öffnete für die beiden ihr Wurzelwerk und ließ sie eintreten in die unterirdische Welt der Bäume. Sie machten es sich gemütlich und dankten dem Baum für seine Gastfreundschaft. Dann entschied Caradoc, dem schon fast schlafenden Genwulf eine Rosskastanientinktur auf die Beine zu reiben. Diese regt die Durchblutung an und verhindert Durchblutungsstörungen.

Caradoc war immer noch fasziniert von den Wundern, die ihm im Wald schon begegnet waren. Es hatte ihn ja schon in seiner Kindheit begleitet, dass er mit den Tieren sprechen konnte. Oder er verstand, was die Bäume sich zuraunten. Er hatte nie ganz verstanden, wie das möglich war. Aber in den Jahren mit Genwulf hatte er gelernt, dies nicht mit seinem Verstand verstehen zu wollen. „Der Verstand nimmt uns die Instinkte!", hatte Genwulf ihm bestimmt ein Jahr lang jeden Tag mehrmals gesagt. Wie Recht er hatte. Er war dem alten Druiden sehr dankbar, dass er in seine Lehre gehen durfte.

Er sah sich jetzt interessiert im Inneren des Baum-wurzelwerks um. Wie hell es hier war, wunderte er sich. Er konnte fühlen, wie draußen die Nacht hereinbrach und bemerkte, dass es jetzt auch in seinem „Schlafraum" dämmriger wurde. Immer noch konnte er ausmachen, wie sich die mächtigen dicken Wurzeln in den Boden um ihn herum gebohrt hatten, um Halt zu finden, diesen mächtigen Baum wachsen zu lassen. Sie sahen gut durchfeuchtet und stabil aus. Caradoc legte eine Hand auf einen der dicken Wurzelarme. Er war warm! Caradoc spürte, wie das Wasser den Wurzelarm wie pulsierend durchströmte. Es fühlte sich großartig an und er spürte, wie sich das lebhafte Pulsieren auf ihn übertrug. Plötzlich hörte er auch die raunende Stimme der Buche, die im Puls des Wassers zu ihm sprach: „Du bist auch ein Baum. Auch Du hast dieses unbändige Leben in Dir, Du hast außen Deine Krone und nach innen ein immer feiner werdendes Geflecht, das Dich versorgt. Spürst Du es? Ja, ich fühle, dass auch Du es spürst und wir beide jetzt in einem Rhythmus fließen. Genieße es, und lass Dich von mir tragen…"
Sanft trug die Buche Caradoc tiefer in ihr Wurzelwerk hinein. Caradoc stellte überrascht fest, dass von allen Seiten Wurzeln ins Erdreich drangen und sich mit den Wurzeln der Buche verbanden. Sie schlangen sich ineinander, um sich dann mit ihren Enden in verschiedene Richtungen wieder zu trennen. Als gingen sie einfach weiter auf ihrer Wanderschaft. Es waren nicht nur Buchenwurzeln, die sich verbanden. Weiße Birkenwurzeln und rötliche Eichenwurzeln kamen zueinander, verbanden und trennten sich

wieder. Die Wurzeläste wurden immer feiner, je tiefer die Buche Caradoc in ihre Unterwelt führte. „Es ist alles wahr!", murmelte Caradoc staunend und war total erfüllt von diesem Wunderwerk der Natur, in dessen Mitte er hier stand. Er drehte sich um die eigene Achse und sog den harzigen, erdigen Duft des Waldbodens ein. Er beobachtete kleine spinnenartige Tiere, die ein Netz spannten zwischen zwei Wurzelenden. Er bemerkte einen weißlich-grünen Belag auf dem Ende einer rötlichen Wurzel und tippte mit dem Finger vorsichtig daran. Sofort begann diese Belag zu leben, er waberte schnell hin und her und schien sich neu ordnen zu müssen, um wieder funktionstüchtig zu sein. „Das sind unsere Nahrungstransporteure", raunte die Buche, „sie transportieren Nahrung zum nächsten Baum. Dort warten die nächsten und geben die Nahrung weiter, bis sie den Baum erreicht haben, der Hilfe benötigt." „Hilfe?", fragte Caradoc fassungslos. „Selbstverständlich", sagte die Buche nun deutlicher und Caradoc hatte den Eindruck, dass sie außen mit ihrer Baumkrone wackelte, als würde sie nicken. „Wenn einer unserer Brüder krank ist oder an seinem Standort nicht genug Nahrung findet, helfen wir Anderen ihm. Es ist egal, welche Sorte Baum in Not ist…" Der junge Druide war beeindruckt. Das war so ähnlich, wie früher im Dorf. Wenn jemand in Not war, stand der gesamte Clan zur Verfügung. Und auch Neuankömmlinge wie damals Trombsen wurden in das Dorfgeflecht integriert. „Genau", sagte die Buche leise und freundlich. „Wie weit kann ich wandern in dieser geheimen lebendigen unterirdischen Stadt?", fragte Caradoc ehrfürchtig. „So lange, bis Du an die

Grenze des Waldes stößt. Aber auch dann kannst Du weiter durch die Wurzeln der Kornfelder oder der Weiden wandern. Du kannst unter dem Dorf, in dem Du aufgewachsen bist durch Euren Gemüsegarten wandern, sogar auf die Hochsteine, auf denen ihr Kartoffeln anbaut. Wir sind alle miteinander verbunden...!"

„Kennt Ihr Euch alle untereinander?" „Oh ja", raunte die Buche und half im Vorbeiziehen einem kleinen Käfer auf eine andere Wurzel, damit er dort den lästigen Belag abnagen konnte. „Gerade wir alten Bäume kennen einander. Wir haben die Aufgabe, die neuen jungen Bäume zu integrieren in unser System. Sie müssen das genauso lernen, wie Du noch lernst, junger Druide." Caradoc war das etwas unangenehm: „Ich bin noch kein Druide, liebe Buche. Wie Du sagst, ich lerne noch und habe die Druidenweihe noch nicht bekommen." Er spürte die Buche lächeln. „Komm mit", raunte sie geheimnisvoll und Caradoc folgte einer kräftigen Buchenwurzel durch enge verschlungene Wurzelgeflechte und Spinnennetze, die ihm bereitwillig einen Durchgang verschafften, Pilzkolonien, die ihm den Weg über feste Durchgänge wiesen, vorbei an Ameisenstaaten, die die Wurzelwelt von störenden Schädlingen befreiten und vielen Käfern aller Größe, die alle ihr Reich schützten und eine bestimmte Aufgabe hatten, dieses Wunderwerk am Leben zu halten. Caradoc achtete nicht darauf, wo er hintrat. Das war auch nicht nötig, der unterirdische Wald ließ ihn staunend an sich teilhaben und geleitete ihn sicher durch die schmalen Pfade.

Plötzlich tat sich vor ihm eine Wurzelhöhle auf, die einen so lieblichen Duft verströmte, dass dem jungen Mann die Tränen kamen. Aber es war nicht der Duft, der ihn rührte, sondern die Erinnerung. Er erkannte den Baum sofort. „Ich freue mich, in Dir zu sein, liebe Blumenesche!", begrüßte er den Baum. „Ich freue mich auch sehr, Dich hier zu sehen. Ich sehe auch, dass die große Buche Dich zu mir begleitet hat!" Caradoc war, als würden sich die beiden Bäume mit ihrer Krone zueinander zur Begrüßung verneigen. „Caradoc", raunte die Esche nun, und ihm war, als beuge sie sich zu ihm hinunter, damit nur er verstehen konnte, was sie ihm sagen wollte: „Du trittst nun in die Druidenwelt ein. Während Du hier bei uns bist, wirst Du voll und ganz ein Teil der Natur, in der Du lebst. Du bist untrennbar mit ihr und mit den Tieren und uns Bäumen verbunden. Mit der Welt um Dich herum, mit den Bergen, den Wasserfällen, dem See. Mit den Sträuchern, den Gräsern, den Blumen, dem Wasser und allem Leben in ihm, dem Himmel und allem Leben in ihm, auch mit Blitz und Donner. Du kannst Dich nur noch durch den Übergang in ein neues Leben aus diesem Zustand befreien. Du bist der Sohn der großen Seherin Guiwa. Sie hat mir Dich gebracht und ich habe Dich an ihrer Statt angenommen. Nur so konntest Du leben und Guiwa in ihrem Leben glücklich werden. Ich weiß, dass Du ihrer würdig bist. Ich bin sozusagen Dein Beschützerbaum und ich begleite Dich schon Dein Leben lang. Und Du weißt jetzt auch, dass Du mich immer über die anderen Bäume erreichen kannst, wenn Du mich brauchst." Caradoc war tief berührt. Er umfasste mit einer Hand die dicke Wurzel der Blumenesche, die er schon sein Leben lang kannte und liebte und mit der anderen Hand das Ende der Buchenwurzel, die ihn hierher geleitet hatte. In diesem Moment spürte er die Kraft der Blumenesche und die der alten, weisen Buche in sich zusammenfließen und war erfüllt von dieser unbändigen Energie. Sie fühlte sich so alt und kraftvoll an, er konnte mit jeder Zelle die Verbundenheit mit der Natur und seine Zugehörigkeit spüren.

So blieb er stehen und überließ sich diesem überwältigenden Gefühl. Es strömte in ihn hinein und in jeden Winkel seines Körpers und er war glücklich. Dass so viel Glück möglich ist, hätte er nicht für möglich gehalten.

Er vergaß die Zeit und stand lange in der Verbindung mit der Esche und der Buche. Das Gefühl ließ nicht nach. Es schien ihn immer mehr zu stärken, ihn zu durchströmen. Er verwuchs förmlich mit den Wurzeln und genoss das Gefühl, von erst kleinen, dann immer dicker werdenden Wurzeln umschlossen zu werden. Es war wie eine liebevolle Umarmung. Die Wurzeln trugen ihn davon...

Genwulf wartete schon ungeduldig auf seinen Schüler. Dieser wollte scheinbar gar nicht mehr aus der Baumhöhle herauskommen. Die Sonne schien und es war ein wunderbarer, frischer neuer Tag. Aber auch Genwulf spürte, dass sich etwas verändert hatte. Sein Schüler war über Nacht erwachsen geworden und hatte neue Kraft erhalten. Genwulf spürte, dass es eine mächtige Kraft war, die Caradoc von den Naturkräften erhalten hatte. Sogar er selber, Genwulf, spürte in sich eine neue jugendliche Kraft, die er schon lange nicht mehr wahrgenommen hatte.

Caradoc trat aus der Baumhöhle ins Tageslicht und fühlte sich plötzlich seinem Druidenmeister ebenbürtig. Das erschreckte ihn, denn er war ja noch Novize und hatte sich nicht mit dem Meister auf eine Stufe zu stellen. Aber er sah, dass Genwulf lächelte und ihm scheinbar seine Veränderung nicht anmerkte. Aber wie konnte er nur so etwas denken, Genwulf wußte genau, was Caradoc im Lauf dieser Nacht erlebt hatte! Und Genwulf war darüber genauso glücklich wie Caradoc. Die beiden Männer brauchten keine Worte; sie waren sich ebenso verbunden und ineinander verwachsen wie Caradoc dies in der Nacht mit den beiden Bäumen erlebt hatte. „Komm", sagte Genwulf freundlich, „lass uns nach dem Mädchen sehen und es von seinem Fieber befreien. Welchen Trank wirst Du ihr geben?" „Ich denke, ich werde ihr einen Wickel aus gekochter Weidenrinde um die unteren Beine machen. Gegen das Fieber und als schweißförderndes und von innen reinigendes Mittel setzen wir den Weidenrindensud ein. Die Wurzelrinde wirkt gut bei Ruhr und Durchfall, aber auch beim Gurgeln gegen Halsentzündungen. Geriebene, zu Pulver getrocknete Weidenrinde hilft bei offenen eitrigen Geschwüren und Wunden. Mal sehen, wie es dem Mädchen heute geht. Wenn wir sie gesehen haben, können wir immer noch entscheiden." „Wir?", entgegnete Genwulf, „Du wirst jetzt alleine entscheiden, was zu tun ist. Deine Berufung geht jetzt in Erfüllung!"

Caradoc hatte sich die ganzen Jahre bei Genwulf sehr wohl und sicher gefühlt. Er hatte sich immer gefragt, wie es wohl sein würde, wenn er irgendwann alleine durch die Wälder und Dörfer ziehen würde, ohne Genwulf um Rat fragen zu können. Auf sich allein gestellt zu sein. Das hatte er sein ganzes Leben lang nicht gelernt. Er hatte gelernt, sich auf seine Eltern, das Dorf, Segari und ein bißchen auch auf Trombsen zu verlassen. Dann auf Genwulf. Aber ab jetzt würde er alleine entscheiden, was zu tun ist. Er fühlte sich damit plötzlich sehr wohl. Und stolz. Er hatte in den Jahren gelernt, dass er niemals alleine war. Dass die gesamte Natur, die ihn umgab, ihm zur Seite stand und er sich auf sie verlassen konnte. Dass er ein untrennbarer Bestandteil dieser Natur war.

 Sie begannen zur Mittagszeit den Aufstieg zum Dorf auf dem Hochplateau. Es war heiß, aber beide waren wie elektrisiert. Bei Genwulf waren keinerlei Anzeichen von Schwäche zu bemerken, er wanderte bedächtig aber stetig und setzte seinen Stock mit dem wunderschön geschnitzten Baum als Stütze ein. Auch Caradoc verspürte keine Anstrengung beim Aufstieg. Er war konzentriert und voller Erwartung.

Es gab keinen besonderen Pfad hinauf zu dem Dorf, sie suchten sich den besten Weg durch die Felsenlandschaft, aber auch durch hohes Gras. Hier kamen sie auch durch eine Moorgegend. „Diese Gegend nennen wir die Damwiese", sagte Genwulf, als sie sich auf einem Felsen niederließen, um auszuruhen. „Wir sind hier im Hochmoor. Siehst Du die kleinen Wasserquellen, die hier überall aus den Felsen kommen? Koste mal das Wasser!" Caradoc fing mit beiden Händen ein wenig Wasser aus einer kleinen sprudelnden Quelle auf und trank. „Oh", rief er überrascht aus, „es schmeckt ganz salzig!" „Ja Caradoc, zu diesen Solequellen kommt das Damwild des Waldes schon seit Urzeiten zum Trinken und zur Aufnahme von Salz. Die Tiere brauchen das Salz für ihre Abwehrkräfte! So brauchten die Jäger früher nur den Tieren zu folgen und machten leichte Beute. Irgendwann haben die Menschen gelernt, dass sie das Salz auch selber nutzen könnten und begannen, das salzhaltige Gestein im Berg abzubauen. Davon lebt Deine Familie schon sehr sehr lange! Das Salz dieser Region hat schon viele reich gemacht, die hier sesshaft wurden."

Als es Abend wurde, kamen sie am Rand des fast runden Dorfes an. Als sie auf dem Plateau des Tafelberges standen, ragte direkt vor ihnen eine riesige alte Eiche auf, die auf der einen Seite ihre ausladenden Äste weit über den Abgrund hinweg streckte, auf der anderen Seite mit einem dichten Blätterdach für eine Überdachung des Thingplatzes des Dorfes sorgte. Am Fuß der Eiche saß eine alte Frau mit langen grauweißen Haaren und murmelte vor sich hin. Genwulf sprach sie an: „Sag, hier im Dorf gibt es ein krankes Mädchen und ihr habt nach uns geschickt. Führst Du uns zum Haus des Kindes?" Die Alte sah ihn an und ihr Blick wanderte zu Caradoc. „Seid ihr die zwei Heiler? Man hört von Euch!"

Die Frau erhob sich und bedeutete den beiden, ihr zu folgen. An einem einfachen Haus machte sie Halt und eine einladende Geste, einzutreten. Das Haus war schlicht eingerichtet mit groben Holzmöbeln, der Boden war sandig und teilweise mit wärmendem Stroh bedeckt. Im hinteren Teil des Hauses hörte man Schweine grunzen und Ziegen meckern. Hier lebten eindeutig Bauersleute, die keine Zeit hatten, sich um ein krankes Kind zu kümmern. Sie waren auf dem Feld gewesen und kamen jetzt von schwerer Arbeit nach Hause. Die jüngere Frau begrüßte die beiden Druiden ehrfürchtig und sagte zu der alten Frau, die Genwulf und Caradoc hergebracht hatte: „Mutter, kannst Du Wasser holen, damit die beiden sich erfrischen können?" Dann mischte sich der Mann ein und sagte: „Ich glaube, Ihr solltet sofort nach Ailis sehen. Kommt bitte mit." Er führte die Druiden in den rechten Teil des verwinkelten Hauses, an das offensichtlich öfter angebaut worden war. Dort lüftete er einen Vorhang, hinter dem ein Bett stand. Sofort machte sich fiebrige, kranke Luft bemerkbar. Das Mädchen lag blass und schwach blinzelnd auf ihrem Lager und schien nicht so recht einordnen zu können, was diese fremden Männer hier wollten. Sie war ein hübsches Mädchen mit langen, glatten, roten Haaren, die ihr jetzt am Kopf und am Gesicht klebten. Ihr Gesicht war übersät von Sommersprossen, ihre tiefgrünen Augen blickten trübe. Sie war durchaus kein kleines Mädchen mehr, wie Genwulf und Caradoc gedacht hatten. Bestimmt hatte sie schon die vierzehn Jahre erreicht. Sie versuchte zu lächeln, aber es mißlang ihr kläglich. Sie hatte hohes Fieber, konnte kaum sprechen und wirkte, als wäre sie schon auf dem Weg in die andere Welt. „Schnell, holt reines Wasser", sagte Caradoc und wartete gar nicht erst ab, was Genwulf dazu sagen würde. Er war sofort in seinem Element und hatte schon eine Hand auf der Stirn des Mädchens. Die Stirn war heiß und schweißnass. Er kramte in seinem Beutel, in dem er immer schon fertige Sude, Tränke oder Pasten vorrätig hatte, falls er bei einem Patienten mal keine Zeit mehr hatte, erst einen neuen Trank zu kochen. Er förderte eine kleine dunkelgrüne Phiole ans Tageslicht und bat Ailis' Mutter um einen Becher. Dann füllte er den Becher halb mit Wasser und gab 10 Tropfen der Lösung aus der Phiole dazu. Dann beugte er sich zu seiner Patientin hinunter, hob mit einer Hand ihren Kopf leicht an und half ihr beim Trinken. Sie war so schwach, dass sie kaum schlucken konnte. Aber

Caradoc setzte ihr geduldig immer wieder den Becher an den Mund und redete beruhigend auf sie ein. So nahm sie Schlückchen um Schlückchen. Erst danach holte er aus seinem Beutel den Weidenrindensud, den er in einer Metallflasche mit Korken aufbewahrte. Trombsen hatte sie ihm mal geschenkt, weil er mitbekam, dass Hruza/Caradoc immer auf der Suche nach dichten Behältnissen war. Dann bat er um Leinentücher, die er mit dem Sud tränkte und machte sich daran, die Unterschenkel des Mädchens damit einzuwickeln. Ailis war schon in einen ruhigen Schlaf gefallen, atmete aber schwer.

Dann wurde auch Caradoc ruhiger und tupfte ihr mit einem Leinentuch die feuchte, glänzende Stirn trocken.

„Ich bleibe heute Nacht bei ihr", sagte er den überraschten Eltern, die ehrfürchtig nickten und sofort los liefen, um ihm ein Nachtlager zu bauen. Für Genwulf, der die ganze Zeit kein Wort gesagt hatte, bauten sie ein Lager in der Nähe der Kochstelle.

Bevor sie sich alle schlafen legten, saßen sie noch um den großen Tisch herum. Der Vorhang, der Ailis' Lager verdeckt hatte, wurde geöffnet. Caradoc bestand darauf, weil er die fiebrige Luft gegen Frischluft austauschen und das Mädchen auch von seinem Platz am Tisch aus beobachten wollte. Die anderen tranken etwas Met und Bier, Caradoc bat um einen Becher heißen Wassers, in das er ein paar Salbeiblätter warf. Er wollte heute Nacht für Ailis geistig hellwach bleiben, auch wenn er wußte, dass er schlafen würde.

Aber in der Nacht kam Caradoc nicht zum Schlafen. Ständig wechselte er die Wadenwickel. Ailis schwitzte das Leinentuch, auf dem sie lag rasend schnell durch und er musste es wechseln. Die Familie war arm und so viele Tücher gab es nicht. So nahm er auch noch seine eigene Decke und schob sie unter Ailis' geschwächten dünnen Körper. Die schweissnassen Laken hängte er über der Kochstelle auf, wo noch Wärme durch die Glut aufstieg. Jedesmal, wenn er wieder ein nasses Tuch aufhängte und ein Trockenes zu Ailis' Lager brachte, musste er über Genwulf steigen. Caradoc konnte nicht verhindern, dass dieser ab und zu wach wurde und ihn anblinzelte oder im Halbschlaf so etwas wie: „Pass auf das Mädchen auf!" grunzte. Aber Genwulf mischte sich nicht ein.

Als Caradoc dachte, sie hätte jetzt das Schlimmste überstanden, begann Ailis sich unruhig hin und her zu wälzen. Sie redete und fantasierte offensichtlich im Fieberschlaf. „Das macht sie schon seit vielen Nächten!" flüsterte Ailis' Großmutter Caradoc ins Ohr und er fuhr erschreckt hoch! Er hatte nicht gehört, dass sie sich von hinten angeschlichen hatte. „Sie ruft nach jemandem, aber ich weiß nicht, wen sie meint! Sie redet mit verstellter Stimme, die nicht zu ihr gehört. Die Fiebergeister haben sie verhext!" flüsterte die Alte und sah Caradoc beschwörend an. „Die anderen scheinen sie nicht zu hören, sie schlafen immer, auch wenn Ailis noch so laut ruft. Ich gehe jeden Tag zum Thingbaum und frage ihn um Rat. Aber er gibt mir keine Antwort. Bis ihr beide heute angekommen seid. Das ist bestimmt ein Omen...!" Auch Caradoc hatte schon daran gedacht, die

Fiebergeister anzurufen und zu vertreiben. Aber die Großmutter seiner Patientin war ihm unheimlich. In ihrem Beisein würde er keines seiner Rituale durchführen. Also schickte er sie hinaus, sie solle zum Thingplatz gehen und auf ein Zeichen warten. Als die alte Frau sich zögernd und zweifelnd langsam zurückzog, rappelte sich plötzlich Genwulf auf und sagte leise aber freundlich bestimmt: „Ich gehe mit ihr zum Thingplatz und wir werden gemeinsam auf ein Zeichen warten." Damit war die Großmutter sehr zufrieden und die beiden gingen in die Nacht.

Sofort fiel Ailis wieder in tiefen ruhigen Schlaf. „Eigenartig", dachte Caradoc und beobachtete das hübsche von den langen roten Haaren eingerahmte, sommersprossige Gesicht beim Schlafen. „Was ist mit der alten Frau los? Warum ist Ailis so unruhig, wenn sie in ihrer Nähe ist...?" Er nahm beide Hände seiner Patientin in seine Hände und erschrak, wie kalt sie waren. Aber sofort spürte er eine vibrierende Kraft, die sich zwischen ihm und ihr aufbaute. Er versetzte sich in eine Art Trance und murmelte rituelle Worte, versuchte, Ailis damit zu erreichen. Er drückte ihre Hände abwechselnd mit unterschiedlichem Druck und spürte in seiner Traumwelt, wie ihre Hände immer wärmer wurden, ohne schweißnass oder fiebrig zu sein. Und dann kam ihm wie ein Hammerschlag die Erkenntnis, was mit Ailis los war! Er sah es förmlich vor sich und erschrak! Rasend schnell musste er nun entscheiden, was wichtiger war: bei Ailis bleiben oder Genwulf helfen! Genwulf war in Not, das sah er ganz deutlich vor sich, er konnte nur nicht greifen, was die Gefahr war! Es war eine Kraft, die dort wirkte! Eine überirdische Kraft, die er nur mit Hilfe seiner Trance bemerken konnte. Er rief Ailis' Vater, der ihm am nächsten lag und schlief. Er bemerkte Caradocs Rufen nicht. Da ließ Caradoc eine Hand von Ailis los und griff mit der freien Hand nach einer kleinen Holzschale, die noch auf dem Tisch stand und warf sie nach dem schlafenden Mann. Dieser grunzte und drehte sich herum. Caradoc warf seinen Eisenbecher, aus dem er getrunken hatte. „Au!" rief der Vater und richtete sich mit wütendem, suchendem Blick auf. Er musste sich erst orientieren und nahm dann Caradoc wahr. Ein erkennender Ausdruck lag jetzt in seinem Gesicht und er erfasste sofort, dass etwas passiert sein musste: „Was ist los? Geht es ihr schlechter? Was macht ihr mit meinem Kind?" Caradoc machte eine beruhigende Handbewegung und erklärte dem Vater ruhig und flüsternd, dass er jetzt bei Ailis bleiben und ihre Hände halten sollte. Der Vater schaute verständnislos von Ailis zu Caradoc, nickte dann aber und kam zu seiner Tochter herum. Inzwischen war auch Ailis' Mutter aufgewacht. Auch sie kam jetzt schlaftrunken und neugierig zum Nachtlager ihrer Tochter und setzte sich neben sie auf die Stroh-matratze. Beide Eltern nahmen jetzt je eine Hand des Kindes und sahen Caradoc erwartungsvoll an. Ailis schlief einen ruhigen, entspannten Schlaf. Das beruhigte den jungen Druiden und er verließ das Haus in Richtung Thingplatz. Dort angekommen, sah er, was er befürchtet hatte.

Genwulf saß mit dem Rücken an den Thingbaum gelehnt. Vor ihm lag Ailis' Großmutter und hatte ihren Kopf auf Genwulfs Oberschenkel gebettet. Als

Caradoc langsam näher kam, erkannte er, dass die alte Frau tot war. Sie sah sehr glücklich und schön aus, wie erlöst. Genwulf hatte eine Hand auf ihre Stirn gelegt und murmelte singend rituelle Worte für die Gestorbene.

 „Nia ist tot, nicht war?", sagte hinter Caradoc eine klare Stimme und er wusste, wem sie gehörte. Ailis stand hinter ihm, mit einem verschwitzten Leinenhemd bekleidet, Caradocs Decke um die Schultern gelegt. Sie sah Caradoc mit klaren, sehr grünen Augen an, ihr rotes Haar hing ihr über die Schultern und im Gesicht. Als er sich zu ihr umdrehte, wusste er plötzlich, was er in ihrem Fieberwahn gesehen hatte und wer sie war! „Ja, sie ist tot", sagte er leise und sah sie fasziniert an.

„Sie ist für mich gestorben", flüsterte Ailis, ging lautlos an Caradoc vorbei und kniete sich neben ihre Großmutter. Sie schob vorsichtig Genwulfs Hand von der Stirn ihrer Großmutter und drückte ihr einen Kuss auf die Stirn. Dann machte sie eine Geste mit der rechten Hand, als würde sie sie segnen, drehte sich zu Caradoc um und bat ihn: „Kannst Du sie ins Haus bringen? Wir haben keinen heiligen Mann im Dorf. Sie wird bei uns bleiben, bis wir sie in ihr neues Leben verabschieden". Caradoc nahm Genwulf Nia von den Beinen und trug die kleine, leichte Frau ins Haus. Dabei ging er an Ailis' Eltern vorbei, die stumm vor ihrem Haus standen und die Situation nicht fassen konnten!

Eben noch lag ihre Tochter im Fieberwahn, wurde ruhig, als Nia mit Genwulf hinausging. Nun war Nia plötzlich tot und Ailis schien wundersam von tagelangem Fieber geheilt und wohlauf. Was hatte Genwulf mit dem Tod der Großmutter zu tun?

Wie Caradoc es von Segari kannte, legte er Nia auf den großen Tisch und segnete sie. Er würde in dieser Nacht nicht schlafen, das war klar. Er würde Nias langen Schlaf bewachen und sie sanft hinüber geleiten in ihr neues Leben nach dem weltlichen Tod. Er würde ihr heute Nacht zeigen, welche Grabgaben sie auf welche Weise nutzen könne, um in ihrem neuen Leben davon zu profitieren. Und er würde ihr zeigen, in welches neue Leben sie geboren werden würde, damit sie sich darauf vorbereiten könnte, wenn es soweit war. Das waren seine Gedanken, als er sie sanft auf dem Tisch ablegte und versuchte, sie bequem zu betten.

„Du weißt, dass Du Nia dies alles nicht erzählen musst, oder?", fragte Ailis hinter ihm leise. Caradoc drehte sich zu ihr um und sah in tiefgrüne Augen, die ihn zu verschlingen schienen. Er traute sich kaum, seine Gedanken laut zu sagen, obwohl er wußte, dass das Unmögliche in diesem Fall eingetreten war. „Du bist Nia, stimmt's?", sagte er halb fragend, halb seiner Intuition sicher. „Ja, ich bin Nia. Ich bin Nia vom Dach des Berges und heiße Ailis. Ich werde Ailis bleiben mein Leben lang. Und trotzdem werde ich immer Nia und Ailis in einer Person sein. Nia und ich wissen das schon lange. Meine Eltern sind einfache Leute, sie haben uns beide immer belächelt. Weil wir oft im selben Moment das Selbe gesagt haben. Weil wir die selben verrückten Ideen hatten. Weil wir gleichzeitig wussten, wenn etwas passiert war. Manchmal waren wir uns auch unheimlich deswegen. Wir konnten die Gedanken anderer Menschen hören. Deine Gedanken höre ich nur bruchstückhaft, aber den

Sinn verstehe ich. Du bist etwas Besonderes, Dein Freund Genwulf auch. Als ihr heute Abend kamt, wusste ich im Fieber, was passieren würde. Und Genwulf wusste es auch! Du hast nur mich gesehen und nicht so sehr auf Nia geachtet. Jetzt muss ich mich von meiner anderen Lebenshälfte verabschieden. Sie hat mich ins Leben geschickt. Ich hätte das Fieber nicht überlebt, wenn sie nicht gestorben wäre. Dafür brauchte sie aber Euch! Sie hat so auf Euer Kommen gehofft, deshalb hat sie Euch auf dem Thingplatz seit Tagen erwartet." Caradoc nickte und wusste nicht, ob er sich darüber freuen sollte, dass Ailis wieder gesund war oder traurig darüber, dass Nia für ihre Enkelin gestorben war. „Seit wann weißt Du, dass Du in Nia lebst?", fragte er Ailis. „Sie hat mir meinen Lebensbaum gezeigt. Er hat mich in seine Arme genommen und es mir zugeraunt. Ich war noch klein, aber Nia und ich wußten immer schon, dass es so kommen würde. Als ich im Fieber lag habe ich mit meinem Baum gesprochen. Er hat mir erzählt, das Du Dich mit den Wurzeln des Waldes verbunden hast, um mich zu finden. Ich habe mich gegen das Fieber gewehrt, weil ich nicht wollte, dass Nia für mich stirbt. Aber als Du dann da warst und ich die Kraft in Deinen Händen gespürt habe, wusste ich, dass alles so kommt, wie die Prophezeiung es vorgesehen hat." Ailis blickte in die Ferne und schien nicht wahrzunehmen, was um sie herum war. Caradoc nutzte die Gelegenheit, Ailis von der Seite zu betrachten. Sie war fast so groß wie er selber und hatte ihr langes rotes Haar aus dem Gesicht gestrichen. Jetzt lag es wild über ihrem Rücken und schien sich um ihren Körper zu legen wie ein Mantel. Ihr Gesicht war ebenmäßig, gebräunt und voller Sommersprossen. Das ließ sie kindlicher wirken. Aber an ihrem Körper sah man, dass sie kein Kind mehr war. Sie strahlte eine ruhige Würde aus und sie erinnerte Caradoc in diesem Moment an Kina. Er hatte seine Schwester schon lange nicht mehr gesehen und freute sich, durch diese Seelenverwandtschaft durch Ailis eine Verbindung herstellen zu können. Auch von Kina ging immer diese geheimnisvolle Würde aus, die ihn schon als Kind fasziniert hatte. Unvermittelt drehte Ailis den Kopf und sah ihn unverwandt an. Caradoc drohte wieder einmal in dunkelgrünen Augen zu versinken…

Caradoc war verwirrt und wusste plötzlich nicht mehr, was nun zu tun ist. Er sah auf Nia hinab, die zufrieden zu lächeln schien. Intuitiv machten sich Ailis und Caradoc gemeinsam gleichzeitig daran, die Rituale für Nia zu zelebrieren. Ailis war konzentriert und völlig sicher in dem, was sie tat. Sie entzündete das Räucherwerk und bewegte die rauchenden Eichenzweige langsam über dem kleinen Körper. Caradoc hielt seine Arme und Hände ausgebreitet über den Rauch und drückte ihn auf Nia hinab, damit er die Seele der Toten erreicht und reinigt. Sie kleideten Nia in ein weißes Leinengewand und schmückten ihr Haar mit Blumen aus dem Garten und Blättern der heiligen Eiche des Thingbaumes. Dann flocht Ailis ihr bunte bestickte Bänder ins Haar, die Ailis und Nia gemeinsam gearbeitet hatten.

Die beiden jungen Leute arbeiteten Hand in Hand ohne besondere Absprache. Sie ergänzten sich einfach, als hätten sie nie etwas anderes getan.

Dann verabschiedete Ailis sich von Caradoc, indem sie seine Hände in ihre nahm. Sofort war wieder diese pulsierende Energie zwischen beiden zu spüren und es fiel beiden schwer, sich voneinander zu lösen.

Ailis legte sich wieder auf ihr Lager, in dem Caradoc sie Stunden vorher fiebrig vorgefunden hatte. Ailis' Eltern hatten das Lager mit den wenigen noch sauberen Laken neu hergerichtet. Caradoc fiel plötzlich auf, dass die Eltern in den letzten Stunden nicht zu sehen gewesen waren. Auch sie hatten doch den Verlust von Nia erlitten, wo waren sie in ihrer Trauer?

Caradoc wusste es. Sie trauerten nicht. Sie waren erleichtert, dass es Ailis wieder gut ging, auch wenn Nia dafür gehen musste. Und Nia war ja gar nicht gegangen; Ailis war die neue Verkörperung von Nia.

Caradoc trat kurz vor das kleine Haus und blickte zum Thingplatz hinüber. Dort saßen Ailis' Eltern mit vielen Menschen aus dem Dorf unter dem Baum und darum herum. Alle waren miteinander verbunden durch eine Art Seil, dass aus den Eichenrindenfasern des Thingbaumes gedreht worden war. Genwulf saß in der Mitte und hielt den Beginn des Seiles fest, das die Menschen einander so weitergaben, dass jeder ein Stück des Seils in seinen Händen behielt. So entstand eine Art Spirale aus Menschen um Genwulf herum. Der Letzte in der Menge stand mit dem anderen Ende des Seils in der Hand auf und ging zum Thingbaum. Dort wand er es um einen tiefhängenden Ast. Nun waren alle zwischen Genwulf und dem heiligen Baum miteinander verbunden. Genwulf sang ein leises spirituelles Lied, ähnlich dem Totengesang, den Caradoc so gut kannte. Caradoc spürte, dass der Geist von Nia über den Menschen auf dem Thingplatz schwebte und sich mit jedem einzelnen verband. Eine tiefe Ruhe legte sich über ihn und er ging wieder ins Haus, um die Nachtwache für Nia zu halten.

Am nächsten Morgen wachte er auf, weil sein Rücken schmerzte und die Sonne durch die offene Tür strahlte. Sein Kopf lag auf der Tischplatte auf seinen verschränkten Unterarmen, er saß auf einem der Holzschemel. Nia lag nicht mehr dort! Wo war sie? Caradoc sprang auf und nahm mit einem schnellen Seitenblick wahr, dass auch Ailis nicht mehr auf ihrem Lager lag. Als er vor das Haus trat, sah er sofort, dass der Thingplatz immer noch voll mit Menschen war. Nia lag auf einer hölzernen Trage, die mit Fellen und Pelzen ausgekleidet war. Ebenso wertvolle Pelze hüllten die kleine Gestalt ein. Freunde und Dorfbewohner gingen an ihr vorbei und jeder wand seinen Teil des Eichenrindenseils um die Bahre herum, sodass die Felle nun um Nia herum festgebunden wurden. Genwulf stand würdevoll am Kopf der Gestorbenen. Er hatte eines der Tierfelle übergeworfen. Am Auffälligsten war natürlich das Fell eines Fuchses, dass sich auf seinen Schultern so perfekt um seinen Hals schmiegte, wie es sein Fuchs getan hatte, als Caradoc Genwulf kennen gelernt hatte. Die Männer trugen die Bahre feierlich aus dem Dorf und Genwulf folgte singend. Dahinter folgten

Ailis' Eltern, Ailis und das ganze Dorf. Sie trugen Nia den ganzen Berg hinunter, auf dessen Plateau sich das Dorf befand und machten an der Stelle Halt, an der sich das Blätterdach des Thingbaumes von oben über dem Abgrund ausbreitete und eine Art Dach bildete, dass sich jetzt in riesiger Höhe befand. Caradoc sah hinauf und war fasziniert von der monumentalen Größe dieser Baumkrone. Dieser Baum musste fest im Felsen verankert sein!

Die Bahre wurde auf ein auf vier Beinen stehendes hölzernes Gestell gehoben, auf das die Träger über Holzleitern stiegen. An den vier Ecken waren getrocknete, mit Pech getränkte Reisigbündel, die als Fackeln im windstillen Schutz des Felsens und des Blätterdaches brannten. Unter dem Holzgestell war allerlei trockenes Holz und Heu gestapelt.

Caradoc verfolgte das Zeremoniell fasziniert, eine solche Totenfeier hatte er noch nicht erlebt.

Nun bildeten alle Dorfbewohner einen Kreis um die Bahre, hielten sich an den Händen und wiegten sich schweigend vor und zurück. Genwulf stand außerhalb des Kreises und bedeutete Caradoc das Gleiche zu tun.

Langsam und wie in Zeitlupe löste sich Ailis, die zwischen ihren Eltern gestanden hatte aus der Gruppe Menschen und fügte die Hände ihrer Eltern zusammen. Ailis bewegte sich in wiegendem Gang in Richtung Bahre, nahm einen langen trockenen Ast aus dem Holzhaufen heraus und hielt ihn in eines der vier Feuer, bis er brannte. Diesen gab sie ihrer Mutter. Dann wiederholte sie den Vorgang und gab den zweiten brennenden Stock ihrem Vater. Für den dritten brennenden Stock winkte sie wortlos Caradoc heran, dessen Herz auf einmal einen aufgeregten Sprung machte. Den vierten brennenden Stock behielt sie selber. Zuerst trat ihre Mutter an eine Ecke der Bahre heran und sprach leise mit dem Geist ihrer Mutter, dann der Vater. Ailis bedeutete Caradoc, an welche Ecke er gehen sollte, sah ihn eindringlich an und hielt sich einen Finger vor den Mund, damit Caradoc schweige. Dann trat sie selber hervor und erhob ihre Stimme laut und volltönend, dass Caradoc erstaunt die Augen aufriss.

Ailis beschwor laut die Geister der heiligen Eiche, aus der Nia gekommen sei und in die sie nun zurückkehre. Die junge Frau beschwor die Geister des Waldes, des Windes, des Wassers, der Berge und der Jahreszeiten, sie in Nia weiter leben zu lassen, damit sie, Ailis, die Lebensaufgabe ihrer Großmutter vollenden könne. Dann begann sie mit wunderschöner Stimme zu singen und Caradoc erkannte den Totengesang von Segari wieder. Auf Ailis' Signal hin stimmte er in den Gesang mit ein und das ganze Dorf fiel ein. Ailis hielt feierlich ihren brennenden Stock hoch und die drei anderen taten es ihr gleich und alle vier entzündeten gleichzeitig je eine Ecke des Holzgestells.

Sofort entwickelte sich dichter Rauch, der in einer einzigen schwarzen Rauchsäule zum Blätterdach des Thingbaumes aufstieg.

Nein! Der Rauch stieg nicht auf, er wurde förmlich eingesogen. Der Baum sog die Asche und den Rauch förmlich ein. Caradoc spürte die Urkraft dieses Baumes, der die Seele seines Schützlings Nia einsog!

Caradoc war wie elektrisiert, als er das sah. Schlagartig erinnerte er sich an die Rauchsäule, die von seinem Elternhaus aufgestiegen war, als Fran starb! Welche Macht hatte damals diese Rauchsäule entstehen lassen und aufgesogen?

Sie blieben noch lange an diesem Ort, bis die Dorfbewohner den Aufstieg ins Dorf zurück antraten. Auch Ailis und ihre Eltern gingen nun nach Hause.
Caradoc und Genwulf waren das erste Mal, seit Nia gestorben war allein. Sie sahen sich an und beiden schienen die Strapazen der vergangenen Stunden nichts ausgemacht zu haben. Sie säuberten schweigend den rituellen Platz, auf dem Nia verbrannt worden war und segneten ihn für kommende Rituale.
Genwulf war der Erste, der redete: „Unsere Aufgabe ist hier beendet. Ich warte hier auf Dich, du solltest noch Deinen Beutel und Deinen Umhang holen."
Caradoc nickte und machte sich auf den steilen Weg auf das Bergplateau. Tausend Gedanken schossen ihm durch den Kopf. Was hatte das, was er hier erlebt hatte zu bedeuten? Es beschlich ihn das Gefühl, dass dieses Erlebnis noch nicht beendet war. Er wollte es auch gar nicht beenden! Er wollte Ailis nicht verlassen und mit Genwulf weiterziehen! Bei diesem Gedanken blieb er ruckartig stehen und erschrak über seine Gedanken. So viele Jahre war er nun schon mit Genwulf im Wald unterwegs. Er wusste, dass seine Ausbildung noch viele Stationen für ihn vorsah! Er dachte an Guiwa, die für Tanor ihre seherische Gabe unterdrückt hatte und die Ausbildung nicht angetreten hatte. Plötzlich verstand er, wie sehr sie gelitten haben musste. War es

möglich, Ailis zu bitten, mit ihm zu wandern? Was würde Genwulf dazu sagen?

Ailis saß an ihren Stamm gelehnt und sprang auf, als sie Caradoc kommen sah. Sie hatte schon seine Sachen zusammengepackt und lief mit seinem Beutel auf ihn zu. Seinen Umhang, den er ihr nachts zum Wärmen gegeben hatte, als sie im Fieber lag, trug sie über ihrem Arm. Als sie sich gegenüber standen ließ sie alles fallen und beide fielen sich in die Arme und hielten sich einfach nur fest. Sie spürten die Energie, die zwischen ihnen war und sie verband. Beide konnten sich nun beruhigt voneinander lösen und hielten sich an den Händen fest. Ailis blickte ihn wieder mit ihren grünen Augen so tief an, dass sie in seiner Seele versank. Caradoc ließ es geschehen und blickte in Ailis' Seele. Plötzlich fingen beide gleichzeitig an zu lachen und konnten nicht aufhören, zu lachen und sich an der Gegenwart des anderen zu freuen. Es war das Lachen des Glücks.

„Du musst jetzt gehen", sagte Ailis leise, „Genwulf wartet. Wir werden uns wiedersehen, wenn wir beide nicht damit rechnen. Nia hat es mir gesagt, und Nia ist weise. Geh weiter mit Genwulf, Du wirst noch so viel lernen, obwohl Du auch schon jetzt weise bist!" Dann drückte sie noch einmal kurz Caradocs Hände, löste sich vorsichtig von ihm, drehte sich um und ging ins Haus ihrer Eltern.

Nachdenklich und wie euphorisiert blieb Caradoc stehen. Einerseits war er immer noch unschlüssig, was er nun tun sollte. Hinterher laufen? Wenn er das tat, würde Genwulf ohne ihn weiter gehen, dessen war er sicher. Andererseits wusste seine Seele genau, was er wollte: er wollte ein weiser Mann werden! Wie automatisch bückte er sich, um seine Sachen aufzuheben. Als er den Umhang aufnahm, betrachtete er ihn kurz, legte ihn zusammen und ging damit zum Thingbaum, der eindeutig Ailis' Lebensbaum war. Er legte ihn in eine Wurzelnische und war sicher, dass er ihn Ailis geben würde. Kurz verband er sich mit der Wurzel und spürte, dass der Baum seinen Wunsch verstand und erfüllen würde.

Dann machte er sich auf den Weg hinunter zu Genwulf. Caradoc war beschwingt und froh, diesen Weg genommen zu haben. Er wusste, dass er Ailis wiedersehen würde und ihre beiden Seelen verbunden waren.

Er gesellte sich unten angekommen zu Genwulf, der jetzt an einen Stein gelehnt saß und schnarchte. Caradoc holte aus seinem Beutel ein Stück geräucherten Fisch und begann zu essen. „Hmmm", knurrte Genwulf neben ihm „das riecht aber ganz hervorragend, gibt es davon noch mehr?" Caradoc musste lachen und kramte aus seinem Beutel ein weiteres Stück Fisch und eine Flasche mit frischem Quellwasser. Die beiden aßen genüsslich und brachen dann auf. Es war fast schon wieder Zeit, sich ein Nachtlager zu suchen, aber sie liefen zielstrebig in Richtung Wald.

 „Was weißt Du über den Holunder-strauch?" Caradoc war wieder in seinem Leben mit Genwulf angekommen und musste wieder den Fragen seines Meisters standhalten. „Der Holunderstrauch steht in fast jedem Garten und Wald. Er symbolisiert mit seinen weißen Blüten das Leben und mit seinen schwarzen Beeren den Tod, der in jedes Leben gehört. Hier wohnen die Göttinnen Morrigan und Brigid in einer Gottheit als beschützende Hausgeister. Holunder ist unser Tor zur Anderswelt und Wiedergeburt.

Holunderblüten helfen als Tee bei Grippe, Schnupfen und Lungenentzündung. Auch bei Zahnschmerzen, Ohrenschmerzen und Kopfschmerzen hilft eine Holunderblütenauflage mit einem Wickel. Ein Sud aus gekochten, abgeseihten Holunderblüten hilft gegen Geschwülste und beim Ausscheiden giftiger Sub-stanzen. Wir geben auch Holunderblüten bei ziehenden Muskel- und Gelenkschmerzen und wenn ein Bauer sich verhoben und ihn die Hexe geschossen hat. Wenn wir die Blätter zu einer Salbe kochen lassen, lindert diese Prellungen, Quetschungen, aber auch Frostbeulen."

„Hast Du den Holunder auch bei Ailis eingesetzt?", fragte Genwulf. „Nein, hatte ich nicht dabei," meinte Caradoc schulterzuckend, „aber mit der Weidenrinde scheine ich ja auch etwas bewirkt zu haben!", grinste er. Aber sofort wurde er wieder ernst. „Oder meinst Du, ich hätte wegen Nia etwas anderes einsetzen müssen? Hätte ich sie retten können?" „Nein", sagte Genwulf leise, „wir hätten beide nichts Anderes tun können. Du hast hervorragend agiert mit Ailis. Ich habe mich extra rausgehalten und Dich gut beobachtet. Du konntest nur Nia oder Ailis retten. Nia hat so entschieden! Deshalb ist sie in der Nacht zu mir gekommen. Sie wollte Euch beiden alle Wege öffnen und hat den Thingbaum um Rat gefragt. Sie hat mir erzählt, dass Ailis ihre Enkelin ist und gleichzeitig ihr eigenes Leben nach ihrem, Nias Tod weiterführen wird. Sie bat mich, ihrem Lebensbaum ihre Seele zu übergeben. Sie ist einfach eingeschlafen und ich war ihre Verbindung zum Baum. Deshalb hatte sie auf uns gewartet." Caradoc schwieg lange und musste das Gehörte erst verdauen. „Genwulf", sagte er dann gedehnt, „ich habe gezögert, wieder vom Berg herabzusteigen, um mit Dir weiter zu gehen. Ich wollte nicht weg von Ailis, aber sie hat gesagt, dass ich gehen soll. War das richtig?" Genwulf sah seinen Schützling belustigt an. „Das nennt sich Liebe, glaube ich. Diese Krankheit hatte ich auch schon mal. Ja Caradoc, das war die richtige Entscheidung. Lerne weiter, Du wirst es nicht bereuen. Hast Du meine Frau eigentlich nicht schon mal kennen gelernt? Ich werde immer zerstreuter, ich kann mich nicht erinnern...!" Caradoc schnappte nach Luft! Genwulf hatte eine Frau? Wie oft war er in Genwulfs Haus gewesen, hatte dort gegessen und übernachtet. Nie hatte er dort eine Frau gesehen. Wollte Genwulf ihn wiedermal auf den Arm nehmen? Skeptisch sah er Genwulf von der Seite an. Dieser grinste nur und fragte: „Und was glaubst du, wer dauernd unser Haus umräumt? Achja, und was tut der Eschenbaum für uns?" Caradoc war irritiert und musste sich erstmal neu konzentrieren.

„Aus dem Holz der Esche schnitzen wir unsere Druidenstäbe. Wir leben am Wasser des großen Sees und die Esche steht für Wiedergeburt, die nur durch die Verbindung von Licht und Wasser möglich wird und sie hat daher große Macht über das Wasser. Mit den Stäben aus Eschenholz können wir das Wetter beeinflussen oder Ertrinkende retten. Die Fischer, die am See leben, verwenden das Eschenholz deswegen auch zum Bau ihrer Boote.

Als Medizin bereiten wir die Esche so zu, dass sie gegen das Ziehen der Gelenke (Rheuma) und gegen entzündete, rot geschwollene Gelenke (Gicht) Wirkung tut. Auch wenn das große Geschäft mal nicht so will wie wir, wirkt ein Sud aus Eschenrinde abführend!" „Ja, aber das funktioniert ja sowieso nur, wenn wer in der Nähe wächst?", fragte Genwulf grinsend. „Arschwurz!", lachte Caradoc. Dieses Wort war zwischen den beiden schon seit Jahren immer für ein Lachen gut.

„Genau. Caradoc, erzähl mir doch mal, was Du außer dieser Eigenschaft von der Pflanze Arschwurz weißt!" Caradoc wurde plötzlich nachdenklich und beantwortete Genwulfs Frage nicht direkt. „Die Blütenesche ist mein Lebensbaum! Sie gedeiht nur in der Nähe von Wasser, verträgt aber auch Trockenheit, weil sie Wasser speichern kann. Hat ein Lebensbaum eine besondere Bedeutung für das Leben des mit ihm verbundenen Menschen?" „Hmm, diese Frage ist schwierig zu beantworten. Es kommt darauf an, wie ein Mensch mit dem Baum verbunden ist. Es gibt ja viele Menschen, die die Bäume, die Tiere, den Wald, die gesamte Natur gar nicht sehen oder wahrnehmen.

Die Bäume drängen sich nicht auf. Sie spüren die Verbindung und lassen sie uns spüren. Deine Verbindung mit Deiner Esche hat mit Guiwa zu tun. Sie hat Dir diese Verbindung geschenkt. Guiwa wird wissen, was dieser Baum für Dich zu bedeuten hat."

Diese Antwort ließ Caradoc etwas ratlos zurück. Was mochte das bedeuten? Er konnte ja Guiwa nicht fragen, er war weit vom heimatlichen Dorf entfernt.

Schweigend liefen sie eine zeitlang weiter. „Genwulf, was ist unser nächstes Ziel? Wohin gehen wir eigentlich?" „Ich dachte schon, Du fragst nie", brummte Genwulf, „wir müssen meinem Freund Balian helfen. Ich kenne ihn schon seit Ewigkeiten. Er wohnt hoch oben im Gebirge über dem Dorf Traun. Du kennst das Dorf, Du hast mit Deinem Vater oft den See mit dem Boot überquert, um Salz ins Dorf zu liefern, erinnerst Du Dich?" „Ja klar", meinte Caradoc, „das Dorf liegt ein bißchen vom See entfernt und es geht dort steil hinauf!" „Genau", sagte Genwulf „dort ist Balian geboren. Seine Eltern hatten einen Hof oberhalb des Dorfes und er hat den Hof übernommen. Er soll eine schlimme Verletzung haben, mehr weiß ich auch noch nicht."

Caradoc war es gewohnt, dass Genwulf ihm vorgab, was als nächstes zu tun war. Wenn gerade keine neue akute Aufgabe bevorstand, zogen sie meist weiter zum Haus von Genwulf, um dort die unterwegs gesammelten Kräuter, Blätter und heiligen Wässer weiter zu verarbeiten. Dann bereiteten sie Tränke, Sude, Auszüge und Heilpasten vor und konservierten sie. Manchmal blieben sie Wochen lang in Genwulfs Haus. Das waren wertvolle Zeiten für Caradoc, weil er so das wirkliche Druidenleben kennen lernte. Über Genwulfs Verbindungen zu den Bäumen, Steinen und Tieren im Wald, in dem er lebte, erfuhr dieser immer, wo er gebraucht wurde. Sofort machte Genwulf sich reisefertig und auch Caradoc war inzwischen schnell startklar. Caradoc hatte sogar als Erster von der Erkrankung von Ailis gehört, als er mit seiner Blütenesche Kontakt aufnahm. Genwulf hatte das nicht überprüft und war ohne weitere Frage mit Caradoc aufgebrochen. Nun hatte also ein Balian um Hilfe gebeten und sie machten sich wieder auf den Weg.

Caradoc hatte sich auf einer der vielen Wanderungen einen eigenen Wanderstab geschnitzt. Trombsen hatte ihm ein scharfes Messer geschenkt, als er als Kind mit Segari das Dorf verließ. Dieses benutzte er immer noch. Seinen Wanderstab hatte er aus einem Ast seiner Esche geschnitzt, den sie ihm geschenkt hatte. Das Besondere daran war, dass das eine Ende eine Verdickung hatte. Daraus konnte Caradoc leicht einen Fisch schnitzen, der mit der unteren Körperhälfte auf der Stabspitze auflag und Schwanz und Kopf sichelförmig nach oben drehte. Auf jeder Wanderung fügte Caradoc noch ein Detail dazu, so dass der Stab inzwischen sehr kunstvoll aussah. So hatte der Fisch ein fein geschnitztes Schuppenkleid und die Flossen sahen aus, als wären sie echt. Insgesamt überragte der Stab Caradoc um mindestens einen Kopf und Caradoc war inzwischen ein erwachsener Mann und genauso groß wie Segari oder auch Genwulf. Genwulf hatte allerdings als einziger ihm bekannter Druide die Gabe, seine Körpergröße und Statur zu verändern.

„Warst Du schonmal bei Balian?", fragte Caradoc nun Genwulf, als sie ein Stück gegangen waren. Genwulf zögerte und Caradoc merkte, dass den alten Druiden dieses Thema bewegte. „Ich war als Kind mit Balian befreundet, bis unsere Wege sich trennten. Wir waren über das Wasser immer mal wieder in Kontakt. Du weißt noch, was mein Name bedeutet?" Caradoc musste nicht überlegen: „Genwulf vom Wolfsee! Heißt das, dass Du vom Wolfsee kommst?" „Ja genau, der liegt hinter den Bergen von Traun, es ist ein beschwerlicher Weg hinüber. Wenn wir damals allerdings an dem kleinen Flüsschen entlang gingen, war der Weg zwar eben, aber wesentlich länger." Caradoc versuchte, sich daran zu erinnern, wie das Dorf damals aussah, als er mit seinem Vater mit dem Boot den See überquert und Salz ins Dorf geliefert hatte. Er erinnerte sich gut an den steilen Aufstieg zum Haus des Gutsherrn. Er hatte nie darauf geachtet, wie die Berge hinter dem Dorf aussahen. Auch an das kleine Flüsschen, dass in den See mündete, konnte er sich erinnern. „Und wenn wir jetzt Balian treffen, müssen wir den Berg hochsteigen, oder gehen wir am Wasserlauf entlang?", fragte Caradoc Genwulf. „Nein, leider müssen wir den Berg hinauf. Ich hoffe, dass der alte Pfad noch da ist. Wenn nicht, muss ich mich auf meinen Instinkt und die Natur und natürlich auf Dich verlassen. Damals konnte ich noch sehen...", fügte er wie selbstverständlich hinzu. „Erzählst Du mir, wie Du Dein Augenlicht verloren hast?", fragte Caradoc leise. „Nein, Du wirst es für mich sehen. Ich brauche Dir diese Geschichte nicht zu erzählen." Wieder einmal überließ Genwulf seinen Schüler seinen

Gedanken. „Wird es gefährlich?", fiel Caradoc plötzlich ein, zu fragen. Genwulf „sah" Caradoc eindringlich an, als wolle er in Caradocs Gedanken dringen oder etwas in ihm „sehen". Zum ersten mal hatte Caradoc das Gefühl, dass Genwulf ein wirklicher „Seher" war! Da Genwulf blind war, war dem jungen Mann dieser Gedanke bisher nie gekommen. „Caradoc, ich bin erst sehend geworden, als ich blind wurde! Plötzlich war ich darauf angewiesen, mich mit der Natur zu verständigen. Ich wollte überleben und deshalb bin ich sehend. Natürlich war dieser Weg zu Balian mein Schicksal. Wir beide gehen ihn jetzt gemeinsam. Mein Schicksal wird nicht Deines sein, aber Du musst meines verstehen, damit Du auch sehend wirst."

Schweigend wanderten die beiden weiter. Beide hatten ihre Wanderstäbe und einen großen Beutel mit den Utensilien dabei, die sie für ihr Arbeit brauchten. Sie liefen halb um den großen See herum, was mehrere Tage dauerte. Sie machten ihre Rast zur Nacht unter Baumdächern oder bei Bauern, deren Höfe auf dem Weg lagen. Da sie heilige Männer waren, bekamen sie oft ein Nachtlager in den Häusern angeboten. Nach einem stärkenden Frühstück ging es dann weiter, bis sie an das Flüsschen kamen, das durch das Dorf Traun floss und jetzt im See mündete. Caradoc sah, dass sich der Weg teilte. Einer führte ins Dorf hinein und ein anderer am Wasserlauf entlang vom Dorf weg, aber den Hang hinauf. Er besprach sich kurz mit Genwulf, der sich für den Weg durch das Dorf entschied. „Da kenne ich mich besser aus", sagte Genwulf und übernahm wie selbstverständlich die

Führung. Caradoc kannte seinen Meister gut genug, um nicht zu widersprechen und folgte ihm. Genwulf ging zielstrebig den steilen Weg zum Dorf hinauf. Ein paar Bauernhäuser tauchten auf, Männer und Frauen kamen auf den Weg und grüßten freundlich. Ein alter Bauer trat auf Genwulf zu und berührte ihn am Arm. „Keylam, bist Du das?" Genwulf drehte sich zu dem Mann um und „sah" ihn an. Der andere erschrak nicht und sagte:„Ja, Du bist es wirklich. Ich wusste damals schon, dass Du es schaffst! Der Preis war hoch", fügte er mit einem Blick auf die leeren Augenhöhlen hinzu. „Nicht zu hoch", meinte Genwulf leichthin und ging weiter. Dann drehte er sich noch einmal zu dem Mann um und fragte: „Ist er noch da?" „Nein, er ist seit Jahren fort, ich weiß nicht, wohin."

Caradoc hatte diese Begegnung mit Verwunderung verfolgt. Aber ihm war schon klar, dass hier etwas passiert sein musste, was mit Genwulfs Verlust seiner Augen zu tun haben musste. Und das musste schon sehr lange her sein, der Mann hatte Genwulf Keylam genannt. War das sein Name, bevor er Druide war? Er wusste auch, dass er Genwulf nicht zu fragen brauchte. Er spürte, dass sich ihm Genwulfs Geheimnis bald preisgeben würde. Dieser ging zielstrebig den steilen, gewundenen Pfad hinauf in Richtung einer steil aufragenden Felswand. Es wurde unangenehm kalt, je höher sie kamen. Beide hatten sich jetzt in ihre warmen Fellumhänge gehüllt und ihre warmen Lederstiefel mit Fellfutter geschnürt. Um jede Biegung pfiff ihnen der Wind ein bißchen eisiger ins Gesicht. Caradoc kannte den Winter und Schnee und Eis aus dem Dorf seiner Kindheit, aber das hier war wesentlich höher, als er je war und er vermutete, dass dies eine neue Prüfung für ihn werden sollte. So ganz Unrecht hatte er mit dieser Vermutung nicht, aber Genwulf hatte momentan tatsächlich nur im Blick, Balians Hof zu erreichen. Das Wetter schlug schlagartig um und die ersten Schneeflocken fielen auf den steinigen Pfad. Genwulf grummelte unwillig vor sich hin. Auch wenn Caradoc ihn nicht verstand, wusste er, dass Genwulf gerade ganz schlechte Laune hatte.

Dieser blieb plötzlich stehen, breitete seine Arme aus und wuchs wieder gewaltig über seine eigentliche Körpergröße hinaus. Mit donnernder Stimme drohte er mit seinem Stab dem Himmel: „Herr der Berge, des Schnees und des Eiswindes, lass uns die Passage gehen, ohne dass uns Unheil droht. Ich habe Dich schon einmal gebeten und einen hohen Preis gezahlt! Ich habe mich nie beklagt und bitte Dich, nicht noch mehr Opfer zu verlangen!"

In diesem Moment erscholl ein Brüllen und Rauschen, dass aus dem Berg zu kommen schien. Tatsächlich konnte Caradoc nun ein paar Wegkurven über sich eine große Höhlenöffnung erkennen, aus der plötzlich eine gewaltige weiße Staub - nein Schneewolke heraus stob. Mit dieser Wolke schien sich etwas Dunkles rasend schnell auf die beiden zu zu bewegen und dieses fürchterliche Gebrüll von sich zu geben. Genwulf stand immer noch mit ausgebreiteten Armen auf dem Weg und beschwor die Geister. Caradoc jedoch spürte, dass ihnen hier keine Geister helfen würden und stürmte an Genwulf vorbei, dem Wesen in der Wolke entgegen. Während er rannte, warf er

156

seinen Beutel und den Mantel ab, das hinderte ihn nur am Laufen. Er riss sein Schnitzmesser aus seinem Gürtel und in der nächsten Wegbiegung kam ihm in rasender Geschwindigkeit ein riesiger Braunbär entgegen. Seine Pranken waren größer als Caradocs Kopf und den wollte der Bär auch treffen! Er holte aus, erwischte den sich duckenden Caradoc aber nicht und lief an ihm vorbei. Der junge Mann rief nach ihm und kurz bevor der Bär Genwulf erreichte, drehte er um und stürmte wieder mit vollem Tempo auf Caradoc zu. Caradoc hatte keine Angst, er hatte Zeit genug gehabt, sich in den Bären zu versetzen. Also wusste er, was das riesige Tier vorhatte. Es setzte zu einem großen Sprung an und schien Caradoc unter sich begraben zu wollen. Caradoc sprang im letzten Moment zur Seite, rutschte auf den glatten Steinen aus und hielt noch im Fallen sein Messer in die Höhe! Ein unnatürlicher Schrei löste das Gebrüll des Bären ab und ihm folgte ein klägliches Wimmern. Caradoc konnte den Bären nicht mehr sehen, aber auch Genwulf stand nicht mehr dort, wo er eben noch festgewurzelt zu sein schien. Caradoc rappelte sich schnell auf und konnte nun sehen, was passiert war. Der Bär lag etwas unterhalb des Abhangs im Schnee, er schien unverletzt. Unterwürfig kroch er jetzt wieder auf den Weg und Caradoc hielt sein kleines Messer kampfbereit vor sich. Doch der Bär blieb ruhig und abwartend vor ihm liegen. „Du kannst ruhig nach Deinem Freund Genwulf sehen. Er ist unversehrt", knurrte das riesige Tier freundlich und machte keine Anstalten eines Angriffs. Caradoc spürte, dass er dem Bären nun trauen konnte und ging ein Stück den Weg zurück um nach Genwulf zu schauen. Dieser saß erschöpft auf einem Felsen und „sah" ihn erleichtert an. Caradoc wurde das Gefühl nicht los, dass dieser Angriff kein Zufall war. Er war ziemlich sauer und ließ den Bären das spüren: „Warum greifst Du uns an? Du redest mit mir, bist also in meinen Gedanken und trotzdem greifst Du an?" fuhr er den Bären an, der immer noch am Boden lag. Jetzt sah Caradoc, dass eine Pfote des Bären blutete und sich der Schnee langsam rot färbte. Hatte er ihn also doch erwischt! Der Bär rappelte sich auf und begann, die blutende Wunde zu lecken. Er war wirklich riesig. „Kommt mit in meine Höhle, ihr erfriert hier draußen. Bis zum Hof ist es noch weit, das schafft ihr bei dem Wetter heute nicht mehr." Genwulf sah aus, als würde er sich in sein Schicksal ergeben. So kannte Caradoc seinen Meister nicht. „Genwulf", sagte Caradoc eindringlich und leise „was passiert hier gerade? Du weißt es doch, das spüre ich! Was ist mit diesem Bären und der Höhle? Können wir ihm trauen?" Genwulf rappelte sich auf und ging wortlos an Caradoc vorbei und folgte dem Bären, der voranging und ein bißchen humpelte, weil er ja eine verletzte Pfote hatte. Caradoc blieb nichts anderes übrig, als seine Sachen wieder zusammen zu suchen und den beiden zu folgen. Sein Messer hielt er vorsichtshalber weiterhin in der Hand, obwohl er wusste, dass er es jetzt nicht mehr brauchen würde.

Sie gingen noch ein wenig bergauf und kamen auf einem Felsplateau an, hinter dem sich im Berg ein riesiger Eingang zu einer Höhle öffnete. Der Bär ging mit wiegenden ruhigen Schritten voraus und Genwulf folgte ihm. Er wirkte seltsam emotionslos und Caradocs Aufmerksamkeit war hoch aktiv! Sie betraten gemeinsam die Höhle, die anfangs offen, hell und übersichtlich war. Nach einigen hundert Schritten wurde sie immer enger und natürlich dunkler. Der Bär ging ruhig und zielstrebig voraus, Genwulf folgte und Caradoc ging zum Schluss und war sehr wachsam. Ein eigenartiges Gefühl beschlich ihn; er fühlte sich seltsam zu Hause, war aber auch unsicher über diese unheimliche, ungewöhnliche Situation. Sie zwängten sich durch einen schmalen Durchlass im Felsenreich und gelangten in eine geräumige, fast schon gemütliche Höhle. Hier war der Boden ausgelegt mit Moosen und trockenen Gräsern, eine Ecke an einer Felsenwand war eindeutig der Schlafplatz des Bären. Zu Caradocs großer Erleichterung schien dieser allein zu sein und nicht noch ein paar Freunde zu haben, die dort auch lebten und sich über die Gäste freuten…

Aber ein furchtbarer Geruch, nein ein Gestank schlug ihnen in einer Wolke entgegen. Caradoc meinte, daran ersticken zu müssen und fühlte den Würgereiz in sich aufsteigen. Er sehnte sich sofort nach der frischen Luft draußen, und wenn sie noch so kalt und schneidend war!

Doch halt, was war das für ein Gestank? Caradoc kannte diesen Geruch… doch er konnte ihn nicht einordnen.

Er vergaß alles um sich herum, dieser Gestank ließ seine Gedanken in eine andere, lange vergangene Zeit wandern. Er war nahe an der Lösung, kam aber nicht darauf! Der Bär ließ sich mit einem geräuschvollen Seufzer auf sein Nachtlager sinken und besah sich seine Wunde. Genwulf nahm in seiner Nähe Platz auf dem Boden und wirkte plötzlich wieder wie der kleine dicke Mann, den Caradoc vor so vielen Jahren kennen gelernt hatte. Der Bär sagte freundlich zu Caradoc: „Du kennst mich eigentlich schon lange. Du hast mich schon einmal gesehen, aber nicht als lebendes Wesen! Du wunderst Dich darüber, dass Dein Freund und Lehrer so bereitwillig mit mir in meine Höhle kommt? Du fragst Dich, woher Du weißt, wie eine Bärenhöhle riecht? Du möchtest wissen, warum Genwulf blind ist?" Der Bär sprach nun Genwulf an: „Soll ich ihm alles erzählen, was er wissen sollte, oder willst Du das selber tun?" „Nein, erzähle Du es ihm. Ich habe ihm schon so viel erzählt, es tut gut, wenn Du die Geschichte aus Deiner Warte erzählst. Ich höre nur zu und ergänze vielleicht ein bißchen. Ich bin etwas erschöpft, falls ich einschlafe, weiß ich, dass mit Deiner Sicht der Geschehnisse keine Unklarheiten bleiben!" Caradoc war sehr verwundert, wie einvernehmlich die beiden plötzlich waren. Vor einer halben Stunde hatte Caradoc noch den Eindruck gehabt, der Bär wolle sie beide zum Abendessen verspeisen!

Und plötzlich war Caradoc klar, woher er diesen Gestank kannte! Er sah seinen kleinen Bruder Fran schreiend durch das Dorf seiner Kindheit rennen und rufen: „Er stinkt, er stinkt, er stinkt!" Trombsen hatte so gestunken, genau so! Wo kam Trombsen her? Was hatte er erlebt? Warum stand er stinkend und abgerissen eines Tages vor dem Tor von Caradocs Dorf? Warum roch es in dieser Höhle genauso schrecklich, wie Trombsen gestunken hatte? Und warum stank Trombsen wie diese Höhle?

„Du stellst genau die richtigen Fragen", mischte sich der Bär in Caradocs Gedanken ein, „ich will versuchen, sie Dir zu beantworten. Hör zu: vor vielen Jahren kam Balian vorbei. Er hatte im Dorf Geschäfte zu erledigen. Das tat er öfter. Er tauschte zum Beispiel Hühner gegen eine neue Sense oder frische Kartoffeln gegen eine Galone Met. Sein Freund Genwulf wartete damals auf Balian im Dorf. Damals hieß Genwulf noch Keylam, die beiden waren noch sehr jung, jünger als Du heute. Er war extra gekommen, um ihn zu sehen und sich den steilen Aufstieg zu Balians Hof zu sparen. Aber Balian überredete ihn, mit zu ihm hinauf zu gehen, damit Genwulf sehen konnte, wie Balian jetzt lebte. Genwulf stieg also mit Balian hinauf und kam genau an der Stelle vorbei, an der wir uns heute getroffen haben." Caradoc unterbrach an dieser Stelle: „Nun ja, getroffen ist sehr freundlich ausgedrückt! Du hast uns angegriffen!" „Tut mir leid", sagte der Bär entschuldigend, „ich wußte nicht, dass ihr es seid! Erst als Du mich verletzt hattest, war mir klar, wer ihr seid!" Während der Bär erzählte, hatte Genwulf aus seinem Beutel eine Salbe geholt, die er dem Bären auf die Schnittverletzung seiner Tatze strich und einen Streifen weißen Leinens, das er um die Wunde herum band. Der Bär ließ es sich gefallen, wie jeder Patient der Druiden sich die Behandlung gefallen ließ. „Wieso wußtest Du wegen der Verletzung, wer wir sind?", fragte Caradoc verwundert. „Lass mich weiter erzählen, dann wird vieles klarer", bat der Bär und fuhr fort: „Mein Vater lebte hier, ich war gerade geboren. Er hat Balian und Genwulf angegriffen und verletzt. Balian hat sich wohl verzweifelt gewehrt, wurde aber dennoch schwer verletzt. Und Genwulf...", der Bär sah zu Genwulf hinüber, der sichtlich bewegt dem Bericht des Bären folgte. „Ich versuchte, Balian zu helfen, aber er rührte sich nicht mehr", führte nun Genwulf die Geschichte fort. „Ich war so wütend und hilflos zugleich, dass ich meinem Freund nicht helfen konnte, dass ich blindlings auf den Bären zulief und versuchte, ihn zu vertreiben. Er aber ging erst recht auf mich los, weil er sah, dass ich jetzt allein und wehrlos war. Ein einziger Prankenhieb hätte genügt, um mich meterweit zurück zu schleudern und zu töten. Der Bär stürmte also auf mich zu und ich konnte nur noch laufen! Ich rannte so schnell ich konnte Richtung Wald, weil ich da vielleicht mehr Schutz erwartete. Der Wald war mein Leben lang meine Rettung. Doch er war zu weit entfernt, der Bär fauchend und schnaufend direkt hinter mir. Ich stolperte, schlug mit dem Gesicht auf einen Felsen auf und wartete auf das Ende. Sofort war der Bär über mir.

Doch mehr passierte nicht! Ich nahm wahr, wie der Bär sich plötzlich hoch auf seine beiden Hinterbeine aufrichtete und mit den Vorderpfoten in der Luft herumwedelte. Er schien sich gegen etwas zu wehren und ich sah schemenhaft einen Mann, der fast so groß war wie der aufgerichtete Bär. Der Mann hatte eine riesige Axt in der einen und einen ebenso großen Hammer in der anderen Hand. Mit dem Hammer schlug er auf den Fuß des Bären ein wie ein Besessener, dieser jaulte vor Schmerz und wurde dadurch natürlich noch aggressiver. Blitzschnell trieb der Mann, der inzwischen unter dem Bären stand seine scharfe Axt in dessen Bauch. Der Bär war sofort tot und brach über dem Mann zusammen, der mich gerettet hatte."

Genwulf konnte nicht weinen, aber man sah seinen leeren Augenhöhlen an, dass sie es getan hätten. Er wirkte jetzt sehr mitgenommen und auch der Bär, dem er gerade die Pfote verbunden hatte, war mitgenommen. Schließlich ging es um den Tod seines Vaters, den er nie kennengelernt hatte. Atemlos hatte Caradoc zugehört und ihm lagen viele Frage auf der Zunge. „Und was weiter?", fragte er aufgeregt, „Was war mit Balian? Und Dir, Genwulf, wieso hast Du Dein Augenlicht verloren? Und wer war Dein Retter? Und was hat diese Geschichte damit zu tun, dass wir heute dem Sohn dieses Bären begegnen und er uns nicht gefressen hat?" Genwulf musste lächeln. Das waren viele Fragen auf einmal. Aber er konnte jetzt auch nicht aufhören, die Geschichte weiter zu erzählen. „Ich war hart mit dem Gesicht aufge-schlagen. Der Felsen hatte spitze Zacken, die mir das Gesicht zerschnitten, leider auch beide Augen. Ich wusste sofort, dass meine Augen schwer verletzt waren, konnte aber durch das viele Blut hindurch noch erkennen, dass dieser Mann da war und mich rettete.

Als der Bär tot umfiel, begrub er den Mann unter sich, der sich ächzend unter dem toten Tier hervor arbeitete. Er sah kurz nach mir, nahm mich kurzerhand hoch und legte mich über seine Schulter. Er trug mich das ganze Stück, das ich gelaufen war den Berg wieder hinunter und setzte mich an einen Felsen. Er redete mit jemandem und mir wurde langsam klar, dass er versuchte, mit Balian zu reden. Dann kam er wieder zu mir und half mir auf die Füße. Aber ich konnte nichts mehr sehen, ich war blind. Er führte mich an seinem Arm einen steilen Pfad hoch und ich vertraute ihm einfach meine Schritte an. Was hätte ich auch tun sollen? Er sagte etwas zu mir, aber ich verstand zuerst seine Sprache nicht.

Er sprach einen Akzent aus dem Norden, den ich schonmal gehört hatte aber ich hatte Mühe, aus seinen Lauten Worte herauszuhören. Er versuchte mir zu erklären, dass mein Freund schwer verletzt war. Da ich doch Druide sei, solle ich ihm helfen und ihn heilen. Ich bat um meinen Beutel und tastete nach verschiedenen Wundauflagen und Pasten und einem stärkenden Trank. Ich erklärte diesem wilden Mann, wie er die Sachen verwenden sollte und wir verstanden einander, ohne unsere Sprachen zu verstehen! Dann kam eine lange, lange Nacht. Balian rührte sich nicht, aber ich hatte eine Hand auf seinem Brustkorb und spürte ihn atmen. Er fieberte nicht, er war einfach nur verletzt und ich wusste, dass er nur eine Überlebenschance hatte, wenn er diese Nacht überstand. Der große Mann war nach draußen gegangen, er murmelte etwas von „Wache halten" und überließ Balian und mich uns selber. Ich versuchte, so gut es ging für Balian da zu sein. Trotz meiner schweren Augenverletzung stand es um meinen Freund schlimmer.

Im Morgengrauen kam der große Mann in die Höhle zurück. Er hatte weiter unten am Weg Beeren

gepflückt und ein paar Kräuter aus dem Wald gesammelt. Dies war unser Frühstück. Während wir aßen hörten wir jammernde Geräusche, wie die eines Babys. Sie kamen aus einem hinteren Teil der Höhle, der im Dunkeln lag. Der große Mann nahm eine Fackel und ging nachsehen. Von ihm ging überhaupt keine Furcht aus, schließlich konnte sich ja auch eine große Gefahr dort hinten verbergen. Er ging einfach mal nachsehen! Als er wieder kam, schleppte er irgendetwas mit sich, ich konnte ja nichts sehen. Er grummelte: „Bärenjunges, hat uns gerade noch gefehlt", und legte ein warmes Fellknäuel vor mir auf dem Boden ab, das eben jene jammernden, quiekenden Geräusche machte. Meine Hände ertasteten das Bärenjunge. Es war offensichtlich allein und hatte Hunger. „Deshalb habe ich heute Nacht Wache gehalten", meinte der große Mann, „ich habe es gestern Abend schon bemerkt und befürchtet, dass die Mutter kommt. Den Vater gibt es ja nun nicht mehr. Es gab aber auch offensichtlich keine Mutter mehr und so machte das Bärenjunge sich bemerkbar."
Nun erzählte der Bär weiter: „Ab da hielt ich mich wohl an den großen Mann. Als Du mich gestern mit dem Messer verletzt hattest, wußte ich sofort, dass Du ein Freund des großen Mannes bist. Der große Mann war ein Krieger, aber er war auch Schmied und hatte ein großes Herz! Er ist bei mir geblieben und hat mich großgezogen." „Trombsen!", entfuhr es Caradoc. Plötzlich wurde alles klar! Trombsen war auf seinem Weg in den Süden hier vorbei gekommen und hatte Genwulf und Balian geholfen. Als sein kleiner Bär groß geworden war, zog er weiter und war in

Caradocs Dorf gelandet. Er hatte Jahre in der Bärenhöhle gelebt. Deshalb hatte er auch genauso gestunken. Und deshalb war er auch traurig, als seine stinkenden Sachen unter dem Gejohle der Dorfkinder verbrannt wurden!

„Ja, Trombsen, so hieß er. Er schnitzte sich einen Wanderstab mit einem Bären an der Spitze. Das sollte ihn immer an mich erinnern. Er schmiedete vor der Höhle Messer und Äxte und Werkzeug für die Bauern. Ich kenne seine Messer, deshalb wusste ich sofort, dass das Messer, das mich verletzte, eines von Trombsens Messern sein muss. Leider habe ich gestern Dich, Genwulf, nicht erkannt. Es tut mir leid, dass ich Euch angegriffen habe. Caradoc, weißt Du etwas über Trombsen? Woher hast Du das Messer?"

Caradoc erzählte nun die Geschichte, wie Trombsen in sein Dorf gekommen war und dass er ihm das Messer zum Abschied geschenkt hatte. Das war nun schon acht Jahre her und das Messer hatte an Schärfe nichts eingebüßt.

„Was geschah damals weiter?", fragte Caradoc, „Wie erging es Balian?" Genwulf erzählte nun die Geschichte weiter: „Balian wachte an dem Vormittag irgendwann auf und stöhnte vor Schmerzen. Der alte Bär hatte ihn mit einem Hieb seiner Pranke von den Füßen geholt und gegen einen Felsen geschleudert. Sein rechter Oberschenkel war zertrümmert und eine tiefe Wunde zog sich längs das Bein hinab. Trombsen hatte das Bein schon am Vorabend mit Stöcken geschient und Balian mit Seilen so verschnürt, dass dieser sich kaum rühren konnte. Zwei Wochen verbrachten wir in der Höhle, dann brachte Trombsen uns hinauf zu Balians Hof. Weitere Monate brauchte Balian, bis er sich wieder einigermaßen bewegen und helfen konnte. Oft kamen Trombsen und der kleine Bär hinauf, um nach uns zu sehen und uns mit Lebensmitteln zu versorgen. Balians Bein war dünn und kraftlos und er hatte eigentlich nicht dort oben allein bleiben können. Aber er war stur wie ein Ochse und nicht dazu zu überreden, im Dorf zu leben. In dieser Zeit lernte ich, ohne Augen zu „sehen". Das ging überraschend gut und ich beschloss, mich wieder auf meinen Weg zu machen."

„Und dann hast Du mich als Schüler bekommen?", fragte Caradoc. „Nein", lachte Genwulf, „dann hat Trombsen mich zum Waldrand gebracht. Dann hatte ich den Fuchs, den Du auch noch kennen gelernt hast an meiner Seite, dann habe ich in meinem Dorf mein Haus gebaut und meine Frau kennen gelernt. Aber das ist eine ganz andere Geschichte", grinste er, weil er genau wusste, wie neugierig Caradoc auf Geschichten war. Speziell natürlich auf diese Geschichte! Caradoc verstand und traute sich nicht, Genwulf weiter zu fragen.

Genwulf drängte jetzt zum Aufbruch. Er wollte weiter den Berg hinauf, um nach Balian zu sehen. Der Schneesturm hatte sich gelegt, aber es lag eine dichte Schneedecke auf der Landschaft. Die beiden hüllten sich in ihre Winterumhänge und Stiefel und wanderten los. Der Bär bot an, die beiden zu begleiten bis Balians Hof in Sichtweite kam. „Damit meine Höhlenkollegen Euch nicht auch als Winterfutter ansehen....", brummelte er und schien ein bißchen verlegen zu sein.

 Die beiden Druiden stapften das letzte Stück des Weges allein durch den Schnee und waren froh, am Hof anzukommen. Denn gerade wollte ein neuerlicher Sturm aufziehen und rüttelte schon an den Dachschindeln des alten Hauses. Genwulf klopfte mit seinem Stab laut an die Tür. „Kommt rein", rief eine Stimme von innen und Genwulf stieß die Tür auf. Wohlige Wärme schlug ihnen entgegen und sie betraten einen Wohnraum, der genauso gross war, wie das Haus selber. In der Mitte des Raumes befand sich die Feuerstelle, die sowohl zum Heizen des Hauses als auch als Kochstelle benutzt wurde. Hier brannte ein wärmendes Feuer, darüber hing ein kupferner großer Topf, aus dem es nach einem guten Eintopf roch. Balian war ein Mann in Genwulfs Alter und bückte sich gerade, um die Holzscheite unter dem Topf zu richten. Jetzt richtete er sich mühsam auf und drehte sich zu seinen Gästen herum. Caradoc erschrak; Balian war ein buckliger sehr kleiner Mann, der aussah wie eine knorrige, verdrehte alte Weide. Der Rücken beschrieb eine große seitliche Wellenlinie, die sich nach vorne krümmte, so dass er praktisch mit dem Oberkörper waagerecht stand. Sein rechtes Bein war unnatürlich nach außen gedreht und der Fuß hatte sich in die entgegengesetzte Richtung nach innen gedreht. Seinen Kopf mußte er extrem nach oben heben, um sehen zu können, wer kommt. Er stützte sich auf einen kleinen Stock, der seiner Körpergröße angepasst war. „Genwulf, mein alter Freund", begrüßte er den alten Druiden zahnlos lächelnd und hinkte mühsam auf ihn zu, um ihn umständlich zu

umarmen. „Du hast Deinen Schüler mitgebracht, der Trombsen kennt? Das ist kein Zufall, sag ich Dir!", und dann lachte sich Balian kaputt und kicherte noch vergnügt vor sich hin, als er drei Schalen mit köstlichem Eintopf füllte und jedem seine in die Hand drückte. Dann wies er mit dem Kopf in die Richtung, in der ein hölzerner grober Tisch stand, sie setzten sich auf eine Bank und aßen. „Balian, wie schön, Dich zu sehen", sagte Genwulf kauend, „Du hast mir eine Nachricht gesendet, dass es Dir nicht gut geht?" „Ja, und ich hatte gehofft, dass Du Deinen jungen Freund mitbringst. Ich weiß, dass er Trombsen kennt und Trombsen macht die schärfsten Messer, die ich kenne. Lass uns zuerst in Ruhe essen, dann zeige ich Euch, weshalb ich dringend um Euren Besuch gebeten habe." „Trombsens kleiner Bär hat uns gestern angegriffen", erzählte Genwulf immer noch mit vollem Mund. „Oh", machte Balian überrascht, „dann hat er aber mächtig Hunger. Er hat Dich nicht erkannt? Seltsam! Die Einsamkeit tut ihm nicht gut, es wird Zeit, dass er sich eine junge Bärin sucht!", und wieder gluckste Balian vergnügt und verschluckte sich fast an einem großen Bissen. „Wie seid ihr ihm entkommen?" Mit einer Handbewegung bedeutete Genwulf Caradoc, weiter zu erzählen: „Ich habe ihn mit meinem Messer verletzt. In dem Moment wusste er, dass ich Trombsen kenne und er ließ von uns ab. Er hat uns fast den ganzen Weg bis hierher begleitet, um uns zu beschützen." „Ja, das wußte ich schon, umso neugieriger war ich auf Dich, Caradoc", sagte Balian, „schau her!" Und dann zog er sein Gewand hoch und Caradoc sah auf ein umwickeltes Bein, das auch mit

Verband erschreckend dünn aussah. Balian bedeutete dem jungen Druiden, die Wickel abzurollen und Caradoc begann. Sofort war er wieder ganz in seinem Element und machte sich ernst an die Arbeit. Das nun freigelegte Bein war eigentlich nicht mehr als solches zu bezeichnen. Es bestand nur noch aus dem Knochen, dessen Kontur deutlich sichtbar war und faltiger, trockener, verschrumpelter Haut, die schlaff vom Knochen herabhing. Deutlich erkennbar war jedoch noch die großflächige Narbe, die durch die damalige Verletzung zurück geblieben war. Caradoc sah, dass sie schon damals schlecht verheilt war. Sie war stellenweise immer noch tiefrot, aber das Schlimmste war, dass sie am Knie handbreit offen klaffte und tief entzündet war. Die Wundränder waren schwarz verfärbt und gruben sich tief in die offene Wunde. Ein dunkelroter fast lilafarbener fingerdicker Streifen zog sich von der Wunde aus innen am Oberschenkel hoch Richtung Leiste. „Wie lange ist das schon so?", fragte er seinen Patienten. Balian wiegte den Kopf und überlegte. „Eigentlich war die Wunde nie richtig verheilt, es waren immer irgendwelche Krusten darauf. Aber das Knie, nun ja, ich habe es mir im Sommer beim Setzen von neuen Zäunen aufgeschlagen. Der Streifen ist neu, vielleicht so seit zwei Wochen? Ein bißchen Arschwurzsaft drauf, und fertig!", grinste er, als würde er wissen, was dieses Wort für Caradoc bedeutete. Als er aber Caradocs besorgten Blick wahrnahm, wurde er wieder ernst. „Sieht nicht gut aus für mein Bein, stimmts?", stellte er pragmatisch fest. „Stimmt", erwiderte Caradoc leise und sprach nicht laut aus, was er dachte:

„...nicht nur für Dein Bein..." Er drehte sich zu Genwulf um, der die Szene mit allen Sinnen verfolgte. Da er nicht sah, was Caradoc sah, verband er sich mit den Augen des Jüngeren und „sah" praktisch genau wie Caradoc. Genwulfs Geruchs- und Gehörsinn war durch die Blindheit wesentlich ausgeprägter als der von sehenden Menschen. Daher roch er den Wundbrand noch intensiver als Caradoc und er spürte auch die Angst, die Balian hinter seiner gelassenen Fröhlichkeit zu verbergen versuchte. Genwulf und Caradoc waren sich einig, ohne einander zu sehen oder zu besprechen. Caradoc machte einen letzten Versuch: „Balian, ich kann versuchen, mit meinem scharfen Messer von Trombsen die schwarzen toten Wundränder herauszuschneiden. Wenn wir es dann schaffen, die Entzündung und den Gestank heraus zu bekommen, können wir Dein Bein vielleicht retten." Aber Balian schüttelte den Kopf. „Caradoc, Du bist ein guter Heiler und Wundarzt. Du hast den besten Lehrer, den Du je bekommen konntest. Auch wenn Genwulf nichts sieht, ich würde auch ihn mit dem Messer an mein Bein lassen und ihm vollkommen vertrauen. Aber wir drei hier wissen, dass dieses Bein nicht zu retten ist. Ich habe noch viele Messer, Sägen und Äxte von Trombsen hier. Gut, sie sind alt, aber immer noch genauso scharf wie zu Anfang. Nimm mir das Bein ab. Dann kannst Du mir ein neues Bein aus Holz schnitzen, damit ich wieder laufen kann!" Balian lachte unsicher und nun mischte sich Genwulf ein: „Balian, Du kannst nicht mit einem Bein allein hier oben bleiben. Wir werden Dich ins Dorf herunter bringen und Dir dort ein neues Heim besorgen, in dem sich jemand um Dich kümmert." Balian starrte stumm vor sich und schien seine Möglichkeiten abzuwägen. „Genwulf, ich wußte, dass Du das sagen würdest. Aber Du weißt auch, dass ich nicht im Dorf leben kann. Dort kann ich nicht über mein Feld schauen oder abends die Rehe beobachten. Du weißt, wie gern ich mich abends mit dem Fuchs unterhalte, der mir Neuigkeiten erzählt. Von ihm wußte ich Bescheid, dass ihr kommt und der Bär Euch aufgehalten hat. Ich esse das, was mein Feld und mein Garten hergeben. Wie soll ich im Dorf mit anderen Menschen leben? Nein Genwulf, ich bin hier zu Hause. Nehmt mir das Bein ab und lasst mich hier. Wenn ich sterbe, so habe ich vielleicht im nächsten Leben die Chance, als großer aufrechter Mann wieder zu kommen." Nun mischte sich Caradoc vorsichtig ein: „Balian, wie wäre es, wenn wir Dich in mein Dorf bringen? Dort leben alle auf eigenen kleinen Grundstücken mit ihren eigenen Feldern zum Anbauen von Gemüse. Und Trombsen lebt dort auch, ihr kennt Euch doch gut. Trombsen war es auch nicht gewöhnt, in einer Dorfgemeinschaft zu leben, er hat sich abseits ein Stück Land genommen und alle zusammen haben ihm gebaut, was er zum Leben braucht." „ Lasst mir eine Nacht zum Nachdenken, ja? Ich bin bisher an diesem Bein nicht gestorben, ich werde es auch heute Nacht nicht tun", meinte Balian und machte sich daran, die alten Stoffbinden wieder um seine Wunde zu binden. Da ging Caradoc dazwischen und nahm sie ihm weg! „Ich habe bemerkt, dass eine Wunde sauberer aussieht und besser heilt, wenn man stetig neue saubere Binden verwendet. Hast Du saubere Tücher da?"

Überrascht sah Balian den jungen Mann an und auch Genwulf schien verwundert. Balian zeigte mit einer Kopfbewegung in eine Richtung des Raumes und Caradoc sah unordentlich hingeworfene Leinentücher auf einem Schemel liegen. Er ging hin, nahm Eines und sah, dass die Tücher offensichtlich tatsächlich sauber waren. Kurzerhand riß er ein ganzes Tuch in handbreite Streifen, gab eine Salbe aus seinem Wundtiegel auf die klaffende Wunde und verband das Bein des überrumpelten Patienten mit frischem Tuch.

„Na ja", meinte Caradoc schmunzelnd, „schön wird dieses Bein nicht mehr werden, aber vielleicht lindert es ja ein wenig, bis Du Dich entschieden hast!"

Abends schickte Balian Caradoc zu einem Regal unterhalb der Dachschräge, um einen Tonkrug zu holen, der mit einem Wachsstopfen abgedichtet war. Balian stellte drei Becher auf den Tisch, öffnete den Krug und schenkte jedem herrlich duftenden Met ein. Dazu aßen sie frisch gebackenes dunkles Brot, das Balian selber herstellte; seine Spezialität!

„Und was wird aus meiner Kuh und den Hühnern?" fragte er. „Mitnehmen?" fragte Caradoc zurück. „Hmmm!"

„Und mein Werkzeug?"

„Mitnehmen?"

„Hmmm!"

Genwulf mischte sich in dieses wortkarge Gespräch ein: „Hast Du einen Wagen, auf den wir Dein Hab und Gut laden können?" Balian nickte bedächtig. „Ist nicht besonders groß und auch nicht schön. Die Kuh hat ihn schonmal gezogen, aber sie braucht einen Führer an ihrer Seite..." Caradoc war klar, wem diese Rolle wohl

173

zufiele. Aber er war froh, dass Balians Gedanken in diese Richtung gingen und er nicht ganz auf Abwehr schaltete. Der junge Druide machte sich Sorgen wegen des Beines. Wenn es tatsächlich abgenommen werden musste, würde ihm diese Aufgabe zufallen. Er hatte das noch nie gemacht, aber schon oft Genwulf assistiert. Da Genwulf ja nicht sehen konnte, was er tat, musste Caradoc ihm seine Augen leihen. Das war von Anfang an zwischen den beiden so. Ein stilles Abkommen, dass sie ja schon vor Jahren geschlossen hatten.

Caradoc war überzeugt, dass er die Operation gut machen würde. Aber eigentlich war sein Plan, das Bein zu retten! Wenn er das schaffte, hätte er bewiesen, dass es mit sauberen Tüchern und einer grundlegenden Säuberung der Wunde bessere Heilungschancen gibt.

 Am nächsten Morgen war die Luft klar und kühl. Es war wärmer geworden und der Schnee fast getaut. Kleine Bächlein suchten sich ihren Weg ins Tal um dort in die Traun und in den großen See zu fließen, den man jetzt von Balians Haus aus gut sehen konnte. Caradoc war als erster auf den Beinen. Er war sehr gespannt und auch ein bißchen aufgeregt, wie Balians Bein heute aussehen würde. Der aber schlief noch laut schnarchend und Caradoc wollte ihn nicht wecken. So verließ er leise das Haus und genoß die frische Bergluft. Er ging um das Haus herum und besah sich Balians Reich. Er konnte gut verstehen, dass dieser hier nicht weg wollte. Er hatte säuberlich Areale abgesteckt, in denen er Gemüse zog. Um diese Jahreszeit kurz vor dem Winter wuchs nicht viel und es sah etwas trostlos aus, aber Caradoc hatte als Kind viel im Gemüsegarten gearbeitet und wußte darum. Am Ende des Ackers stand eine halb verfallene Hütte ohne Tor. Er ging darauf zu und erkannte, dass das Gestell darin der „Wagen" sein musste, den Balian gestern erwähnt hatte. Er sah sofort, dass an diesem Wagen noch eine Menge repariert werden musste, bis er die weite Fahrt zu seinem Dorf überstehen würde. Wenn sie wirklich aufbrechen sollten, würde Balian darauf bestehen, seine Tiere und andere Habseligkeiten mitzunehmen. Also blieb nur der Landweg, mit einem Boot wären sie wesentlich schneller, das wusste Caradoc ja noch von früher.

Als er wieder am Haus war, ging er etwas weiter darum herum und fand noch einen Eingang, der aber mehr ein zweiflügeliges hohes Holztor war. Er öffnete sie von außen und blickte hinein. Da stand tatsächlich eine braune Kuh mit prall gefülltem Euter, die sich muhend nach ihm umsah. Überrascht stellte Caradoc fest, das dies ein Anbau an das Haupthaus war. Oft war es in solchen Häusern so, dass die Tiere zwar in einem separaten Bereich des Hauses lebten. Aber es war ungewöhnlich, dass sie in einem eigenen abgeschlossenen Stall lebten. Stimmt, dachte Caradoc, das wäre ihm gestern Abend bestimmt aufgefallen, wenn Tiere mit im Haus gewesen wären. Die Hühner, von denen Balian gesprochen hatte, saßen im Kuhstall über der Kuh in den Balken des Dachstuhls und gackerten aufgeregt, als Caradoc seinen Kopf in den Stall steckte. An den Wänden hatte Balian sorgfältig sein Werkzeug aufgehängt. Das bestand eindeutig aus hochwertigen Materialien und guter Handwerkskunst: Trombsens Handschrift! Auch eine gute feine Säge war dabei… Caradoc wollte gar nicht daran denken.

Erfrischt ging er wieder ins Haupthaus und fand die beiden alten Freunde bei einem Becher Tee am Tisch sitzend. Sie luden ihn mit einer Geste ein, sich dazu zu setzen. So begannen sie den Tag mit Tee und dem leckeren dunklen Brot. Genwulf fragte Balian, ob er ihm und Caradoc den Brotofen zeigen würde. Das tat dieser nur zu gerne und hinkte auf seinen Stock gestützt in eine verwinkelte Ecke des Hauses. Hier hatte er eine Nische aus dem Haus heraus gebaut, die genau die Maße des Ofens hatte. Ins Haus zeigte die Öffnung, von dort aus wurde gefeuert und über das offene Feuer eine Steinplatte gelegt. Hierauf stellte Balian Tonschalen mit fertigem Brotteig und so wurde das Brot gegart. Das Getreide hierfür baute er selber an und im Winter zehrte er so von seinen Vorräten. Er mahlte das Korn auch selber zwischen zwei kleinen Mühlsteinen, die neben dem Ofen auf einem kleinen Tisch standen. Diese Konstruktion hatte er eindeutig selbst erfunden und gebaut, aber sie funktionierte ganz hervorragend. Stolz führte er sie vor.

„Gut," sagte Caradoc nun, „sollen wir nochmal nach Deinem Bein sehen?" Caradoc war selber mulmig dabei, aber es musste sein. Ergeben setzte sich Balian neben Caradoc auf einen Schemel, und legte diesem sein Bein auf dessen Oberschenkel. Vorsichtig löste Caradoc den Verband vom gestrigen Abend. Sofort stieg ihm der faulige Geruch des toten Fleisches in die Nase. Aber die Wunde hatte sich im Inneren verändert. Die Eiterkruste war nicht mehr fest, sondern ließ sich abwischen und darunter war eine rosafarbene, saubere Wunde erkennbar. „Was schlägst Du vor?", fragte Genwulf seinen Schützling. Caradoc besah sich die schwarzen Wundränder ganz genau. „Ich würde Balian empfehlen, einen ganzen Krug Met auf einmal zu trinken, damit er tief und fest schläft. Dann schneide ich die schwarzen Wundränder bis ins gesunde Fleisch ab und flämme die Wunde aus. Mit der Weidenrindenpaste und weiteren sauberen Tüchern wissen wir in zwei Tagen, ob ich das Bein retten kann oder nicht. Haben wir die Zeit, Genwulf? Oder werden wir woanders bereits erwartet?" Genwulf schüttelte den Kopf „Nein Caradoc, gib Balian und uns die Zeit, die dieses Bein braucht. So lange kannst Du, Balian, ja auch überlegen, ob Du mit uns in Caradocs Dorf kommst oder hier bleibst. Egal, ob mit oder ohne Bein!" Das war für Genwulf eine ziemlich vehemente Rede und Caradoc musste innerlich lächeln. Die beiden Männer waren seit ihrer Kindheit befreundet und so konnte man nur miteinander reden, wenn man sich ehrlich um den anderen sorgte. Und das tat Genwulf, das spürten die beiden anderen auch.

Balian hatte das Gespräch aufmerksam verfolgt. „Zwei Tage, sagst Du? Seit zehn Jahren hinke ich durchs Leben und werde immer krummer! Und Du sagst, dass Du nach zwei Tagen siehst, ob ich gesund werde oder mein Bein verliere? Welche Geister willst Du beschwören? Gut, ich habe Met genug für eine ganze Kriegertruppe, daran wird es nicht scheitern. Egal, was dabei heraus kommt, ich habe heute Nacht lange überlegt: ich werde mit Euch in Dein Dorf kommen und freue mich auf Trombsen. Vielleicht freue ich mich sogar darauf, wieder mal mit ein paar Menschen zu reden, statt immer nur mit den Tieren. Fang an!" Damit humpelte er zu seinem Regal, in dem er den Met lagerte und knallte den Krug entschlossen auf den Tisch. Caradoc schob als erstes den Tisch so an die Wand, dass Balian darauf fast sitzen konnte; er war ja so krumm verwachsen, dass er nicht mehr auf dem Rücken liegen konnte. Er holte Polster von der Lagerstätte des Mannes, um ihn so zu lagern, dass er nicht wegrutschen konnte. Dann bereitete er die Stoffstreifen zum Verbinden vor und stellte sich alles Werkzeug und Pasten und Schalen zurecht und schürte das Feuer unter der Kochstelle neu, um mit dem glühenden Messer später die Wundränder zu flämmen. Außerdem stellte er sich eine Schale Wasser dazu. Er dachte, dass es nicht schaden könnte, das Messer während der Operation immer mal wieder zu reinigen. Vielleicht bewirkte es ja etwas!

Während seiner Vorbereitungszeit trank Balian gemächlich aber auch genüßlich einen Becher Met nach dem anderen und machte es sich auf seinem Tisch gemütlich. Caradoc räumte den Rest des großen Tisches. Der Patient war noch wach, aber schon ziemlich schläfrig. Genwulf ging ans Fußende und band Balians Bein mit einem Ledergurt an der Tischplatte fest. Dann hielt er mit eisernem Griff den Fuß fest, damit Balian nicht zuckte und Caradoc in Ruhe arbeiten konnte. Balian hob mit erstauntem Gesichtsausdruck den Kopf zu Genwulf, dann ließ er den Kopf sinken und schlief ein.

Caradoc begann ruhig zu arbeiten. Auch wenn Balian zwischendurch aufstöhnte und versuchte, seinen Fuß aus Genwulfs festem Griff zu winden, ließ der junge Druide sich nicht beirren. Er war beseelt von dem Gedanken, dass er das Bein retten könnte und schnitt konzentriert einen schwarzen Hautlappen nach dem anderen ab. Die Wunde blutete jetzt an den Wundrändern stark, aber das war ja ein gutes Zeichen. Als er fertig war, hielt er sein Messer in die Flamme der Feuerstelle, bis es dunkel anlief. Dann wischte er es mit einem sauberen Tuch ab und hielt das fast glühende Messerblatt an die Wundränder. Es zischte und stinkender Rauch setzte sich ab. Es roch nach verbranntem Fleisch. Diese Prozedur wiederholte er, bis alle Wundränder geflämmt waren. Dann strich er Weidenrindenpaste an die Wundränder und legte zwei Blätter in die offene Wunde, aus der er vorher die eitrige Masse gewischt hatte. Er spürte Genwulfs

„Blick", arbeitete aber wortlos weiter. Er faltete aus einem der Leinenstreifen eine Art Polster, das genau auf die Wunde passte und band dann die anderen frischen Stoffstreifen darum herum, bis das Bein gut verbunden war.

Erleichtert setzte er sich nun ans Kopfende und fühlte die Stirn seines Patienten, der nun ruhig atmend auf dem Tisch lag beziehungsweise saß und plötzlich die Augen aufschlug. Nach einem kurzen Moment der Verwirrung erfasste Balian die Situation aber sofort und sah Caradoc fragend an. „Wir müssen jetzt abwarten", sagte dieser, „ich freue mich sehr, dass es Dir so gut geht."

„Kann jemand die Kuh melken?", fragte Balian mit einem belustigten Augenzwinkern.

Später gingen Caradoc und Genwulf vor das Haus und setzten sich auf einen Baumstamm, der wohl schon lange dort lag und als Sitzgelegenheit diente. Caradoc spürte, dass Genwulf Fragen hatte. Das war ein neues Gefühl für Caradoc, war doch sonst immer er derjenige, der fragte! „Was ist das für eine neue Methode mit dem heißen Messer?" fragte Genwulf.

„Wenn wir auf unseren Wanderungen einen Hasen über dem Feuer gegart haben, hat es doch genauso gerochen, wie heute, oder? Dann hat das Fleisch noch ein bißchen nachgeblutet und war sauber. Und wenn wir ein Stück Fleisch abschnitten, war der Schnitt mit einem heißen Messer glatt und mit dem kalten Messer wurde das Fleisch faserig. Vielleicht können wir ja solche Wunden wie die von Balian damit säubern. Ich meine, wenn die Wundränder nicht mehr sauber sind, kann sich der Wundbrand ausbreiten. So können wir diesen Prozess vielleicht stoppen oder zumindest eindämmen. Hältst Du das für möglich?", fragte Caradoc und war wirklich gespannt auf Genwulfs Meinung. „Ich weiß es nicht, Caradoc, aber es klingt einleuchtend. Ich bin sehr gespannt, genau wie Du wahrscheinlich. Ich wünsche es Balian sehr, dass er sein Bein behält, aber auch Dir, dass Deine neue Methode Erfolg verspricht. Aber sag mal, welche Blätter hast Du in die Wunde gelegt?" Überrascht drehte Caradoc den Kopf zu Genwulf. Das konnte doch nicht wahr sein! Woher wusste er das? Wie schon öfter in den letzten Jahren fragte sich Caradoc, ob Genwulf wirklich blind war oder er sie alle hereinlegte. Aber beide Augenhöhlen waren leer, daran gab es keinen Zweifel.

„Als ich ein kleiner Junge war, habe ich auf dem Thingplatz unseres Dorfes viele abgeschlagene Blätter des Baumes gefunden und einige aufgesammelt. Dabei habe ich mir die Hand an einer Sichel geschnitten, die unter den Blättern lag und Segari gehörte. Ich habe Segari die Sichel zurück gegeben und den Vorfall vergessen. Ein paar Blätter habe ich in einen Lederbeutel getan. Sie sind immer noch frisch, nicht verfault und nicht vertrocknet! Als die Hand auch nach Monaten nicht heilen wollte, habe ich sie mit einem Blatt Arschwurz und einem Blatt des Thingbaumes mit Weidenrindenpaste verbunden... ja ich weiß, das mit dem Arschwurz findest Du immer lustig, aber er ist nicht nur für das große Geschäft gut. Einen Tag später war die Wunde verheilt und nicht mehr zu sehen. Auch die wulstige Narbe in der

Handinnenfläche ist weg, fühl mal...", erklärte Caradoc und hielt Genwulf die Hand hin. Er ergriff sie und murmelte: „Erstaunlich, ich kann sie nicht mal spüren! Gut, wann willst Du den Verband wechseln?" „Morgen", antwortete Caradoc.

Balian hatte eine ruhige Nacht. Die beiden Druiden sahen immer mal wieder nach ihrem Patienten, aber es gab es keine Zwischenfälle.

Als Caradoc am nächsten Morgen den Verband abnahm, waren alle drei in gespannter Erwartung. Das Stoffpäckchen, das Caradoc direkt auf die Blätter gelegt und festgebunden hatte, war vollgesogen mit Wundflüssigkeit. Caradoc drückte die Flüssigkeit in eine Schale, um nachzusehen, welche Farbe und Konsistenz die Flüssigkeit hatte. Sie war gelblich klar und roch nicht! Also kein Eiter mehr! Die Blätter, die Caradoc in die Wunde gelegt hatte, waren nun welk und aufgeweicht. Als Caradoc sie vorsichtig aufnahm, traute er seinen Augen nicht. Die Wundränder waren rosig weich und nicht verkrustet, die innere Wundfläche sah sauber und gut durchblutet aus. „Na, das sieht ja gut aus!", grinste Genwulf und alle drei brachen in erleichtertes Gelächter aus. Aber Caradoc blieb skeptisch und bestand darauf, dass Balian Ruhe hielt. Das war für den Älteren fast eine Strafe, aber auch er wollte sein Bein und sein Leben behalten und fügte sich. Während dieser Tage machte sich Caradoc daran, den Wagen im Schuppen instand zu setzen. Er verstärkte die Achse, weil Balian bestimmt eine Menge seines Besitzes würde mitnehmen wollen, wenn er seinen Hof hier ganz verlassen sollte. Außerdem richtete er die Deichsel, damit die Kuh den Wagen sicher ziehen könnte. Er vergrößerte die Sitzbank, von der aus gelenkt wurde. So könnte Caradoc den Wagen lenken, Genwulf bei ihm sitzen und Balian hinten auf dem Wagen mit fahren und sein

Bein ausstrecken. Damit er die Erschütterungen auf den unebenen Wegen nicht allzu sehr spürte, baute Caradoc ein hölzernes Gestell, auf dem der verkrümmte Balian sicher und fest sitzen konnte. Dafür verlängerte er die gesamte Ladefläche, um auch das Gepäck gut unterbringen zu können.

Täglich wechselte er den Verband. Immer noch zog sich der dunkel lilafarbene Streifen an Balians Oberschenkel hoch, obwohl die Wunde am Knie gut heilte. Trotzdem war Caradoc nicht zufrieden. Die Umgebung der Wunde war geschwollen und gerötet. Vorsichtig drückte er in Richtung Knie auf das geschwollene Gewebe, Balian stöhnte kurz auf. Aber aus einer kleinen, noch offenen Stelle der operierten Wunde quoll plötzlich ein Schwall blutigen Gewebswassers. Noch einmal drückte Caradoc, wieder quoll Flüssigkeit aus der Wunde. Er war sich sicher, dass das Wasser aus der Wunde beziehungsweise dem Oberschenkel heraus musste, er wusste nur nicht, ob dies die richtige Methode war. Unvermittelt sagte Balian: „Jetzt fühlt sich das Bein viel leichter an. Der Druck ist weg!" Caradoc war erleichtert und verband das Knie neu. Doch diesmal versuchte er eine neue Methode und gab einen Auszug aus Kamillenblütenextrakt und ein Arschwurzblatt auf die offene Stelle. Er hatte beobachtet, dass ein solcher Extrakt als Tee getrunken, heilend und lindernd bei Halsschmerzen sein konnte. Warum also nicht auch bei einer offenen Wunde? Er versah die offene Stelle wieder mit einem seiner Stoffpäckchen, die die Flüssigkeit aufsaugen sollten und verband das Bein mit einem sauberen Streifen der zerrissenen Leinentücher.

Morgens nahm er den Verband ab und staunte nicht schlecht! Der Streifen war blasser und zog sich nicht mehr bis in die Leiste. Auf dem halben Oberschenkel hörte er auf! Caradoc versorgte die Wunde neu und ging vor das Haus.

Sie waren nun schon eine lange Zeit dort oben in den Bergen und der Winter kam jetzt mit Macht. Es hatte die ganze Zeit geschneit und sie mussten jetzt das Haus mit der Feuerstelle unter dem Topf heizen. Balian hatte Caradoc gezeigt, wie er den Steinofen anheizen konnte, in dem er sein Brot backte. Dann hatte er mit Caradocs Hilfe den Teig hergestellt und sie hatten frisches Brot gebacken. Sie mussten nun von den Vorräten leben, die Balian im Lauf des Jahres angelegt hatte. Die drei Männer hatten sich auf eine lange Winterzeit eingestellt, im Schnee war es unmöglich, ins Dorf und zum See herabzusteigen. Zumal Balian immer noch nicht wieder laufen durfte, das hatte Caradoc ihm verboten.

Als Caradoc vor das Haus trat, saß Genwulf auf der Holzbank, die er notdürftig vom Schnee befreit hatte. Caradoc setzte sich zu ihm und atmete die reine Bergluft tief ein. „Du kämpfst sehr um dieses Bein, nicht wahr?", sagte Genwulf leise. „Ja, und ich bin immer noch nicht sicher, ob er es behält. Ich probiere viel aus, von dem ich nicht weiß, ob ich den Zustand verbessere oder eher verschlimmere. Außerdem gehen meine Vorräte an Tinkturen, Wurzeln und vor allem meinen Arschwurzblättern zu Ende. Hier oben und bei dem Schnee finde ich keinen Nachschub." „Ohne Dich und Deine Experimente wäre Balian längst tot", meinte Genwulf, „Du machst offensichtlich alles richtig. Ich bin sehr stolz auf meinen Schüler!" Caradoc hatte gelernt, ein solches Lob anzunehmen. Immer noch war er voller Respekt und Bewunderung für Genwulf, der sein großes Vorbild war. Trotzdem machte es ihn demütig. „Ich weiß nicht weiter", sagte Caradoc leise, „Es dauert alles zu lange mit der Heilung. Auch wenn der rote Streifen fast weg ist, müsste die offene Wunde längst verheilt sein. Hast Du noch eine gute Idee?" „Nein Caradoc", sagte Genwulf, „lass diesem Bein und Balian Zeit. Geduld ist nicht die größte Stärke von uns Menschen. Und offensichtlich auch nicht Deine...", grinste Genwulf, klopfte Caradoc vertrauensvoll auf die Schulter und erhob sich, um wieder ins Haus zu gehen. Die Kälte und der Wind hatten an Schärfe zugenommen. Caradoc blieb nachdenklich sitzen.

Über Nacht hatte der Schnee den gesamten Berg und Balians Haus in eine weiße Landschaft verwandelt. Dabei schien die Sonne auf das glitzernde Schneefeld vor ihm und wärmte ihn ein bißchen. Doch jetzt war der Winter wirklich da. Caradoc grübelte immer noch darüber nach, wie er jetzt an frische Heilkräuter für Balian kommen könnte. Aber ein Blick nach draußen in die schneebedeckte Landschaft reichte, um zu wissen, dass dies momentan unmöglich war. Eine Bewegung, die er im Augenwinkel wahrnahm, holte ihn aus seinen Gedanken. Er erschrak und war im selben Moment erleichtert, als er den Bären aus der Bärenhöhle erkannte. „Ah, Du bist es, Du hast mich erschreckt!", lachte Caradoc leise. „Du machst dir Gedanken wegen der fehlenden Kräuter, stimmt's?", brummte der Bär gutmütig und wiegte seinen Kopf hin und her, „ich mache mir Gedanken über meinen Hunger!"

Caradoc verstand. Der Bär war gekommen, um etwas zum Fressen zu finden. „Warte, ich sehe nach, ob Balians Vorräte etwas für Dich bereit halten", meinte Caradoc und verschwand im Haus. Balian war hocherfreut, als er hörte, dass er „Besuch" hatte. Er humpelte hinaus, um seinen Freund zu begrüßen und bat Caradoc, diesem einen großen Topf des Eintopfes von gestern zu füllen. Caradoc stützte Balian mit dem einen Arm, mit der anderen Hand trug er den Topf für den Bären. Auch Genwulf gesellte sich dazu und alle saßen vor der Hütte im Schnee.

Als der Bär satt war, drehte er seine Nase in Richtung Felswand, die hinter Balians Haus und der Alm fast senkrecht aufstieg. Der Bär schnupperte. „Das wird ein eisiger Schneesturm heute Nacht, verschließt die Fenster gut und holt die Kuh und die Hühner ins Haus. Das Stalltor wird einem Sturm nicht mehr lange standhalten. Morgen wird das hier oben ganz anders aussehen!" Damit drehte er sich um und trottete wieder zu seiner Höhle zurück. „Kann das sein?", fragte Caradoc Balian. Dieser nickte: „Oh ja, das Wetter dreht sich hier oben manchmal rasend schnell. Hier sitzen wir in klarer sonniger Luft und in kürzester Zeit kann das Wetter hier toben. Holst Du die Tiere ins Haus? Wenn der Bär so etwas sagt, hat er meistens Recht!"

Die Kuh trottete bereitwillig neben Caradoc her, als wüßte sie, dass sie jetzt ins Warme gebracht wird. Der Transport der Hühner gestaltete sich etwas schwieriger, weil sie aufgeregt durch den kleinen Anbau flatterten und Caradoc Mühe hatte, sie zu erwischen. Er fand einen alten Weidenkorb, der zwischen den Werkzeugen an der Wand hing und den Holzdeckel eines Fasses. Dann stopfte er ein Huhn nach dem anderen in den Korb und deckte ihn mit dem schweren Deckel zu, bis er das nächste Huhn erwischt hatte. In eine kleine Holzkiste stopfte er etwas Stroh und sammelte auch noch die Eier ein, die die Hühner in der Aufregung gelegt hatten.

Als Caradoc mit dem großen Korb voller Hühner vor das morsche Tor des Stalles trat, fegte ihm eine eisige Windböe entgegen und riss fast das Tor aus den Angeln. Eilig stapfte er um das Haus herum, um die Hühner hinein zu bringen. Der Eiswind stach ihm ins Gesicht und trieb ihm Tränen in die Augen. Er kam kaum vorwärts und konnte kaum noch etwas sehen. Er kämpfte sich voran. Ein unheimliches Grollen erfüllte die Luft und wurde immer lauter.

Entsetzt sah Caradoc, dass sich von der Felswand her eine riesige Menge Schnee in rasender Geschwindigkeit auf ihn zu bewegte. Es sah aus wie eine große Welle des Sees, wie er sie als Kind bei einem Unwetter schonmal erlebt hatte. Nur war diese Welle jetzt schneeweiß!

Er bemühte sich, schneller voran zu kommen und keuchte gegen den Sturm an. Eine weitere Böe zerrte an ihm, riß ihn von den Füßen und mit ungeheurer Kraft mit sich. Er rollte und rutschte und rang verzweifelt nach Luft, bis er die Orientierung verlor und sich der Lawine ergab. Die Schneemassen wirbelten ihn wild herum und er bemerkte noch, dass ganze Bäume ihn begleiteten. An einer großen Kiefer, die der Schneesturm mitgerissen hatte hielt er sich fest.

Er versuchte, sich mit der tosenden weißen Masse zu verbinden, um eins mit ihr zu werden. Es gelang ihm nicht. Zu groß war die tödliche Bedrohung, die von ihr ausging. Wenn er in der Lawine zum Stillstand kommen würde, würde sie ihm unweigerlich die Luft zum Atmen nehmen und ihn zudem schnell auskühlen und erfrieren lassen. Das waren seine Gedanken, als er jäh gestoppt und mit dem Körper unsanft gegen die Kiefer geschleudert wurde, an der er sich immer noch festhielt. Plötzlich befand er sich in freiem Fall und versuchte verzweifelt, sich an den Ästen festzuklammern, aber auch die Kiefer fiel und fiel. Unsanft landeten beide auf hartem Untergrund.

Das Tosen war weg! Unheimliche Stille breitete sich aus. Kein Sturm mehr, keine Schneemassen mehr um ihn herum, die ihn begraben könnten. Leise rieselten noch vereinzelte Flocken, die aber aus der Kiefer fielen, die nun auf Caradoc lag. Er versuchte, sich zu orientieren, konnte aber vor lauter schneenassen Zweigen nichts erkennen. Er versuchte, sich zu bewegen. Arme und Beine waren frei beweglich und offensichtlich unverletzt. Aber der Baum lag quer mit seinem ganzen Gewicht über seinem Oberkörper und nahm ihm den Atem. Panisch begann er, mit Armen und Beinen zu rudern um aus sich aus dieser prekären Lage zu befreien, aber der Baum rührte sich nicht und er hatte keine Chance, sich zu befreien. Erschöpft und verzweifelt lag er da und überlegte. „Was überlegst Du?", fragte die Kiefer ihn. Caradoc horchte über-rascht auf. Jetzt wurde ihm langsam wieder bewusst, dass er ja ein Druide des Waldes war und sich mit den Bäumen des Waldes verbinden konnte. „Ich würde gerne Dein Gewicht von meiner Brust nehmen, aber Du bist zu schwer." „Oje", raunte der Baum, „ich bin entwurzelt und kann mich auch nicht mehr bewegen. Hast du eine Idee, was wir machen können?" Caradocs Hoffnung schwand. „Nein", murmelte er müde, „ich habe auch keine Idee. Lass uns nachdenken...." Caradoc schloß die Augen und verlor die Besinnung.

Von einem lauten Knackgeräusch wurde er geweckt. Nochmal - Knack!-
Er versuchte tief zu atmen und hatte das Gefühl, dass es leichter ging als vorher. Als hätte sich der

Baumstamm von seinem Brustkorb ein bißchen angehoben. Dann spürte er die Kälte unter sich, die seinen Rücken entlangfloß. Er schauderte vor Kälte und versuchte sich ein bißchen zu bewegen, was tatsächlich gelang. Aber immer noch war er eingeklemmt zwischen dem Baumstamm und…ja, und was eigentlich? Worauf lag er?

Seine Hand ging unter seinen Rücken und spürte Wasser! Unter ihm floß Wasser! Er lag auf einer Eisschicht, die durch seine Körperwärme schmolz und seinen Oberkörper nach unten hin freigab. Da hörte er über sich ein Stöhnen: „Oh, ich schmelze auch nach unten, ich habe keinen Halt mehr…", das raunte die Kiefer, die verzweifelt versuchte, nicht mit Caradoc zusammen immer tiefer zu rutschen und ihn wieder unter sich zu begraben. „Beeil Dich, kämpf dich frei, zieh Dich zur Seite heraus!" Caradoc nahm seine Hand vom Rücken her wieder nach vorne und streifte dabei seinen Ledergurt, den er immer noch um seinen Körper trug. Er ertastete das kleine Messer, das Trombsen ihm geschenkt hatte und er immer fest in einem Köcher verschnürt hatte. „Kiefer, ich muss Dir ein paar Äste abschneiden, aber vielleicht kann ich uns damit beide stabilisieren. Verzeih mir!" Die Kiefer ächzte und rutschte ein Stück zur Seite, damit Caradoc besser arbeiten konnte. Dadurch versperrte ein großer Ast Caradoc den seitlichen Ausweg. Sofort begann er, an dem Ast zu säbeln. Er hatte den Eindruck, dass die Kiefer ihm sogar dabei half. Nach endlos scheinendem Sägen hatte er den Ast soweit durchtrennt, dass er ihn zur Seite abknicken konnte. Gerade als er sich seitlich auf der nassen Eisschicht wegrutschen lassen wollte, knackte es am anderen Ende der Kiefer laut. Dort hatte sich eine Eisplatte gelöst und rutschte polternd in eine Tiefe, die Caradoc nicht bewußt gewesen war! Krachend rauschte die gesamte Kiefer in den Abgrund. Caradoc traute sich nicht, sich zu bewegen und schloss ergeben die Augen. Jeden Moment erwartete er, mit in den Abgrund gezogen zu werden. Als die polternden Geräusche verstummt waren, war es unheimlich still.

Caradoc öffnete vorsichtig die Augen und blinzelte. Er lag sicher auf dem Rücken auf einer Felsplatte, die nicht mit Eis überzogen war, den großen Ast der Kiefer hatte er noch in der einen Hand. In der anderen Hand hielt er immer noch sein Messer, das ihm soeben das Leben gerettet hatte. Er spürte in sich hinein, konnte aber keine bedrohlichen Verletzungen feststellen und versuchte, sich zu bewegen.

Es herrschte schummriges Licht, dort wo er lag. Er erkannte teilweise vereiste Felswände um sich herum. Wo war er?

Ächzend richtete er sich auf und versuchte, seine Augen an das gedämpfte Licht zu gewöhnen. Er befand sich in einer Höhle. Weit über sich sah er eine große Öffnung, durch die leise Schnee rieselte. Ein Sonnenstrahl drang seitlich durch die Öffnung und die Höhle wurde dadurch für Caradoc erhellt.

Die Höhle war überdacht von einer riesigen Kuppel, die über und über mit weißem und blau schimmerndem Eis überzogen war. Bizarre Formen hatten sich hier gebildet, an einer Seite sah es aus, als hätte das Eis von einer Sekunde zur anderen einen ganzen

Wasserfall eingefroren. Woanders hatte das Eis Skulpturen geformt, die scheinbar wie eine Familie zusammen standen. Wege aus Eis schienen sich wie ein eingefrorener Fluss durch die Formationen zu schlängeln. Caradoc staunte und war fasziniert von den künstlerischen Fähigkeiten der Natur.

Langsam stand er auf und drehte sich um sich selbst. Er erschrak, als er feststellte, dass der Felsen, auf dem er nun stand auf einer Seite jäh nach unten abfiel. In diesen Abgrund war die Kiefer gestürzt, um ihn frei zu geben! Die Eisplatte auf der er gelegen hatte, war unter ihm geschmolzen und die Reste waren dann in Einem abgerutscht, als er sich weggedreht hatte! Die Kiefer lag noch auf der Eisplatte und wurde deshalb mit ihr in die Tiefe gerissen.

Aber wie sollte er hier je wieder heraus kommen? Das Loch in der Kuppel, durch das er hier hinein geschleudert wurde war in scheinbar unendlicher Ferne zu sehen; unerreichbar! Er stand auf der Felsplatte, die auf der einen Seite den Abgrund bot, auf der anderen Seite eisüberzogene Felswände und vereiste Wege, auf denen er unweigerlich abrutschen und in die Tiefe stürzen würde. Caradoc wusste, dass er jetzt nicht in Panik verfallen durfte. Verrückte Gedanken schossen ihm durch den Kopf.

Wo waren eigentlich die Hühner geblieben? Wann hatte er den Korb losgelassen? Hatten sie die Lawine überlebt? Wie gut, dass die Kuh sicher in Balians Haus war. Was würde aus Balian und seinem Bein werden, wenn er nicht wiederkäme? Hatte die Lawine gar Balians Haus weggerissen und Balian und Genwulf gleich mit?

Bei diesem Gedanken wurde ihm ganz schlecht. Aber diese Gedanken spornten ihn auch an, nicht aufzugeben. Er musste etwas wagen, sonst wäre er hier unweigerlich verloren. Vorsichtig setzte er sich auf den Felsen und überlegte. Der vereiste Weg, der sich im Halbrund der Höhle nach unten wand, war spiegelglatt. Er schmiegte sich an der einen Seite an die ebenfalls vereiste Felsenwand und war ungefähr so breit wie Caradocs Schultern. Der gegen-überliegende Rand des Wegs fiel am Rand schroff nach unten ab. Ein Fehltritt und Caradoc würde haltlos in die eisige Tiefe stürzen. Er grübelte hin und her und betrachtete den Ast der Kiefer, den er immer noch festhielt. Er hatte noch ein paar alte Kiefern-zapfen am Stamm und die Rinde war schuppig und hart. Kleinere Äste standen noch vom Hauptast ab. In Caradocs Kopf entwickelte sich eine Idee …

Kurzentschlossen wickelte er ein paar seiner ledernen Schuhbänder vom Bein. Andere Zierschnüre und Bänder riss er von seinem Winterumhang ab und legte sie vorsichtig in seinen kleinen Lederbeutel, den er immer am Gürtel unter seinen Sachen trug. Er war tatsächlich noch da, die Lawine hatte ihm nichts anhaben können. Dann machte er sich daran, mit seinem kleinen Messer einige kleinere Äste des Astes abzuschneiden und wickelte sie mit einigen Bändern unter die Ledersohlen seiner Winterstiefel. Durch die schuppige Rinde hatte er einigermaßen Halt auf dem Eis, so hoffte er. Dann schnitt er den großen Ast in vier gleich große Stücke und löste davon die Rinde. Zwei Rindenhälften davon band er sich um seine

Knie, die anderen beiden um seine Hände. Mit dem Rest der Schnüre, die auch teilweise noch an seinem Umhang befestigt waren, band er sich den Umhang fest um den Oberkörper. So war der lange Mantel nicht im Weg und wenn er abstürzen sollte, hatte er vielleicht eine kleine Chance, sich durch das Polster nicht allzu schwer zu verletzen. Kurz entschlossen machte er einen ersten vorsichtigen Schritt in Richtung Eisweg und tastete sich langsam vor. Sofort rutschte das linke Bein weg und ließ Caradoc gefährlich nahe an den Abgrund schlittern. Eine Schrecksekunde lang saß er auf dem Eis und traute sich nicht, sich zu bewegen.

Er griff mit seiner rechten Hand hinter sich und bemerkte, dass die Schuppen der Rinde Griff bekamen. Überrascht drehte er sich zu seiner Hand um. Sie, bzw. die Äste der Kiefer griffen in eine dünne Schicht frischen Schnees! Dieser kam von oben aus dem Loch in der Kuppel. Vorsichtig versuchte Caradoc, sich mit der Hand wieder Richtung Wand zu ziehen. Mit der linken Hand half er nach und rutschte vorsichtig auf dem Hosenboden nach rechts. Die kleinen Kiefernzapfen krallten sich in Schnee und Eis und gaben Halt! Caradoc gab sein ganzes Körpergewicht auf die Hände und presste so die Kiefernzweige fest in Eis und Schnee. Als er merkte, dass die Zweige griffen, drehte er sich langsam herum, so dass er nun auf allen Vieren hockte. Die Rinde an seinen Knien griff nun auch und gab ihm einen überraschend sicheren Halt. Langsam hob er ein Knie und schob es vorwärts, Richtung Eisweg. Eine Hand folgte, dann schob er sich in Zeitlupentempo auf allen Vieren vorwärts. Nach und nach näherte er sich dem Boden der Höhle, auf dem es ebenerdig weiter ging. Als er unten ankam, war er total erschöpft und lehnte sich sitzend an einen Felsen. Er atmete tief durch. Wie frisch die Luft hier unten war, wunderte er sich. Er befand sich in einer Höhle und verglichen mit dem Gestank in der Bärenhöhle herrschte hier eine frische Brise.

Genau! Das passte doch nicht zusammen! In einer Höhle weht normalerweise kein frischer Luftzug! Aber hier spürte er ihn eindeutig!

Caradoc hielt seine Nase in die Luft, als wolle er schnuppern wie ein Tier. Dann streckte er einen Finger in die Höhe, um zu spüren, woher der Luftzug kam. Der Luftzug kam von oben, aus dem Loch, durch das er gefallen war. Deutlich sah Caradoc an kleinen Verwehungen des Schnees auf dem Boden, der von oben gerieselt war, in welche Richtung er dem Eisweg folgen musste. Nun konnte er aufrecht weiter gehen. Die Kiefernzweige und die Zapfen unter seinen Sohlen griffen nun in den Eisweg und er kam gut voran. Wundersame Formen aus Eis säumten seinen Weg durch diese verzauberte Höhle. Hier lebte kein Tier oder gar Menschen. Er war allein mit der vereisten Natur. Caradoc hatte den Eindruck, als liefe er von Eiszimmer zu Eiszimmer. Jeder dieser „Räume" hatte eine andere Eisstruktur. Mal schimmerten die Wände hellblau, im nächsten Abschnitt sah das Eis aus, als ob ein Wasserfall tröpfchenweise von oben gekommen sei und die gefrorenen Tropfen in der Luft schwebten. Der Boden eines anderen Zimmers war fast rund und hatte die Form eines gefrorenen

Wasserwirbelsturms. Die Wände bestanden aus hoch aufragenden gedrehten Türmen aus purem Eis!

Fasziniert ging Caradoc langsam weiter, bis er in eine kleine Höhle geriet, die zwar von Tageslicht erhellt, aber nicht vereist war. In der Mitte des kleinen Gewölbes waren Holzscheite aufgeschichtet und verbrannt worden. Lebten hier doch Menschen? Dies war offensichtlich ein Lagerfeuer gewesen. Er untersuchte den Raum näher und fand eine Art Holzfackel, die zwischen zwei Felsen geklemmt worden war.

Wenn hier Menschen gelebt hatten oder es immer noch taten, konnte ein Höhlenausgang nicht weit sein. Caradoc war sicher, dass die Feuerstelle schon lange verlassen war. Hier herrschte gute Luft und Tageslicht, das seitlich einfiel. Er folgte dem Lichtstrahl. Aber er musste noch lange gehen, bis das Licht sich allmählich erhellte. Nun lief er an nackten Felsen entlang, es wurde spürbar wärmer. Nur noch vereinzelt schien es kalt genug für eine kleine Eisskulptur, die aber auch tropfte. Er kämpfte sich durch Geröll und an zackigen Felswänden vorbei immer in Richtung Licht. Als er ein gleißendes Loch vor sich sah, wußte er, dass er den Ausgang gefunden hatte. Hier schneite es von draußen immer noch in den Höhleneingang hinein. Caradoc war völlig durchnäßt und ihm war trotz des langen Weges durch die Höhle immer noch eiskalt, trotzdem konnte er es jetzt genießen, vorerst am Ziel zu sein.

Über ihm tat sich hellgrauer, schneeverhangener Himmel auf, durch den sich die Sonne hervorkämpfen wollte. Caradoc hatte keine Ahnung, an welchem

Ende der Höhle er jetzt stand. Sein Orientierungssinn sagte ihm, dass er eigentlich genau in entgegengesetzter Richtung heraus gekommen war. Er blickte auf eine grandiose Berglandschaft. Hoch ragten schneebedeckte Felsen und Zacken vor ihm auf. Er erkannte eine Felsformation, die er auch schon von Balians Haus aus gesehen hatte. Also stimmte seine Vermutung, dass er ans andere Ende der Höhle hätte gehen müssen, um wieder in Richtung See zu laufen. Er war weit entfernt von Genwulf, Balian und seinem Hof in den Bergen. Erschöpft setzte er sich auf einen schneebedeckten Felsen. Caradoc war klar, dass er nicht durch die Eishöhle würde zurück gehen können. In diesem Gewirr von Eiswegen und Räumen würde er sich verlaufen und hätte keinerlei Orientierungspunkt. In der Höhle war er dem Licht und dem frischen Schnee gefolgt, aber umgekehrt gab es da keine Anzeichen für einen Ausgang. Also musste er außen um die Höhle herum gehen. Dort sah er eine lange, rechts von ihm steil aufragende Felswand. Caradoc marschierte los. Es würde bald dämmern, er brauchte ein geeignetes Nachtlager. Nach einer anstrengenden Gehzeit durch tiefen Schnee erreichte er eine Art Weggabelung. Nun konnte er rechts oder links an der Felswand entlang weiter gehen. Er entschied sich für den linken Weg. Dort erkannte er durch das dichte Schneetreiben dunkle Flecken oberhalb des Felsens und vermutete dort ein Waldgebiet. Im Wald fühlte er sich sicher, dort würde er gefahrlos die Nacht verbringen können. Er hoffte sehr, dass er sich nicht täuschte.

Er stapfte weiter und nun ging es stetig bergauf. Tatsächlich hatte er bald den Felsen zur Rechten und Nadelwald zur Linken. Die Bäume waren dick verschneit und neigten ihre Zweige tief nach unten. Das Gewicht des Schnees drückte sie herab. Es wurde immer dunkler und Caradoc fand eine kleine Höhle im Felsen, über die sich tiefhängende Zweige einer riesigen Kiefer ausbreiteten. Ein idealer Schutz vor Kälte und Schneetreiben. Er hob vorsichtig einen großen herabhängenden Zweig hoch, um nachzusehen, ob vielleicht schon jemand auf die gleiche Idee gekommen war. Aber die kleine Nische in der Felswand war offensichtlich unbewohnt und er machte es sich zur Nacht gemütlich.

Mitten in der Nacht wurde er geweckt, konnte aber nicht einordnen, warum. Er stellte fest, dass er erbärmlich fror und der Untergrund doch eisig war. Er legte seinen dicken Winterumhang auf den Boden, damit er ihn von unten wärmte, aber nun hatte er keine Decke mehr. Ratlos sah er sich um. Er hob das Dach der Kiefernzweige etwas an und hatte durch die Schneedecke und den Vollmond einigermaßen gute Sicht. Er beobachtete ein Rudel Rehe, das vorsichtig durch den verschneiten Wald stakste und offensichtlich auf Futtersuche war. Sie drehten alle gleichzeitig die Köpfe in seine Richtung, die Ohren wackelten in höchster Aufmerksamkeit. Neugierig kamen sie jetzt näher und Caradoc begrüßte sie freundlich. Ohne Fragen ließen sich die Rehe um Caradoc herum nieder, kauten mal an einem Kiefernzweig und drängten sich immer dichter aneinander und um Caradoc herum. Er spürte dankbar die wohlige Wärme, die von den Tieren ausging und schlief ein.

 Am nächsten Morgen wurde er von Sonnenstrahlen geweckt, die durch die Zweige strahlten. Caradoc fühlte sich erfrischt und klopfte sich den Schnee von den Kleidern. In einiger Entfernung sah er das Rudel Rehe laufen. Als er schon gehen wollte, fiel ihm ein, dass er ja keine Kräuter oder Rinden mehr hatte, von denen er leben könnte. Er fragte die Kiefer um Erlaubnis, ob er etwas von ihr mitnehmen dürfe. „Nimm Dir, was Du brauchst! Ich freue mich, dass ich Dir heute Nacht Schutz bieten konnte. Und dass die Rehe Dich gewärmt haben", raunte die alte Kiefer und Caradoc war, als würde sie ihm ihre Zweige anbieten. Er nahm ein paar Nadeln und etwas lose Rinde. Ein paar Kiefernzapfen waren auch da und er packte alles in seinen kleinen Lederbeutel. „Geh den Rehen nach", raunte die Kiefer ihm zum Abschied zu „sie zeigen Dir Wurzeln, damit Du auch etwas zum Essen bekommst! Und sie weisen Dir den Weg zu Deinem Ziel." Und das tat er auch. Die Rehe scharrten mit ihren Hufen im Schnee. Sie wußten genau, wo Eßbares unter dem Schnee verborgen war. „Hier auf dieser Lichtung findest Du Bucheckern vom Herbst. Die große Buche hier wird sie Dir gerne überlassen!", flüsterte ein kleines Reh ihm zu. Caradoc wischte mit einem abgefallenen Ast die kleine Lichtung frei und fand tatsächlich Bucheckern, die scheinbar durch den Schnee frischgehalten worden waren. „Nimm Dir nur genug mit, Du hast noch einen langen Marsch vor Dir", raunte die Buche, die nun völlig blattlos war und inmitten dieses Kiefer- und Tannenwaldes etwas fehl am Platze wirkte. Aber sie behauptete hier offen-

sichtlich schon lange ihren Platz, denn sie war riesig und uralt. „Kannst Du mir den Weg sagen, Buche?", fragte Caradoc und die Buche bewegte einen großen kahlen Ast in eine Richtung, als wolle sie ihm etwas zeigen. „Geh weiter an dem Felsen entlang durch den Wald. Achte auf Bäume und Sträucher, von denen Du zu essen bekommst, auch sie wissen Deinen Weg. Nimm Dir von Ihnen auch heilende Stoffe mit, die Du noch brauchen wirst. Heute Abend solltest Du den See sehen können und morgen wirst du ankommen." Caradoc bedankte sich und ging weiter in die Richtung, die die alte Buche ihm angewiesen hatte. Die Sonne schien jetzt durch die Zweige, das Schneetreiben hatte aufgehört. Der Wald lag wie verzaubert und glitzernd vor ihm. Da blieb er plötzlich mit dem Fuß an einem Ast hängen und stolperte. „Du hast mich doch glatt übersehen, stimmt's?", kam vom schneebedeckten Waldboden her ein leises Wispern. Verblüfft sah Caradoc sich um. Ein kleiner gebogener Ast ragte aus dem Schnee. Er ergriff ihn und als er an ihm zog, pikste er ihm schmerzhaft in die Finger. Erschreckt ließ er los und legte nun mit den Händen den Ast frei. Nach und nach kam ein Strauch zum Vorschein, der mit kleinen Dornen besetzt war. Es war ein Brombeerstrauch, der sich als Schutz vor dem Schnee dicht an den Waldboden drängte, um sich im Frühjahr wieder zu voller Größe aufzurichten. Er hatte sogar noch grüne Blätter. „Nimm Dir ruhig von meinen Blättern. Du kannst sie kauen oder vielleicht später einen Trank daraus kochen, falls Du Dich erkälten solltest..", wisperte der Strauch und Caradoc meinte, einen belustigten Unterton herauszuhören.

Dankbar nahm Caradoc das Angebot an. „Weißt Du den Weg, den ich gehen muss?", fragte er den Brombeerstrauch. Dieser lachte leise: „Natürlich, der ganze Wald weiß Deinen Weg, Caradoc! Immer wenn Du stolperst oder Du an einem Ast hängen bleibst, oder ein Waldtier Dir einen Hinweis gibt, sei wachsam! Wir geleiten Dich zu Deinem Ziel!" „Aber woher wisst Ihr mein Ziel?" „Die Buche hat es uns erzählt. Sie ist der höchste Baum im Wald und sieht Dein Ziel. Auch wenn Du zwischendurch denkst, dass der Weg Dich nicht an Dein vermeintliches Ziel bringt, traue uns. Dem Wald kann jeder Walddruide immer trauen!" Damit rollte sich der Brombeerstrauch wieder zusammen und schmiegte sich eng an den Boden.

Caradoc wusste nun nicht mehr, wo er die Blätter noch verstauen sollte, deshalb riss er ein Stück seines Umhangs auf, das doppelt genäht war. Aus dem Futtergewebe knotete er eine Art Sack, den er an seinen Gürtel hing. Ein Schneehase hoppelte vor ihm her und Caradoc folgte ihm. Der Hase drehte sich immer wieder zu Caradoc um, um zu sehen, dass er ihm auch wirklich folgte. Die Spuren führten ihn jetzt vom Felsen weg, tiefer in den Wald hinein. Das kam Caradoc komisch vor, er müsste sich viel weiter rechts halten, meinte er. Zweifelnd blieb er stehen, um sich neu zu orientieren. Der Schneehase wartete an einer großen Tanne auf ihn und putzte sich in der Zwischenzeit. Dann lief er wieder voraus und drehte sich auffordernd um. Zögernd lief Caradoc hinterher. Er hatte noch das leise Wispern des Brombeer-strauches im Ohr, das ihm empfahl, den Weisungen des Waldes zu folgen. Schon kurze Zeit später wurde klar, warum der Hase ihn in eine andere Richtung gelockt hatte. Sie gingen an einer tiefen Schlucht vorbei, die sie vorher nicht hätten überqueren können. Nun aber bot sich ein Übergang auf die andere Seite der Schlucht. Hier waren mehrere große Tannen entwurzelt worden und hatten sich quer über die Schlucht gelegt. Gemeinsam bildeten sie eine Art Brücke. Sie lagen schon lange dort und hatten keine Nadeln mehr, trotzdem war es mühsam, durch die vertrockneten Äste zu steigen. Das Eis auf den Stämmen war durch die Sonne geschmolzen und machte sie zudem glitschig. Caradoc konzentrierte sich so auf die Überquerung dieser Schlucht, dass er den Schneehasen aus den Augen verlor. Er rief ein kurzes „Danke!", hinüber und hatte es dann geschafft, auf die andere Seite zu kommen.

Er ging einfach weiter an der Felswand entlang. Diese hörte jäh auf und gab nach einer Wegbiegung einen wundervollen Blick auf den See frei! Caradoc jubelte und machte sich auf den Weg zum See herunter. Jetzt hatte er auch wieder Orientierung und wußte die Richtung, in der Balians Haus liegen musste. Er kam jetzt schnell voran und bald kamen ihm Fels-formationen und Ausblicke wieder bekannt vor. Es dämmerte schon wieder, aber Caradoc wollte es unbedingt noch bis zum Haus schaffen. Obwohl der Schnee die Landschaft auch in Dunkelheit erhellte, wurde der Weg beschwerlich und Caradoc konnte nur noch schemenhaft erkennen, wohin er ging. Da hörte er hinter sich ein Geräusch. Er drehte sich um, konnte aber nichts Ungewöhnliches entdecken. Ein leises

Rauschen erfüllte die Luft und Caradoc bekam einen leichten Schlag an den Kopf, als hätte ihn etwas gestreift. Er konnte nicht erkennen, was das war! Nun ertönte ein lautes Schreien und ein dunkler Schatten flog knapp über seinen Kopf hinweg.

Caradoc blieb stehen, drehte sich zu der dunklen Masse herum und breitete seine Arme aus, wie Genwulf es getan hatte, als sie vom Bären angegriffen wurden. Caradoc erhob seine Stimme und wuchs plötzlich über sich hinaus. Er hatte den Eindruck, als würde er immer größer werden und donnerte mit lautem Brüllen los: „Was auch immer Du bist, ich bin Caradoc der Walddruide. Und Du gehörst in diesen Wald und dahin schicke ich Dich jetzt zurück!"

„Du bist auf dem falschen Weg, Druide!", scholl es krächzend von einer hohen Tanne herunter. „Dein Ziel liegt am See, Du musst zum See gehen!" „Wer bist Du?", fragte Caradoc laut und hatte nun seine normale Größe zurück. Wieder erfüllte ein sehr leises Rauschen die Luft und eine große weiße Schneeeule landete sanft vor ihm auf dem Boden. „Ich bin die Wächterin dieses Weges und soll Dich zu Deinem Ziel lenken", sagte sie mit krächzender Stimme: „Dein Ziel ist der See!" „Mein Ziel ist Balians Haus!", sagte Caradoc und wunderte sich darüber, dass die Eule ihm scheinbar den falschen Weg zeigen wollte. „Dann geh Du zu Balians Haus. Kannst du es sehen?" „Nein", sagte Caradoc und ärgerte sich jetzt. „Jetzt ist es zu dunkel geworden." „Ich aber", krächzte die Eule, „ich kann nachts hervorragend sehen. Wenn Du mir traust, bringe ich Dich hin!" Caradoc nickte und folgte dem leisen Rauschen der Flügel der Eule. Elegant flog die

Flugkünstlerin vor ihm her, wendete und kam wieder zu ihm zurück, wenn er nicht mitkam. In der inzwischen fast dunklen Nacht sah Caradoc plötzlich vor sich Umrisse eines Gebäudes. Ja, das war Balians Haus! Als er näher kam, blieb er entsetzt stehen! Das konnte doch nicht wahr sein. Was war hier passiert?

Das Haus war zur Hälfte weggerissen, der gemütliche Wohnraum mit dem Kessel und der Feuerstelle in der Mitte lagen offen vor ihm. Zwei Außenwände waren einfach weg und nur noch ein Teil des Daches war intakt. An einem der Dachbalken hing nur noch der Kessel und wiegte sich leicht im Wind. Der Ofen, in dem Balian sein Brot backte war weg, ebenso der Stall, in dem die Kuh und die Hühner wohnten. Eigenartigerweise stand der Schuppen noch, in dem Caradoc den „Wagen" gefunden und repariert hatte. Aber auch der Schuppen war arg mitgenommen, und sah aus, als würde ihn der nächste Windhauch umwehen. Der Wagen war weg!

„Was ist hier passiert?", fragte Caradoc leise zu sich selbst und vergaß ganz, dass die Schneeeule noch bei ihm war. „Das weißt Du nicht mehr?", fragte die Eule nun leise krächzend. „Ich wurde von einer Lawine mitgerissen, mehr weiß ich nicht!", meinte Caradoc und konnte sich plötzlich ausmalen, was passiert war! Er hatte die Kuh ins Haus gebracht und war dann mit dem Korb voller Hühner vom Schnee mitgerissen worden. Die Lawine hatte wohl auch das halbe Haus erwischt und es mit sich in die Tiefe gerissen. Was war mit Genwulf und Balian geschehen? Konnten sie sich retten? Die Eule sah Caradoc nun ruhig an. „Caradoc, Du solltest hier auf den Morgen warten. Du kannst jetzt nichts tun, Du kannst auch nichts mehr sehen! Morgen wird ein Freund Dich zum See bringen und dann bist Du am Ziel!" Damit erhob sich die Schneeeule und schwebte fast lautlos über Caradoc Kopf hinweg in die Dunkelheit.

Caradoc sah sich unschlüssig um. Er ging in die Reste des Hauses und prüfte, ob er sich unter dem verbleibenden Stück Dach ein sicheres Nachtlager einrichten könnte. Er fand noch ein paar Holzscheite und eine zerfetzte Decke. Er erkannte sie: darin hatte Balian sich gerne eingewickelt, wenn er vor dem Haus auf der Holzbank saß. Die Holzscheite waren durch den Schnee zwar feucht geworden, lagen aber schon so lange hier, dass zwei Tage Schnee ihnen nicht die Brennkraft nehmen konnten. Caradoc entfachte ein Feuer und drängte sich an die verbleibende Hauswand unter dem Dach. Das Feuer wärmte ihn, aber er fand keine Ruhe. Seine Gedanken kreisten um seine Freunde. Genwulf war sein langjähriger Lehrer und Weggefährte gewesen und auch Balian war die letzten Monate nicht nur sein Patient sondern auch Freund und Ratgeber gewesen. Er hatte ihm das Brotbacken beigebracht.

Auch wenn sich die beiden hätten retten können, wie sollte er sie wieder finden? Balian konnte doch gar nicht laufen und Genwulf nichts sehen und er hätte Balian auch nicht tragen können. Andererseits war der Wagen aus dem Schuppen weg. Die Kuh auch! Hatten die beiden es tatsächlich gewagt…? Caradoc traute sich kaum, den Gedanken zu Ende zu denken.

Ein Kratzgeräusch ließ ihn aus seinen Gedanken hochfahren. Im Schein des kleinen Feuers sah er einen großen Schatten mit langsamen sich wiegenden Schritten näher kommen. Caradoc wusste sofort, wer da durch das Feuer angelockt worden war. Der Bär gesellte sich zu ihm und teilte seine Gedanken. „Morgen gehen wir zum See", brummte er leise, „ich gehe nur bis zum Waldrand mit, am Wasser sind tagsüber zu viele Menschen, die sich vor mir fürchten. Du findest den Weg dann alleine, morgen wirst Du Dein Ziel kennen." Dann legte er sich quer zwischen Feuer und Caradoc und bot dem jungen Mann mit einer kurzen Bewegung an, sein Fell als Heizung für die Nacht zu nutzen. Eng aneinander geschmiegt konnten beide endlich schlafen.

Auch der nächste Morgen war klar und sonnig, der Schnee glitzerte. Der Bär und Caradoc machten sich schweigend auf den Weg. Schließlich brach der Bär das Schweigen: „Ich weiß, dass Du dir Sorgen um die beiden machst. Ich weiß auch nicht, was passiert ist, aber ich soll Dich auf diesen Weg bringen, der führt Dich zum Ziel. Ich wünschte, ich könnte mitkommen. Ich würde gerne auf die andere Seite des Sees gehen. Da kommst du her, nicht wahr?" „Ja, Bär", sagte Caradoc „meinst Du, die beiden sind in mein Dorf gegangen? Genwulf kann nichts sehen und Balian war noch nie weiter von zu Hause weg als in seinem Dorf Traun. Die Kuh weiß schon gar nichts."

Die beiden kamen an den Waldrand und sofort öffnete sich vor ihnen ein weites verschneites Tal, das im See mündete. Im Sommer war hier alles grün mit saftigen Wiesen. Sie standen etwas oberhalb des Sees und konnten den Weg am See entlang gut einsehen. Aber Caradoc sah nicht den erhofften Wagen mit einer Kuh und zwei alten Männern. „Geh Deinen Weg weiter, Caradoc", sagte der Bär in seinem Brummton, „und wenn Du wirklich noch einmal in Dein Dorf kommst, richte Trombsen aus, dass ich mich freuen würde, ihn noch einmal in meiner Höhle zu haben!" Caradoc versprach es und die beiden verabschiedeten sich. Der Bär drehte sich blitzschnell um seine eigene Achse und Caradoc sah von ihm nur noch eine Wolke aufgewirbelten Schnees.

Er war allein. Das spürte er ganz deutlich. Der Wald und seine Tiere lagen hinter ihm. Nun musste er allein entscheiden, wohin ihn sein Weg führte. Dabei fiel ihm auf, dass er noch nie etwas allein entschieden hatte, immer hatte er einen Ratgeber an seiner Seite gehabt. Als Kind meistens Guiwa, seine Mutter. Oft auch Tanor, seinen Vater oder auch Segari. Segari! Das Bild des alten Druiden schoss ihm durch den Kopf.

Und plötzlich zog ihn eine unbändige Macht schneller und schneller vorwärts! Er würde in sein Dorf gehen. Und er wollte dort alle Geschichten hören, die er in den letzten 10 Jahren seiner Abwesenheit verpasst hatte. Und er würde mit Segari zum nächsten Druidentreffen gehen.

Aber stop! Da durften ja nur geweihte Druiden und Priesterinnen hingehen. Er hatte seine Weihe ja noch nicht erhalten. Und schon tauchte die nächste Frage in seinem Kopf auf: könnte er ohne Genwulf überhaupt die Weihe erhalten? Was wäre, wenn sowohl Genwulf, als auch Segari nicht mehr lebten?

„Dann finden wir einen anderen Druiden, der Dich vielleicht schon lange kennt, ohne dass Du es weisst. Oder eine Druidin, eine Priesterin, die Dir Deine Weihe verleiht!"

Caradoc blieb ruckartig stehen. Wer hatte da gesprochen? Er war es ja inzwischen gewöhnt, dass er Stimmen hörte, die sonst niemand wahrnahm. Aber gerade hier auf diesem Weg hatte er sich gerade so unbeobachtet und unbegleitet gefühlt, dass es ihn jetzt doch erschreckte. „Du kannst mich nicht sehen! Ich bin in deinem Kopf und denke zu Ende, was Du anfängst. Du würdest mich auch nicht sehen wollen. Ich bin alt und häßlich und verschrumpelt."

Caradoc konnte sich keinen Reim darauf machen, nahm es aber hin und hinterfragte es nicht.

Er war nun auf direktem Weg zu seinem Heimatdorf und erinnerte sich daran, wie er als kleiner Junge genau hier sein großes Geschäft gemacht hatte und nach Arschwurzblättern suchte. Heute wusste er selbstverständlich, dass diese Blätter auch noch anderen Nutzen hatten. Über zehn Jahre waren vergangen, seit er mit Segari das Dorf verlassen hatte. Er hatte es zu keiner Zeit bereut, obwohl er oft an seine Eltern und Kina dachte. Sie war ja nun auch schon erwachsen. Ob sie einen Mann gefunden und vielleicht Kinder bekommen hatte? Er kam an einen kleinen Halbrundplatz, der von einer halbrunden Felsformation gebildet wurde. Die Gerade des halben Kreises bildete ein dichter Wald, der jetzt im Winter blattlos und durchlässig war. Angewurzelt blieb Caradoc stehen. Dies war sein Platz gewesen. Hier hatte er als Kind seine kleine Höhle, in der er die ersten Versuche machte, Pasten, Salben und Tränke herzustellen. Ob er die Höhle noch finden würde?
Er betrat den Platz und er kam ihm so klein vor! Als er die Felswand nach einer Nische absuchte fiel ihm eine kleine, nach hinten links abknickende Einbuchtung auf. Er tastete sich weiter. Nichts! Wo war seine Höhle geblieben? Er ging noch einmal zurück und tastete die Felswand ab. Aber es blieb bei der kleinen Ein-buchtung. Konnte das sein? Konnte die Fantasie eines Kindes so weit gehen, dass er sich als kleiner Junge eingebildet hatte, ein ganze Höhle entdeckt zu haben, in der er Heiltränke herstellte? Wenn dies tatsächlich

seine Kindheitshöhle war, wo waren dann seine Töpfe und sein Rührstab gelandet? Wo war der Felsvorsprung, an dem er das Leinentuch mit dem Birkensud aufgehängt hatte, um das Öl für Guiwa daraus zu gewinnen? Als er sich umdrehte und gehen wollte, wurde es ihm schmerzhaft bewusst: er schrammte mit dem Kopf gegen den Fels und wusste im selben Moment, dass er in der richtigen „Höhle" war.

Im Weitergehen auf altbekannten Pfaden nahm er plötzlich Stimmen wahr. Er war also nicht mehr allein, aber das war in der Nähe des Sees und der verschiedenen Dörfer hier auch nicht ungewöhnlich. Doch diese Stimme ließ sein Herz höher schlagen vor Freude. Das war Genwulf, der laut fluchte, was für ihn sehr ungewöhnlich war! Genwulf war immer Herr der Lage und Fluchen fand er schändlich!
Caradoc beeilte sich, Genwulf einzuholen. Da Caradoc sich hier auskannte, war er im Vorteil und hatte seinen Lehrer schnell gefunden. „Ah, da kommt er ja endlich, der Herr Caradoc", begrüßte Genwulf ihn grantig. Dann breitete sich plötzlich ein Ausdruck größter Überraschung und Freude auf seinem Gesicht aus. „Caradoc, Du bist das wirklich und höchst lebendig!", rief Genwulf und lief auf ihn zu. Dabei wäre er fast über eine querwachsende Wurzel gestolpert, die nur knapp aus der Schneedecke herausschaute. Caradoc fing ihn gerade noch auf und Genwulf nahm seinen Schüler kurz in den Arm. Das hatte er noch nie getan, auch nicht, als Caradoc noch ein Kind war. „Wie hast Du das geschafft? Diese Lawine hat alles mitgerissen, sogar Balians Haus und

den Stall mit Dir und den Hühnern. Und Du warst ja noch draußen und kamst nicht wieder. Dann flog uns auch schon das Haus um die Ohren und wir haben uns in eine Ecke gequetscht. Die Kuh hat uns eigentlich gerettet, sie stand vor uns und hat sich nicht gerührt und auch die Lawine konnte ihr nichts anhaben", sprudelte es aus dem sonst so stillen und gesetzten Genwulf heraus, „ich bin ehrlich froh, dass du uns gefunden hast!"

Caradoc musste innerlich grinsen, dass sich Genwulf solche Sorgen gemacht hatte. Und er freute sich darüber, dass seine Sorgen um Genwulf unbegründet waren.

Aber wo war Balian? Und die Kuh? „Komm mit Caradoc, das musst du Dir ansehen!", sagte Genwulf sichtlich aufgeregt und nahm ihn am Arm. An der nächsten Wegbiegung sah er das Dilemma, das Genwulf zum Fluchen gebracht hatte. Der alte Wagen aus Balians Schuppen stand schräg am Abhang in einer Rechtskurve und hing halb darüber. Die vorgespannte Kuh lag mit eingeknickten Hinterbeinen halb auf dem Weg, die Vorderbeine staksten hilflos im steil abfallenden Abhang und versuchten verzweifelt, Halt zu finden. Auf dem Wagen hing Balian fest in dem Holzgestell, das Caradoc für seinen Transport gebaut hatte. Für das operierte Bein hatte Caradoc extra eine Holzschiene angebracht, auf der das Bein fixiert werden sollte. Und dann sah Caradoc, warum der Unfall passiert war. Es war einfach: ein Rad war zerbrochen, weil es über einen unter dem Schnee verborgenen Stein gerumpelt war.

Balian wirkte seltsam ruhig. Er war sehr blass, seine Haut fast ein wenig gelblich, er sah Caradoc mit verschleiertem Blick an. Fast hatte Caradoc den Eindruck, Balian erkenne ihn nicht. Er ging hin und begrüßte ihn. In dem Moment erkannte er den jungen Druiden und sein Gesicht erhellte sich: „Caradoc, mein Freund, Du hast es doch geschafft. Wir wussten beide, dass wir Dich wiedersehen würden, waren uns aber nicht einig darüber, in welchem Leben!" Dann lachte er schallend und befreit. Caradoc war erleichtert. Er wusste, dass sie sich beeilen mussten, wenn sie noch vor Sonnenuntergang im Dorf sein wollten. Den Wagen zu reparieren, würde zu viel Zeit kosten. Er teilte seinen Weggefährten seinen Plan mit: „Wir müssen Balians Liegegestell abmontieren, dann helfen wir der Kuh aus ihrer Lage. Ohne das Gewicht des Wagens wird sie sich wieder sicherer fühlen. Hoffentlich hat sie sich nicht verletzt. Dann versuche ich, unter Balians Gestell Kufen zu montieren, der Wald gibt das Material ja her. Dann haben wir eine Art Schlitten und können so bis zum Dorf kommen." Zuerst löste Caradoc die Verschnürung, mit der Genwulf den verkrüppelten Freund gesichert hatte. Balian konnte sich kaum bewegen und grinste freudig, als Caradoc ihn vorsichtig aus dem Gestell hob und an einen Baum lehnte. Caradoc war gerade dabei, die Lederschnüre zu lösen, mit denen die Kuh vor den Wagen gespannt worden war, als sich der plötzlich leichter gewordene Holzwagen in Bewegung setzte und sich in einem schrägen Halbkreis um die verbleibende Achse drehte. Damit drehte er natürlich die Kuh mit sich, die aufgeregt und angstvoll muhte.

Blitzschnell zückte Caradoc sein Messer und schnitt die Ledergurte kurzerhand durch. Krachend rutschte der Wagen in Richtung Abhang und polterte in die Schlucht hinunter. Die Kuh stand muhend am Wegrand und rührte sich nicht, auch Balian und Genwulf machten entsetzte Gesichter! Das war knapp! Caradoc hielt noch die Enden der Ledergurte in der Hand und sah entgeistert dem abstürzenden Wagen hinterher.

Die drei Männer und die Kuh hatten sich kaum von ihrem Schrecken erholt, als sie laute Stimmen aus dem Wald hörten. Mehrere Männer kamen den Weg hinunter auf sie zu. Sie waren im Gespräch und stoppten jäh, als sie die Druiden bemerkten. Ein älterer Mann mit schlohweißen langen Haaren und Bart kam langsam alleine auf sie zu, fixierte Caradoc mit strahlend blauen Augen und sagte ungläubig: „Hruza?" Caradocs Herz machte einen Sprung! „Tanor!" Dann begrüßten sich Vater und Sohn freudig. Die Männer waren auf dem Weg vom Salzbergwerk nach Hause gewesen. Kurzerhand nahmen die anderen Männer das Holzgestell, in dem Balian saß an allen vier Enden hoch und trugen den Verletzten ins Dorf. Für Balian war das ein Segen. Das Gerumpel mit einem Schlitten auf dem unebenen Weg hätte ihm starke Schmerzen bereitet.
Tanor und Caradoc hatten sich viel zu erzählen und so war der Weg ins Dorf schnell geschafft. Auf den ersten Blick hatte sich nichts verändert. Das große Holztor, vor dem Trombsen einst gestanden und geklopft hatte, sah noch genauso aus, wie Caradoc es

in Erinnerung hatte, es schien ihm nur kleiner. Das lag wahrscheinlich daran, dass er jetzt ein ausgewachsener großer Mann war. Er war größer als sein Vater. Guiwa kam ihm entgegen gelaufen und schloß ihn in seine Arme. Schnell war der Dorfplatz voll mit den Bewohnern, die alle neugierig auf die Ankömmlinge waren. Auch Trombsen kam zum Dorfplatz. Er war zwar immer noch menschenscheu, aber die Neugier siegte!

Als er Balian und Genwulf erkannte, bekam sein Gesicht einen ungläubigen Ausdruck. Er bahnte sich einen Weg durch die umstehenden Menschen und legte seine riesengroße Hand auf Genwulfs Schulter: „Danke mein Freund, danke dass ihr noch lebt!"

Dann hob er Balian aus seinem Gestell, als wäre er ein Federgewicht und legte ihn sich über die Schulter. Dabei war er sehr vorsichtig mit Balians Bein. Balian bedeutete Trombsen, dass er etwas in seinem Gestell vergessen hatte. Trombsen bückte sich und Balian konnte nun an seinem Gestell einen Ledergurt lösen. Dieser hatte in der gesamten Länge des Brettes, auf dem sein Bein geschient war Caradocs Stab mit dem geschnitzten Fisch beherbergt. Feierlich übergab Balian seinem Freund den Stab. Caradoc konnte nichts sagen. Er hatte schon voll Trauer an seinen Stab gedacht, der ihn so viele Jahre durch die Wälder begleitet hatte und ihn verloren gegeben. Er nickte Balian zu und dieser deutete eine kleine Verbeugung an.

„Wohin?", fragte Trombsen in Richtung Caradoc.
„Segaris Haus?", fragte Caradoc vorsichtig zurück.
„Segaris Haus ist euer Haus", sagte Trombsen und

stapfte voran, Balian auf der Schulter. Caradoc spürte, dass etwas anders war im Dorf. Der Zauber seiner Kindheit in diesem Dorf war verflogen. Die Erinnerung hatte er in sich behalten; den Duft des Dorfes, auch die unangenehmeren Gerüche, die Geräusche, die verstreuten Häuser der Nachbarn, das Hämmern von Trombsens Hammer auf den Amboss. Auch den Zauber, der von Segari ausging, er spürte ihn nicht.

Sie kamen alle zusammen an Segaris Haus an, Trombsen klopfte kurz und kräftig und trat dann ein, ohne eine Antwort von innen abzuwarten. Caradoc ging hinter ihm her, Genwulf folgte ihm. Die Bewohner des Dorfes warteten draußen. Alle waren still, kein Laut war von den Dorfbewohnern zu hören.

In Segaris Haus hatte es immer nach frischen Kräutern und gerade ausgegrabenen Wurzeln gerochen. Jetzt roch es hier nach Essen und einem besonders aromatischen Kräutertee, dessen Rezept Caradoc auch kannte. Er kannte es noch von Segari, er hatte es ihm vor Jahren verraten. Der große Tisch war noch da, auch das Holzgestell darüber, an dem früher Kräuter und Gräser trockneten, an dem Beutel mit Samen und Nüssen hingen und natürlich Segaris Sicheln und Messer. Nur diese hingen jetzt noch dort, Kräuter und Gräser waren keine da. Die Sicheln hingen kreuz und quer durcheinander. Früher waren sie penibel nach der Größe aufgereiht, niemand außer Segari selbst durfte sie berühren. Wo war Segari?

Und dann sah er ihn! Er saß ein Stück abseits des großen Tisches in einem großen hölzernen Lehnstuhl am Feuerplatz. Der Stuhl war weich und bequem ausgepolstert mit Schafsfellen und bunt gewebten Wolltüchern. Segari sah in dem riesigen Sessel verloren und klein aus. Er saß gebückt, richtete sich jetzt jedoch gerade auf um zu sehen, wer kam. Seine immer noch wachen Augen blitzten vor Freude, als er Caradoc erkannte. „Komm her, kleiner Hruza", sagte er mit müder leiser Stimme, „wie schön, Dich wohlauf wieder zu sehen. Du siehst, mein Alter macht jetzt sogar mir zu schaffen....obwohl", und hier sah er verschmitzt Genwulf an: „Genwulf, Du bist ja auch nicht viel jünger als ich, aber Du wanderst immer noch durch die Wälder und redest mit ihnen. Du warst immer schon der Druide aus dem Wald, deshalb habe ich Hruza Dir anvertraut. Ich war immer der Druide des Sees und des Wassers. Vielleicht hatte ich hier oben über dem Wasser immer zu wenig davon!" Und dann lachte er plötzlich laut und kräftig und alle im Raum mussten mitlachen. Das laute Gelächter von innen lockte die anderen Dorfbewohner an, die draußen andächtig warteten und schon lange keine so lauten Geräusche mehr aus Segaris Haus gehört hatten. Schnell stand der Wohnraum des Druiden-hauses voll mit Menschen, andere scharten sich um das Haus herum und versuchten, durch die kleinen Fensterluken einen Blick ins Innere zu erhaschen oder die Geschichte zu hören, die dort erzählt wurde.

„Wir können dich gerne zum Wasser bringen", gluckste Genwulf. „Das ist jetzt Eis!", brummte Trombsen dazwischen und setzte nun Balian mit dem geschienten Bein auf einen zweiten Stuhl. Segari begrüßte den Neuankömmling freundlich und hörte sich seine Geschichte an. Dann sah er auffordernd Caradoc an und wies mit einem knochigen Finger auf Balians Bein. Caradoc machte sich an die Arbeit, das Bein freizulegen. Nach all den Strapazen der letzten Wochen, dann dem Lawinenunglück und der weiten Reise mit Genwulf zusammen erwartete Caradoc, eine schwärende eiternde Wunde zu sehen. Der Verband war jetzt vier Tage nicht gewechselt worden.

Caradoc wickelte die letzte Lage des Verbandes ab und legte die Wunde frei. Segari beugte sich vor, um besser sehen zu können und pfiff durch die Zähne. Genwulf schnupperte wie ein Hund in die Luft und schüttelte ungläubig den Kopf. Caradoc sah erstaunt auf eine saubere, nicht entzündete, heilende Wunde. Sie roch nicht und die Wundränder waren rosig durchblutet und nicht schwarz, wie sie es die letzten Tage vor der Lawine waren. Jetzt traute sich auch Balian, hinzuschauen. „Wie hast Du das gemacht?", fragte Segari Caradoc leise. Caradoc erzählte von seinen mit Blättern gefüllten Päckchen und davon, dass er nur sauberes Tuch genommen habe und das Gebrauchte immer weggeworfen hatte. „Meinst du, das ist der Grund für eine solche Heilung?", fragte Segari skeptisch. „Ich weiß es eben nicht, Segari", sagte Caradoc, „ich war so ratlos und hatte keine neue Idee! Dann habe ich es einfach ausprobiert, mit den Sachen, die ich hatte. Ich habe jeden Tag den Verband erneuert. Jetzt wurde er vier Tage nicht gewechselt und es sieht so viel besser aus. Sogar der rote Streifen zur Leiste hin ist weg!" Caradoc war selber überrascht. „Vielleicht habe ich vorher den Verband zu oft gewechselt? Und die Lawine hat uns getrennt, damit ich den Verband nicht wieder wechseln konnte?", hinterfragte Caradoc sich selber. Insgeheim war er unendlich stolz auf die neuen Erkenntnisse, die er gewonnen hatte. Segari war sichtlich beeindruckt und auch Genwulf sah sehr zufrieden aus. Am glücklichsten jedoch war Balian, der sich an seinem Bein gar nicht satt sehen konnte. „Das war bestimmt dein Wanderstab, der mir als Schiene gedient hat. Und der hat die Kraft des Waldes und des Wassers!", war er tief überzeugt. Sofort wollte er aufstehen und wieder laufen, aber alle drei Druiden im Raum hielten ihn zurück.

Lange saßen noch viele Menschen des Dorfes im Haus des alten Druiden und waren neugierig auf die Geschichten, die die Ankömmlinge zu erzählen hatten. Einige hatten in Segaris Haus Nachtlager für Balian und Genwulf zurecht gemacht. Es war jetzt tatsächlich ihr Haus, wie Trombsen es gesagt hatte. Segari schien darüber sehr glücklich zu sein lebte sichtlich auf.
Caradoc wollte lieber in seinem Elternhaus übernachten. Er ging mit Tanor und Guiwa durch das Dorf und den kleinen steilen Weg zu ihrem Haus hinauf. Es sah noch so aus wie früher. Auch der Garten und das dahinterliegende Feld sahen aus wie in seiner Kindheit im Winter. Im Inneren des Hauses glühte noch die Kochstelle und verbreitete wohlige Wärme. Die drei setzten sich darum herum und genossen das Zusammensein. „Wo ist Kina?", fragte Caradoc nach einer Weile. Guiwa antwortete: „Sie hat sich verliebt

und ist mit ihrem Mann nach Winkl gegangen. Das ist unterhalb von Traun, wo ihr gerade herkommt!" Caradoc war doch überrascht, obwohl er ja schon an diese Möglichkeit gedacht hatte. „Hat sie schon Kinder?" „Nein, sie leidet sehr darunter. Es will einfach kein Kind kommen…!", meinte Guiwa, „und Du? Gibt es in Deinem Leben eine Frau?" Caradoc wurde verlegen. Er hatte ständig Gedanken an Ailis im Kopf, die er sich aber nicht zugestand, weil sie so weit weg war. „Ja", sagte er leise, „aber ich weiß nicht, ob ich sie jemals wiedersehen werde…" Tanor und Guiwa sagten nichts dazu.

Caradoc beschloss nach einigen Tagen im Dorf, Balians Wunde nun öfter ohne Verband zu lassen. Vielleicht würde die klare kalte Winterluft dem Bein ja gut tun. Auch Balian empfand das als sehr angenehm. Er hatte sich völlig in Caradocs Obhut begeben und machte alles mit, was Caradoc vorschlug. Einmal kam Caradoc zu Segaris Haus und sah, wie Balian aufstand und versuchte, zu gehen. Er stützte sich dabei mit seinem gebeugten Oberkörper auf seinen kleinen Gehstock. Vorsichtig hob Balian das Bein an und bewegte es nach vorne. Es hielt tatsächlich den Druck aus, als er das gesunde Bein nach vorne setzte. Balian war sichtlich zufrieden und grinste in sich hinein. Als er Caradoc bemerkte, wurde er sofort ernst und erwartete eine Standpauke. Aber Caradoc war über diesen Fortschritt genauso glücklich wie Balian und beide lachten vor Freude. Nun ging es von Tag zu Tag besser und als die Frühjahrssonne die

Wege auftaute, konnte Balian bereits alleine mit seinem Stock durch das Dorf gehen.

Auch Segari tat der Besuch seines Kollegen Genwulf sichtlich gut. Die beiden führten lange Gespräche, bei denen auch Caradoc nicht anwesend sein sollte. Segari konnte kaum noch laufen, aber wenn Genwulf da war, ging er ein paar Schritte im Haus umher. „Ich bin eingerostet wie ein alter Mann…!", schimpfte er vor sich hin. Dann sah man ihn immer öfter mit Balian langsam ins Dorf gehen, er stützte sich dabei schwer auf seinen Druidenstab. Balian erzählte Segari von seiner Freundschaft mit Trombsen. Das wußte Segari ja schon von Trombsen, aber jetzt verstand er die Tiefe dieser Freundschaft. Trombsen hatte Segari erzählt, er wisse nicht, was Freundschaft sei. Er sei ein Krieger und Schmied, er tauge nicht zur Freundschaft. Da hatte sich Trombsen offensichtlich geirrt. Segari fragte Balian, ob er im Dorf bleiben wolle. Balian fühlte sich geehrt, wand sich aber trotzdem. „Segari", begann er, „ich war mein Leben lang allein da oben auf dem Berg. Ich habe mit den Tieren geredet und mit ihnen so manches Mahl geteilt. Ich tauge nicht zum Leben mit Menschen. Ich bin hier, weil mein Haus durch die Lawine zerstört wurde und mein Bein heilen musste. Aber ich gehe wieder zurück und baue mein Haus wieder auf. Ich kann nicht in einer Gemeinschaft leben." Segari ließ nicht locker: „Balian, das hat Trombsen anfangs auch gesagt. Er hatte auf seiner langen Wanderschaft begriffen, dass er nur überleben kann, wenn er sich einer Gemeinschaft anschließt. Darum hat er sein Haus so weit weg vom

Dorf gebaut. Er ist nur hier, wenn er es will. Niemand stört ihn da oben. Er macht dort seine Schmiedearbeiten und kommt herunter, wenn er etwas braucht. Er hat sein Feld hinter dem Haus und ernährt sich davon. Und Balian, Caradoc hat mir erzählt. dass Du hervorragendes Brot backst. Wir haben hier keinen Bäcker, und einen Ofen bauen Dir die Männer des Dorfes schnell."

Damit hatte Segari Balian getroffen. Dieser hatte nicht damit gerechnet, dass er tatsächlich gebraucht werden könnte. Dass er etwas für die Gemeinschaft leisten könnte. „Lass mir etwas Zeit zum Nachdenken", bat er Segari. „Du hast genau zwei Tage zum Nachdenken", erwiderte Segari mit Nachdruck, „in zwei Tagen werden Genwulf, Caradoc und ich aufbrechen und lange Zeit fort sein. Du solltest Dir das vor unserem Weggang überlegen, sonst kann ich die Männer des Dorfes nicht anweisen, Dir zu helfen."

Balian war überrascht über diese Wendung, sagte aber nichts und nickte.

Caradoc wusste, dass sie aufbrechen würden. Er wusste auch, dass das große Treffen der Druiden auf einem der heiligen Thingplätze stattfinden sollte. Die Treffen wechselten jedes Jahr den Ort und nur die eingeweihten alten Druiden wussten ihn.

Guiwa und Tanor verabschiedeten sich von ihrem ältesten Sohn und gaben ihm Lebensmittel als Proviant mit auf den Weg.

Balian bat um Aufnahme in die Dorfgemeinschaft, weil ihm klar wurde, dass er ohne Genwulf und Caradoc würde leben müssen. Erleichtert sagte Segari zu und beauftragte ein paar Männer des Dorfes, ein Haus für Balian herzurichten, wo er es haben wolle. Und natürlich nach Balians Anleitung einen Backofen zu bauen, in dem er sein viel gerühmtes dunkles Brot backen konnte. Auch Caradoc und Genwulf waren erleichtert. Beide hatte sich in den letzten Monaten so um Balians Leben gesorgt, dass es schon fast unwirklich war, wie gut es Balian ging und wie gut er wieder laufen konnte. So konnten sie beruhigt aufbrechen. Caradoc war schon etwas aufgeregt. Segari oder Genwulf hatten es ihm zwar nicht gesagt, aber es war eine große Ehre, zu dem Druidentreffen mitgenommen zu werden. Insgeheim vermutete und hoffte Caradoc, dass seine Weihe kurz bevor stand.

 Segari war wieder zu seiner alten Größe gekommen und auch Genwulf wirkte groß und mächtig. Caradoc konnte mit den beiden Älteren gut mithalten, auch er hatte ja inzwischen gelernt, wie man wuchs!

Die drei wanderten in Richtung Echerntalweg, den Caradoc ja noch aus seiner Kindheit kannte. Hier hatte er mit Tanor und dem Ochsenkarren Salz zur Burg gebracht. Sie kamen auch an den Kartoffelsteinen vorbei, die aber noch nicht wieder neu bepflanzt worden waren. Ihr Weg änderte jetzt aber die Richtung und Caradoc kannte ihn ab hier nicht. Sie gingen immer höher in die Berge hinein, aber nur, um einer tiefen Schlucht auszuweichen, wie er sie schon mit Hilfe des Schneehasen einmal umrundet hatte. Dann ging es plötzlich steil bergab. Der Weg wand sich durch hoch aufragende Felsen, sie liefen durch geröllige Schluchten und gelangten wieder auf saftig blühende Frühjahrswiesen. Segari und Genwulf waren in ein leises Gespräch vertieft. Caradoc spitzte die Ohren. Konnte er etwas aus dem Gespräch heraushören? Er verstand leider nicht alles und konzentrierte sich darauf, auf dem Geröll nicht wegzurutschen. Sie kamen in ein bewaldetes Gebiet, immer noch ging es bergab. Nun verstand Caradoc ein paar Sätze, die die beiden alten Druiden wechselten. Sie unterhielten sich über Caradocs Wissensstand!

„Wohin gehen wir eigentlich, Genwulf?", fragte Caradoc beiläufig. „Zum Wasser", erwiderte Genwulf knapp und dann: „Nun erzähl uns schon was über

Deinen Arschwurz. Vielleicht lernen wir ja zur Abwechslung etwas Neues von Dir!"

Caradoc schaltete sofort und begann mit belehrender Stimme: „Statt Arschwurz kennt man diese wuchernde kleine Pflanze auch als Pestwurz. Gelehrte aus dem Orient berichteten, dass sie damit die Pest bekämpft hätten. Sie wirkt schweißtreibend, was die Patienten die Pest ausschwitzen ließ! Wir benutzen die Pflanze, um einen Sud gegen Atemnot, ständiges Niesen und Augentränen zu kochen. Außerdem wirkt sie hervorragend gegen Krämpfe im unteren Leib und auch bei starken Kopfschmerzen mit Erbrechen wirkt der Arschwurzsud. Äußerlich benutzen wir die Arschwurz zum Auflegen auf Geschwüre und um Wunden durch Verletzungen schneller zu heilen. Segari, Du hast vor Jahren meinem Großvater Melcho einen solchen Wickel angelegt. Aber es war schon zu spät..."

„Ja, ich erinnere mich", sagte Segari, „deshalb hast du die Blätter wahrscheinlich auch bei Balian angewendet, oder? Aber wieso waren Deine Blätter frisch und kraftvoll genug, Balian noch zu helfen? Und mir fehlt jetzt doch der Zusammenhang zu Deiner Idee, wie Du Arschwurz benutzt..." Seine Augen blitzten belustigt und er sah Caradoc von der Seite an. „Ja ja, ich weiß! Die Blätter werden so schön groß, dass man sich nach dem großen Geschäft damit prima säubern kann. Ich habe immer welche dabei, siehst Du meinen kleinen Lederbeutel? Darin bleiben die Blätter frisch und geschmeidig. Da schimmelt nichts und sie trocknen auch nicht aus." Caradoc grinste jetzt seinerseits Genwulf an: „Wie machst Du das denn, wenn Du im Wald mal musst?" „Och", wand sich

Genwulf etwas: „Ich habe immer ein Ledertuch bei mir. Das wasche ich im nächsten Bach oder am See aus, dann kommt es wieder in meinen Beutel." Das fand Caradoc komisch und sehr ungewöhnlich. Er hatte noch nie darüber nachgedacht, dass es eine andere Methode geben könnte, sich zu säubern...

„Aber Caradoc, wir sind vom Thema abgekommen. Segari und ich möchten von Dir wissen, was Du über die Häuptlingsbäume weißt. Fangen wir mit dem Weidenbaum an."
Caradoc nahm eine dozierende Haltung ein und begann: „Der Weidenbaum steht ähnlich wie der Holunderbaum zwischen Leben und Tod, aber auch zwischen Wasser und Land! Die Weide sprießt immer wieder neu, auch wenn sie schon längst aufgegeben wurde. Aus gespaltenen, abgeschlagen Stämmen sprießen immer neue Triebe. Und wenn diese Triebe abbrechen und in den Boden gesteckt werden, wachsen daraus neue Bäume. Deshalb wissen wir, dass die Weide, auch wenn sie mit den Füßen im kalten Wasser steht, keine steifen Gelenke bekommt und biegsam und elastisch bleibt."

Genwulf schlief auch schonmal ein, wenn Caradoc ins Dozieren geriet, aber das machte dem jungen angehenden Druiden nichts. Für ihn war es eine gute Übung, sein Wissen immer mal wieder abzurufen. Er ließ Genwulf, der sich gegen einen großen Felsen gelehnt hatte schnarchen. Segari ging dann gerne im Wald neue Kräuter, Blätter oder Wurzeln suchen. Er schlief tagsüber nicht gerne. Caradoc setzte sich neben

Genwulf und hing seinen eigenen Gedanken nach. Er dachte an Ailis und versuchte, sich das Gefühl in Erinnerung zu rufen, als sie sich an den Händen gehalten hatten und bei ihrer Umarmung. Sofort verband er sich innerlich wieder mit der großen Eiche, deren Wurzeln er vor einiger Zeit kennen gelernt hatte. Ein wohliges Gefühl machte sich in ihm breit und er spürte, dass Ailis ihm gerade ganz nah war.

Genwulf blinzelte in die Nachmittagssonne, sah den nun auch schlafenden Caradoc neben sich sitzen und spürte, wo dieser in seinen Träumen gerade war. Er wollte nicht in die Gedanken seines Schülers dringen, deshalb versuchte er möglichst unauffällig, das Thema wieder auf die Prüfungsfragen zu lenken. Caradoc erwachte und fühlte sich ungeheuer erfrischt durch diesen kurzen Schlaf. „Na, dann erzähl doch etwas über die Eiche. Ich weiß, Du kennst die Eiche gut und Du hast Dich mit ihr verbunden, oder eher ver- bündet?" Caradoc war hocherfreut, dass er endlich etwas über den wichtigsten Baum des Waldes erzählen durfte.

„Die Eiche! Ein wirklich würdiger Häuptlingsbaum! Die Eiche steht mit unseren Vorfahren und dem Gott Donnerer Tanaris in Verbindung. Einige unserer Druidenbrüder nennen ihn auch Dagda. Die Eiche behütet mit ihren ausladenden Ästen jeden Thingplatz und ist unser Opfer- und Orakelbaum. Die Eiche wurzelt nur, wenn sich kreuzende Wasseradern ihre Wurzeln umspielen. Deshalb ist sie auch der Blitzbaum, ein Baum des kosmischen Feuers! Eichen sollst Du weichen! Der Thingplatz mit einer Eiche wird normalerweise umgrenzt durch weisheitsspendende Haselsträucher.

Sie ist ein wahrlich vielfältiger Baum, um Tränke, Sude, Elixiere und auch Pasten und Salben herzustellen. Blätter und Rinde der Eiche werden aufgekocht und äußerlich gegen Fieber, Wundbrand, Fäulnis und chronische Ekzeme eingesetzt. Sie hilft bei Ausschlägen, Wucherungen, Brandblasen, aber auch bei Frostbeulen und gegen Insektenstiche. Als Tee, kurz aufgekocht hilft die Eichenrinde zum Gurgeln bei Halsschmerzen oder bei Zahnschmerzen. Eingenommen als Tee wirkt sie gegen Durchfall, Blutungen aus dem Darm und Magenschmerzen. Sie soll auch schon den einen oder anderen Mann von seiner Alkoholsucht geheilt haben. Neuerdings wird in manchen Dörfern ein heißes Getränk aus der Eicheln hergestellt, das sie stark und wach machen soll, sie nennen es Eichelkaffee.

Genwulf, die Eiche ist Ailis' Lebensbaum! Sie hat einen Häuptlingsbaum als Lebensbaum. Und ich habe mich im Wald mit den Eichenwurzeln und den Wurzeln meines Lebensbaumes, der Esche verbunden!", rief er plötzlich aufgeregt, als ihm der Zusammenhang klar wurde! Genwulf lächelte und überließ seinen Schüler seinen Gedanken.

„Caradoc, welchen Häuptlingsbaum haben wir vergessen?" „Meinst Du den Haselbaum? Soll ich Dir etwas darüber erzählen? Die Hasel ist eigentlich ein Strauch, bietet uns als Hecke Schutz vor negativen Kräften und gibt uns die Möglichkeit, uns mit positiven Kräften zu verbinden! So können wir mit anderen Welten in Verbindung treten. Aus den elastischen Zweigen des Haselstrauches fertigen wir Wünschelruten. Eine ganze Hecke, die ein Haus umwuchert bietet besten Schutz vor negativen, störenden oder gar krankmachenden Einflüssen, aber auch vor Blitzen oder Schlangen. Sie wirkt auf uns wie ein mächtiger Zauberstab!

Kann ein Paar keine Kinder bekommen, hilft es, Haselnüsse zu essen. Steht eine komplizierte Geburt an, so reiben wir die Frau mit Haselnussöl ein, damit die Geburt leichter wird. Wenn jemand ein krankes Bein oder einen kranken Arm hat, so reiben wir ihn mit einer Haselrute ein und vergraben die Rute mitsamt der Krankheit außerhalb des Dorfes."

„Caradoc, durch welchen Wald gehen wir gerade?", fragte Genwulf dazwischen. Caradoc dachte bei sich „als wenn er das nicht wüßte", ging aber auf das Spiel ein und antwortete:

„Die Leute nennen ihn den Erlenwald! Du möchtest von mir etwas über die Erle hören? Aber gern! Die Erle zieht uns hinab in die kühle, feuchte Anderswelt, in der die große Göttin wohnt! Hier sind unsere Opfer- und Totenstätten... schon immer steht die Erle für das Alter, das Wissen und die Vertrautheit mit dem Tod. Sie wirkt beim Fiebernden fiebersenkend, kühlend und zusammenziehend. Ein gekochter Sud aus Erlenrinde hilft gegen schlechte faulige Zähne und Geschwüre im Mund. Auch gegen Halsentzündungen hilft sie, wenn man mit ihrem Sud gurgelt."

„Caradoc", sagte Genwulf, der plötzlich wieder zu Kräften gekommen zu sein schien, „jetzt fehlt uns nur noch die Kiefer, oder?" Und wenn Genwulf Augen gehabt hätte, hätte Caradoc ein fröhliches Blinzeln in ihnen entdeckt. Aber Caradoc konnte die Mimik seines Lehrers auch ohne Augen deuten. „Ich korrigiere Dich ungern, Genwulf, Du bist der Ältere, dem ich jeden Respekt zolle, aber Du hast mich auch nach der Birke noch nicht befragt!", grinste Caradoc. Aber Genwulf „sah" das Grinsen natürlich und tadelte seinen Schützling. „Das nennst Du Respekt? Einen vom hohen Alter gebeugten Druidenvater zu be-lächeln?" „Und außerdem, Genwulf, hatten wir besprochen, dass ich Caradoc nach der Kiefer frage", mischte sich Segari in das Gespräch ein. Er tauchte plötzlich aus dem Wald wieder auf und trug einen großen groben Stoffbeutel mit Blättern und Moosen über der Schulter. Caradoc tat, als hätte er Segari nicht gehört und wandte sich schmunzelnd an Genwulf: „Genwulf, das liegt mir fern, ich weiß selbstver-ständlich, dass ich ohne Deine gute Schule gar nichts wüsste! Ich bin Dir zutiefst dankbar für Deine Geduld mit mir!" Alle drei lachten nun miteinander und Caradoc hatte das Gefühl, einfach dazu zu gehören. Es erfüllte ihn mit großem Stolz.

„Doch nun möchte ich Euch etwas über die Kiefer erzählen: die Kiefer wird bei den Leuten auch Feuerbaum, wilder Harzbaum oder Kienbaum genannt. Aus dem Kienbaum lassen sich hervorragend Kienspäne herstellen, die als Fackeln benutzt werden und das Feuer scheinbar nie ausgehen lassen. Deshalb gilt die Kiefer als Symbol für die Unsterblichkeit, also für unsere Wiedergeburt in der Anderswelt.

Kocht man einen Sud aus den Kiefernnadeln, der getrunken oder gegurgelt wird, wirkt die Kiefer gegen Husten, der sich dadurch löst und den Auswurf erleichtert. Wenn einer Atemnot hat, ist die Kiefer heilbringend. Salben, die aus der Rinde und den Nadeln hergestellt werden, reinigen eine Wunde und nehmen die Schmerzen, wenn der Bauer wieder zu viel gehoben hat und den Kopf nicht mehr wenden kann."

„Caradoc, bevor wir gleich den Abstieg zum See beginnen, der mir immer so in die Knie fährt, teile mit mir noch Dein Wissen über die Birke, ich habe sie nämlich genauso wenig vergessen, wie Du!"
„Also gut, aber dann machen wir eine Pause und überlegen, ob wir nicht erst morgen früh zum See hinunter steigen sollten. Dann sind wir gestärkt für morgen!" Genwulf „sah" Caradoc lange an. Dann meinte er: „Gut, mein Freund. Gehen wir morgen hinunter. Es ist ein langer, steiler Weg. Wir werden ihn zusammen gehen." Die beiden Männer kannten sich lange genug. Caradoc sah seinen Freund und Meister an und verstand. Er nickte langsam und begann leise zu sprechen: „Die Birke ist ein heiliger Baum. Sie segnet alles, was gedeihen und wachsen soll. Die Bauern auf den Feldern berühren im Frühjahr alles mit einem Birkenzweig, was ihnen gute Ernte bringen soll. Also die Äcker, die Bäume und die Steine. Sie nennen das „das Quicken" mit der Lebensrute!
Eine Tinktur aus den Birkenknospen im Frühjahr kann Husten und Fieber senken, Umschläge mit Birkensaft getränkt eine Wunde reinigen. Wird die Haut eines

jungen Mädchens unrein, gilt der Trunk des Birken-
saftes als Schönheitstrank!"

Sie verbrachten die Nacht im Schutz mehrerer Erlen,
die im Kreis standen und mit ihrem Wurzel- und
Blätterwerk eine Art Schutzhütte bildeten. Caradoc
schlief unruhig und sah im Traum Bilder der
Anderswelt. Dort begegnete er Melcho und Owisa,
seinen Großeltern und sie redeten freundlich und
beruhigend auf ihn ein. Er konnte sie nicht verstehen,
es war, als sprächen sie eine andere Sprache. Dann
rutschte er im Traum plötzlich auf einer langen dicken
glitschigen Wurzel in die Tiefe, wurde dabei immer
schneller und flog auf einmal im hohen Bogen durch
stickige, modrige Luft, die ihm den Atem zu rauben
schien. Er wollte schreien, bekam aber keinen Laut
über die Lippen. Schweißgebadet wachte er auf. Auch
Genwulf schien keine gute Nacht zu haben. Er wälzte
sich unruhig hin und her und seine Arme zuckten, als
müsse er sich gegen irgend eine Gefahr wehren.
Caradoc beobachtete ihn eine Weile und dachte an die
vergangenen Jahre. Als Junge hatte Segari ihn
Genwulf überlassen und sich noch nicht mal von ihm
verabschiedet. Nun war er ein erwachsener junger
Mann. Aber Genwulf musste ja genauso alt sein wie
Segari und Genwulf schien äußerlich nicht zu altern.
Auch wenn er körperlich auf den weiten Wanderungen
oft den Eindruck machte, dass es ihn sehr anstrenge,
erholte sich Genwulf unerklärlich schnell von den
Strapazen. Auch Segari hatte sich ungewöhnlich
schnell erholt. Als Caradoc, Genwulf und Balian im
Dorf ankamen, sah Segari aus wie ein gebrechlicher

Greis. Caradoc dachte darüber nach, was Genwulf und ihn wohl am Wasser erwartete. Hatte Genwulf etwas Bestimmtes vor? Sie waren die ganzen Jahre über immer im Wald geblieben. Wenn Caradoc ihn fragte, ob sie nicht mal am See entlang wandern könnten, hatte er immer abgewunken: „Wir sind die Männer des Waldes. Wir bleiben im Wald!" Nun waren sie auf dem direkten Weg zum See hinunter. Caradoc war in gespannter Erwartung!

Morgens weckte lautes Vogelgezwitscher die drei Männer. In den Zweigen der Erlenkronen saßen die Vögel und zwitscherten ihnen zu, dass der neue Tag anbricht. Die Männer pflückten ein paar Beeren zum Frühstück und aßen ein paar Stücke des Brotes, das Balian ihnen mitgegeben hatten. Sie waren außerdem auf ihren Wanderungen durch die Bergdörfer oft mit Naturalien entlohnt worden. Zu Essen hatten sie immer genug! Die vielen kleinen Bäche und Flüsschen der Region boten immer genug Trinkwasser.

Dann begannen sie den Abstieg zum See. Dies war eine felsige Kletterpartie. Es gab eigentlich keinen richtigen Weg, sie mussten ihn sich selber bahnen. Dabei mussten sie auf die gefährlichen Muren achtgeben. Das waren ganze Abschnitte quer an einem Hang entlang, die von losen Steinen übersät waren. Es waren schon viele Wanderer hier ins Rutschen gekommen und konnten sich nicht mehr halten. Segari, Genwulf und Caradoc stützten sich auf ihre geschnitzten Druidenstöcke und tasteten sich vorsichtig weiter, bis sie das Murenfeld überquert hatten. Caradoc kam es so vor, als gingen die alten Druiden leichtfüßiger als er selber hinunter. Wieder und wieder hatte Caradoc in den letzten Jahren vergessen, dass Genwulf blind war, so sicher bewegte sich dieser durch seine Welt.

Der See kam immer näher und Caradoc konnte ihn förmlich riechen. Nun waren sie auf einem Pfad angekommen, der offensichtlich von Wagengespannen genutzt wurde. Der Weg war felsig und teilweise auch matschig durch herunterrieselnde kleine Wasserläufe, die quer über den Weg liefen, um sich dort eine kleine Mulde zu suchen, in der sie weiter fließen konnten. Diese kleinen Rinnsale speisten den See und dieser verdankte ihnen seine gute Wasserqualität. Caradoc spürte, wie sein Herz förmlich vor Vorfreude hüpfte. Er hatte es als Kind geliebt, mit seinem Vater Tanor im Boot über den See zu fahren. Er liebte es, den kleinen plätschernden Wellen zuzuhören, ihre Bewegungen mit den Augen zu verfolgen, bis sie sich zerstreuten oder am Ufer in einem schäumenden Überschlag endeten. Er erinnerte sich gut daran, dass er vom Boot aus nach Fischen Ausschau hielt und fasziniert von ihrer Schnelligkeit und Wendigkeit war. Trotzdem ließen sie sich manchmal fangen und Tanor und Hruza brachten Guiwa stolz drei Fische zum Abendessen mit nach Hause.

Caradoc konnte jetzt den See deutlich spüren. Er musste direkt unter ihnen sein. Tatsächlich standen sie jetzt auf einer Felsenplatte in einem wieder bewaldeten Stück und hörten unter sich Wasser gurgeln. Caradoc legte sich auf den Bauch um vorsichtig über die Felsenplatte zu schauen. Direkt unter ihm schlugen kleine Wellen an den Felsen, auf dem sie standen und wisperten, sie sollen doch noch ein bißchen weiter hinabsteigen, damit sie den See in seiner ganzen Größe sehen könnten. Caradoc nickte den Wellen zu, stand wieder auf und wurde sich dessen bewusst, dass die Wellen gerade mit ihm geredet hatten! Genwulf lächelte wissend.

Nun gab es für Caradoc kein Halten mehr. Er lief den schmalen Weg jetzt am Wasser entlang und hörte Genwulf hinter sich schnaufen und Segari mit schnellen Schritten hinter sich. Die drei kamen an einen Kiesstrand, der von schroffen, hoch aufragenden Felsen umgeben war. Durch eine kleine Schlucht bekamen sie Zutritt zu diesem Ufer. Auf dem Steinstrand lag ein großer Baumstamm, der offensichtlich durch einen Blitzeinschlag gefällt worden und von großer Höhe herabgestürzt war. Er lag dort schon lange. Seine Rinde war schon abgefallen oder vom Wasser weggespült worden, darunter war der Baum glatt und fast weiß. Das eine Ende des Stammes lag dicht am Wasser und wenn eine größere Welle kam, umspielte diese das Ende des Stammes.

Caradoc setzte sich auf den Stamm und beobachtete glücklich die kleinen Wellen, die heran rollten und mit einem ebenso rollenden Geräusch kleine Kiesel wieder mit in den See nahmen. Genwulf setzte sich neben ihn und horchte. Konnte er „sehen", was Caradoc sah? „Bleib Du nur hier noch etwas sitzen und verbinde Dich mit dem Wald über Dir, dem Felsen hinter Dir und dem Wasser vor Dir", sagte Genwulf. Er erhob sich schwerfällig und plötzlich fiel Caradoc wieder einmal auf, dass Genwulf seine

Körpergröße verändern konnte. Caradoc erschrak! Genwulf wurde größer als er je war und wirkte mächtig und würdevoll! Genwulf hob seinen Druidenstab, segnete das Wasser, drehte sich herum und ging zu Segari, der jetzt genauso groß zu sein schien wie Genwulf! Die beiden mächtigen alten Druiden gingen schnell durch den kleinen Felsdurchgang, durch den sie alle drei gerade ans Ufer getreten waren. Erstaunt und ehrfürchtig sah Caradoc ihnen nach, bis sie nicht mehr zu sehen waren. Als sie im Felsen verschwanden, wirkten sie wieder klein wie die alten Männer, die er als Junge kennengelernt hatte. Caradoc war sicher, dass Genwulf und Segari im Wald auf ihn warteten und ihm die Zeit am See gönnen wollten. Die alten Druiden fühlten sich im Wald einfach wohler, das Wasser war nicht ihr Element. Obwohl Segari der Druide vom See war, fühlte er sich immer dem Wald mehr verbunden.

Caradoc strich mit der Hand über den glatten Stamm des Baumes, auf dem er saß. „Weißt Du, wer ich bin?", fragte der Stamm ihn. „Ja", sagte Caradoc und war nicht überrascht, „Du bist verwandt mit meinem Lebensbaum, der Blütenesche. Du wartest hier schon lange auf mich, Du wusstest, dass ich irgendwann komme. Meine Blütenesche hat mich zu Dir geschickt." „Genau, und der Blitz hat mir den Weg gezeigt", raunte der Stamm, in dem noch jede Menge Leben steckte.

Plötzlich wurde der See unruhig und größere Wellen rollten heran. Schnell wurde der Stamm unterspült und angehoben, Caradoc konnte sich nur mit Mühe auf der glatten Oberfläche halten. Seine Hände rutschten ab, der Stamm drehte sich schwimmend um die eigene Achse und Caradoc konnte sich im letzten Moment an zwei kleine Ästen festhalten, als seien sie Griffe. Bevor Caradoc überlegen konnte, wie er sich retten könnte, auch bevor er einen Laut von sich geben konnte, wurde er mitsamt dem Stamm in den See gezogen. Wasser umspülte ihn, es drang in seine Nase und die Ohren und er japste nach Luft. Wild strampelte er mit den Beinen und versuchte panisch, sich irgendwie wieder festen Boden unter den Füßen zu verschaffen. Es kam ihm wie ein ewig langer Kampf vor, aber er hatte nicht die Absicht, aufzugeben. „Höre auf, Dich zu wehren", gurgelte das Wasser. „Verbinde Dich mit dem Wasser, solange ich noch auf Dich aufpassen kann", raunte der Stamm. „Fließe mit im Strom und im Rhythmus Deines neuen Elementes, lerne die andere Welt kennen, damit wir uns ergänzen können!", bat Genwulf eindringlich. Genwulf? Wo war er...? Er war doch wieder in den Wald gegangen. In sein Element!

Caradoc blinzelte durch seine klitschnassen Haarsträhnen an den schnell vorbeiziehenden Felsen hoch und erblickte auf einem Felsplateau Genwulf und Segari! Groß und mächtig sahen sie aus! Sie hatten beide Arme erhoben, in einer Hand hielten sie ihre Druidenstäbe, in der anderen eine riesige große Sichel! Sie segneten Caradoc und das Wasser des Sees und alles Leben im See. Genwulf beschwor laut die Geister des Wassers und der Berge und der Felsen, die diesen See beherbergten und bat um Nachsicht mit seinem Schüler, den er nun dem Leben im Wasser übergab!

Dies alles nahm Caradoc sehr bewusst wahr, als er hilflos vorbei getrieben wurde.

Aber Caradoc wurde ruhiger. Er hielt sich an den kleinen Ästen fest und es kostete ihn auf einmal keine Kraft mehr. Sein Körper bewegte sich wie von selbst im Rhythmus des Wassers und er fühlte sich leicht und wie getragen. Es störte ihn nicht, dass Wasser in seine Nase drang und ihn am Atmen hinderte. Es hinderte ihn nicht mehr, er atmete Wasser! Wie selbstverständlich ging er mit dem Kopf unter Wasser und sah Fische vorüberziehen, die ihn neugierig, teils auch ängstlich beäugten. Das Wasser hatte sich jetzt etwas beruhigt und die Esche zog Caradoc nun gemächlicher durch den See. Er nahm im Kies auf dem Grund des Sees kleine Krebse wahr, die emsig nach Nahrung suchten. Als er das Gesicht nach oben drehte und in Richtung Wasseroberfläche sah, schwammen zwei große Fische über ihn hinweg. Caradoc sah erschreckt den immer größer werdenden Schatten über dem Wasser und erkannte, dass es sich um einen großen Raubvogel handelte. Dieser stieß, die Krallen voran ins Wasser, packte blitzschnell einen der Fische und trug ihn sofort davon. Unbeeindruckt schwamm der andere Fisch weiter. Oder hatte er Caradoc gerade zugeblinzelt?

Der Stamm wechselte die Richtung und trug Caradoc in Richtung Ufer. Hier standen riesige Bäume direkt am Rand des Wassers. Dies mussten durstige Bäume sein. Weiden? Eichen? Es mussten Eichen sein, überlegte Caradoc. Eichen fühlten sich wohl in der Nähe von Wasser und brauchten gleichzeitig festen Halt für ihre Wurzeln. Also Felsen zum Beispiel. Der Erlenstamm trieb nun in einem großen Kreis auf das Ufer zu. Wie in einer Spiralbewegung schwammen sie mal über, mal unter Wasser am Ufer entlang. Caradoc hatte das Gefühl, dass die Fahrt wieder schneller ging und er hielt sich gut fest. Tatsächlich wurden die Kreise immer schneller und enger, sie waren in einen Strudel geraten, der sie unaufhörlich tiefer zog. Caradoc erinnerte sich wieder an sein erstes Erlebnis in der Lichthöhle, in die Segari ihn als Novizen gebracht hatte. Auch damals war er in einen solchen Strudel, wie in einen freien Fall geraten und hatte sich dem Fallen hingeben müssen. Aber das hier war anders. Er wurde tiefer und tiefer gesogen und getragen, er fiel nicht! Er sah eine riesige Eiche, die an der Wasseroberfläche stand und nun rasend schnell kleiner wurde. Gefährlich nah kamen sie nun dem unter Wasser liegenden Felsen, auf dem diese Eiche wurzelte. Tatsächlich! Sie hielt sich mit mächtigen, dicken Wurzeln unter Wasser auf dem Felsen fest und ragte mit einem Stamm, den vier Menschen mit ihren Armen nicht hätten umgreifen können hoch über Caradoc auf! Er versuchte, seine Gedanken klar zu halten und sich nicht durch das ständige Drehen des Strudels wirr machen zu lassen. Er konzentrierte sich auf die Wasseroberfläche, durch die er ein paar letzte Sonnenstrahlen des Tages wahrnahm. In rasendem Tempo drehte sich jetzt der Strudel unter Wasser und schleuderte Caradoc wild herum. Doch plötzlich stoppte die rasende Fahrt abrupt und Caradoc stand aufrecht auf dem Grund des Sees und beobachtete fasziniert, wie das wilde Wasser des Strudels um ihn herum kreiste und immer wieder versuchte, nach ihm zu greifen und ihn wieder in seinen Wassergewalten mitzudrehen. Caradoc war jetzt ganz bei sich und mit dem Wasser verbunden. Seine Gedanken waren klar und er war eins mit dem Wasser, dem See und seiner Situation und er freute sich regelrecht darüber, dass er das erleben durfte. Und war sehr gespannt, was ihn hier erwartete. Caradoc wusste natürlich, dass es zur Ausbildung eines Druiden gehörte, alle Elemente der Natur zu durchleben. Dabei waren sie doch auf dem Weg zur Druidenweihe gewesen, oder hatte er das etwa falsch verstanden? Aber in diesem Moment war ihm klar, dass er in einen neuen Abschnitt seiner Ausbildung geraten war.

Er nahm sich zurück, lenkte seine Gedanken auf das tosende Wasser um sich herum und bat es, sich zu zerstreuen und ihm einen Weg zu zeigen, sich ein wenig auszuruhen. Langsam und ein bisschen unwillig beruhigte sich der Strudel und trug Caradoc sanft in Richtung Ufer. Aber sie waren ja immer noch tief unter der Wasseroberfläche und das Wasser schien ihn nicht ans Tageslicht zu lassen. „Wasser des Sees, wohin bringst Du mich?", fragte Caradoc freundlich und das Wasser gurgelte zurück: „Freue Dich darauf, die Herrin des Sees kennenzulernen", und dann auch freundlich: „Versuche zu schwimmen wie ein Fisch, Du wirst sehen, dass Du Dich schneller und müheloser bewegen kannst, wenn Du die Kraft des Wassers nutzt." Caradoc versuchte vorsichtig ein paar Schwimmbewegungen und wurde sofort sanft von der Strömung des Wassers mitgezogen. Er benutzte seine Beine und die an den Körper angelegten Arme nur als Ausgleich zum Halten des Gleichgewichts und übergab sich dem Strom des Wassers. Er genoss es, das Wasser über sein Gesicht streichen zu spüren und sah sich dabei genau an, was er sah. Viele Fische streiften ihn, als ob er dazu gehöre, Wasserpflanzen und Algen machten ihm einen Weg frei, damit er durch sie hindurch gleiten konnte, die kleinen fleißigen Krebse von eben ließen sich bei ihrer Futtersuche nicht stören. Das Wasser führte ihn ans unterirdische Ufer, an die Wurzeln der großen Eiche auf dem Felsen zurück und er schwamm in eine große Höhle unter dem Felsen. Hier übergab das Wasser ihn den Wurzeln des großen alten Baumes und bedeutete ihm sich daran entlang zu hangeln, sie würden ihm den Weg weisen. Caradoc tat wie ihm geheißen und griff nun mit Händen unter Wasser nach den Wurzeln, die sich ihm bereitwillig anboten. Sie zogen ihn manchmal auch ein Stück, um ihn an einem anderen

Wurzelstrang weiter zu geben. Irgendwann spürte Caradoc Sand unter seinen Füßen und er konnte sich aufrichten und stand bis zur Brust im Wasser. Was er sah, verschlug ihm den Atem!

Er befand sich in einer riesigen unterirdischen Felsenhöhle, die komplett von Wurzelwerk der alten Eiche ausgekleidet war. Die Wände waren so hoch, dass mindestens 5 Häuser übereinander hineingepasst hätten, die Decke war ein einziges kunstvoll geflochtenes Wurzelkunstwerk. In der Mitte der Decke sammelten sich alle Wurzelstränge und drehten sich zu einem Seil, dass mindestens so dick war wie ein dicker Mann und reichten dort bis kurz über den Boden. Dort verzweigten sie sich wieder und bildeten eine Art runde Hütte auf dem Sandboden. Zwischen den Ritzen hindurch konnte Caradoc ein helles grünliches Licht erkennen.

Trotz des Wassers, der Dunkelheit und des vielen feuchten Holzes, roch die Höhle ausgesprochen gut. Caradoc hatte erwartet, dass ihm modriger Geruch entgegenschlug. Ein frischer Windhauch durchwehte die Höhle und verbreitete den Geruch des Sees, wir ihn Caradoc als kleiner Junge bei den Überfahrten mit Tanor in Erinnerung hatte.

Langsam watete er zum Ufer. Er konnte hier wieder mit seinen Lungen atmen, die Luft war wohltuend. Er blieb unschlüssig auf dem feuchten Sandboden stehen und spürte plötzlich, dass dieses grünliche Licht ihn magisch anzog. Was war dort in dieser Hütte? Wie konnte dort ein solches Licht leuchten?

Langsam ging er auf die kleine Hütte zu und der Schein des grünen Lichtes schien sich um die Hütte herum zu vergrößern. Caradoc umrundete dieses kunstvolle Wurzelgeflecht, konnte aber keinen Eingang erkennen. Da besann er sich auf sein Können und verband seine Gedanken mit der Eiche. Die Eiche raunte ihm zu: „Caradoc, wie schön, Dich hier zu haben. Verbinde Dich mit allen Elementen, die Du kennst, damit ich Dir weiter helfen kann." Das fiel ihm leicht. Er verband sich mit dem Wald und seinen Tieren und Pflanzen, mit den Bäumen, die ihm schon so vieles preisgegeben hatten. Und er verband sich mit dem Eis und dem Schnee in den Bergen, dem Wasser, dem See und seinem Leben. Und nun hoben sich die Wurzeln aus dem Sandboden an und bildeten nur noch ein großes Wurzeldach. Und auf dem trockenen Sandboden saß: Ailis!

Und im selben Moment, noch bevor er sich freuen konnte, verstand er! Ailis! Wie oft hatte Genwulf ihn in seinen Fragestunden damit gequält. Jeder Name hatte eine Bedeutung, die mit dem Leben eines jeden Menschen in engem Zusammenhang stand. Das war ein Wissensgebiet, in dem Caradoc nicht so fleißig war! Er konnte keinen logischen Zusammenhang zwischen einem Namen und einem Bezug zur Natur herleiten. Er hatte seinen neuen Namen als Novize bekommen und wußte, welche Bedeutung er hatte: Zuneigung!

Und Ailis? Der Name bedeutete, dass sie die Verbindung zwischen dem Wasser und den Eichen darstellt! Ailis sah sehr würdevoll aus. Sie saß im

Schneidersitz auf dem Boden. Sie trug ein lindgrünes schlichtes Kleid und ihre Haut schimmerte grün und türkis. Ihre roten Haare fielen ihr über den Rücken wie ein Umhang.

Sie lächelte Caradoc an und bedeutete ihm schweigend mit einer einladenden Handbewegung, sich zu ihr zu setzen. „Unsere Wege haben sich also endlich wieder getroffen", sagte sie leise „ich freue mich sehr, dass Du hier bist." Dann nahm sie seine Hand und machte mit der anderen eine absenkende Bewegung. Langsam und lautlos senkte sich das Wurzeldach wieder und die Hütte hatte wieder ein Dach und Wände.
Später hätten sowohl Caradoc als auch Ailis nicht mehr sagen können, wie lange sie in dieser Hütte unter dem Felsen im See zusammen waren.

Beide waren sich ihrer Rolle als Verbinder zweier Naturwelten sehr bewusst. Ailis war schon als Kind von Nia als Novizin ausgebildet worden, um eine genauso große Priesterin zu werden, wie sie selber es war. Nia war die Verbindung zur großen Eiche auf dem Thingplatz. Diese Eiche hatte ihre Wurzeln tief in den Felsen gegraben, unter dem Nia bestattet worden war, und deren Atem Nias Seele eingesogen hatte. Die Wurzeln hatten durch den Felsen das Erdreich erreicht und ihre Kraft bis zum See getragen, wo die alte Eiche am Ufer des Sees stand. Eichen brauchen viel Wasser, deshalb war die Verbindung zwischen Wasser und dem Baum klar. Ailis als Hüterin der Eiche und Verbindung zum Wasser musste in eine Welt gehen, in der sie die Chance hatte, Caradoc wieder zu sehen. Nur so konnten beide zusammen sein und ihre Kräfte damit verdoppeln.

„Wusstest Du das alles schon, als wir uns in Deinem Dorf verabschiedet hatten?", fragte Caradoc Ailis. „Ich habe gespürt, dass etwas Besonderes passiert. Aber plötzlich war Nia nicht mehr da. Sie war meine Lebensführerin, und dann warst Du da und ich wusste nicht, was sie meinte! Sie musste erst sterben, damit es mir klar wurde. Und als die Eiche Nias Seele eingeatmet hatte, nachdem Du das Feuer entzündet hattest, wusste ich, was die Prophezeiung meinte!", lächelte Ailis, „und ich war nicht böse darüber!" Nun grinste sie und Caradoc fand, dass sie hinreissend aussah!

 In der Hütte am Fuß der großen Eiche hatte Caradoc jedes Gefühl für den Tagesrhythmus verloren. Ailis und er hatten viel zu erzählen und außerdem hatte beide die Liebe erwischt. Manchmal fiel es ihnen schwer, sich auf das Wesentliche ihres Zusammenseins zu konzentrieren: Sie waren die Hüter der Verbindung zwischen dem Wald und dem Wasser. Ohne darüber zu reden machten sie sich irgendwann auf den Weg an die Wasseroberfläche, um Segari und Genwulf zu finden. Ailis ging voran. Sie ging zur Höhlenwand aus Wurzelgeflecht und schob mit Leichtigkeit mit beiden Händen zwei dicke Wurzelarme auseinander. Dahinter tat sich ein schmaler Gang auf und die beiden traten aus der Höhe heraus. Sofort schloss sich hinter ihnen lautlos der Durchgang mit Wurzelwerk. Obwohl kein natürliches Licht eindringen konnte, war der Gang gut zu erkennen. Der Boden war felsig und trocken. Ailis ging voraus, Caradoc folgte ihr und versuchte, sich alles hier ganz genau einzuprägen. Die Wände bestanden immer noch aus Wurzelgeflecht. Es ging stetig leicht bergauf, manchmal mussten sie sich an den Wurzeln festhalten, wenn ein Schritt über einen Felsspalt zu groß war. Sie gingen lange schweigend und kamen schließlich durch ein Felsentor. Sie schlüpften hindurch und standen auf dem Platz am Ufer des Sees, an dem Caradoc auf dem Eschenstamm gesessen hatte. Der Stamm lag wie zuvor am Ufer im Kies. Er hatte keine Rinde mehr und war fast weiß. Sein Ende wurde von kleinen Wellen des Sees umspült. Caradoc musste lächeln und setzte sich wieder auf den Stamm, Ailis nahm neben ihm Platz

und sog die frische Luft ein. Caradoc sagte: „Hallo Esche, hast Du Deine Reise mit mir gut überstanden?" „Natürlich", antwortete die Esche, „das war nochmal eine schöne Abwechslung, mit Dir durch den See zu schwimmen. Ich hoffe, Du hattest auch eine gute Reise?" Caradoc musste jetzt lachen und erwiderte fröhlich: „Ja, doch, die Reise mit Dir hat mich mit dem Wasser verbunden, aber auch mit der Hüterin des Sees! Das war eine wunderbare Erfahrung und die verdanke ich Dir!" „Caradoc", sagte der Stamm jetzt eindringlich, „Ihr müsst in den Wald zurück und den heiligen Platz mit der heiligen Eiche finden. Segari und Genwulf sind schon dort. Sie müssen die Vollmondnacht ausnutzen, um die heilige Weihe zu vollziehen. Ihr habt nicht mehr viel Zeit! Geht los, Ihr wisst, wohin!" Caradoc und Ailis sahen sich ratlos an. Wo sollte dieser Platz sein? Segari hatte immer ein großes Geheimnis daraus gemacht und immer heimlich das Dorf verlassen, damit ihm niemand folgen konnte. Als Kind hatte Caradoc sich ja schon auf die Lauer gelegt, war dann aber doch eingeschlafen. „Liebe Esche, wohin sollen wir denn jetzt gehen?", fragte Caradoc, aber die Esche schwieg und tat, als sei sie nur ein toter alter Baum am Ufer. Ailis war im Wald nicht so sicher wie im Wasser oder in der Höhle darunter. Deshalb musste sich Caradoc jetzt auf seinen Instinkt verlassen. Er kletterte über die Felsen, bis er darüber im Wald stand und half Ailis bei der Kletterpartie. Sie stellten anhand des Sonnenstandes fest, dass es höchstens Mittag sein konnte. Caradoc ging ein Stück ziellos in den Wald, als ein großer Ast sich quer vor sie schob. An dem war kein Vorbeikommen und auch darüber zu klettern war unmöglich. Sie mussten also links in den Wald ins Dickicht einbiegen, um den Ast zu umrunden. Doch der Ast schien zu wachsen und ließ sie ihn nicht überwinden. Caradoc merkte, dass er ärgerlich wurde und den Ast unbedingt überwinden wollte. Ailis aber schien zu merken, dass der Ast eine Absicht verfolgte. Sie nahm schweigend Caradocs Hand und zog ihn weiter an dem Ast entlang. „Lass die Verbindung zu", raunte der Ast und Ailis schien ihn zu verstehen! „Geht weiter in den Wald, lasst Euch leiten!" Ailis und Caradoc sahen sich an, wie um sich zu vergewissern, dass beide gehört hatten, was der Ast geraunt hatte. „Uns drängt die Zeit, kannst Du uns weiterhelfen?", fragte Ailis den Ast und der Ast schien raschelnd zu lachen: „Nehmt meine Führung an, dann kommt ihr schneller ans Ziel! Ihr werdet überrascht sein!" Und plötzlich griffen zwei starke Äste je Ailis und Caradoc und umschlangen sie, dass sie sich nicht mehr befreien konnten. Sie wanden sich um die Körper und jagten ohne Vorwarnung immer schneller werdend in höllischem Tempo durch den Wald. Die beiden jungen Leute sahen Felsen auf sich zu rasen, Bäume, denen sie im letzten Augenblick auszuweichen schienen und der Waldboden wechselte jede Sekunde die Farbe und Beschaffenheit. Sie konnten sich nicht wehren und waren zeitweise atemlos in der rasenden Fahrt durch den Wald. Als auch Caradoc, der sich im Wald ja gut auskannte, endgültig die Orientierung verloren hatte, stoppte der Ast die Reise durch den Wald plötzlich abrupt, öffnete die Umklammerung und schleuderte Caradoc und Ailis in hohem Bogen über eine hohe

Klippe! Entsetzt ruderten beide mit den Armen und versuchten, den freien Fall abzumildern. Aber wie sollte das gehen? Sie fielen und fielen steil hinunter, der steinige Boden des Seeufers kam immer näher. Ihre Schreie hallten gegen die Felswand und sie sahen verzweifelt, dass sie keine Chance hatten, dem Aufprall zu entgehen.

Ein dunkler Schatten breitete sich über Caradoc aus, aber er war nicht in der Lage, sich herum zu drehen und zu sehen, was dieser Schatten war. Eine Stimme drängte sich in sein Bewusstsein und er erkannte Segaris Stimme. „Sei es ein kleines Rotkehlchen oder ein großer Herrscher der Lüfte, traue Dir und Deiner Gabe. Breite Deine Flügel aus und fliege. Du kannst es!" Caradoc schielte nach oben und versuchte auszumachen, wer da mit ihm redete. Er erkannte einen großen Seeadler, der ihn neugierig beäugte, wie er da im freien Fall sein Leben an sich vorbeiziehen sah. „Rette Ailis, lass mich...", dachte er in Richtung des großen Vogels und gab sich seinem Schicksal hin. „Ich bin der Druide des Sees und der Lüfte, ich bin für Dich hier, ich bin die Verbindung zwischen dem Wasser und den Lüften, also fliege!", drang der Vogel eindringlich in sein Bewusstsein, drehte aber ab und segelte leicht und elegant in Richtung der stürzenden Ailis. Sie spürte den Seeadler und verstand sofort die Aufgabe, die er ihr stellte. Sie breitete ihre Arme aus und begann, in der Luft zu rudern und zu flattern. „Ruhig", beschwichtigte der Seeadler, „gib Dich den Lüften hin und lass Dich von den Winden tragen. Sie werden Dich halten und lenken!" Rasend schnell bewegte sie sich auf den steinigen Uferrand zu, auf dem sie unweigerlich zerschellen würde. Sie verdrängte ihre Angst, breitete einfach ihre Arme aus und segelte plötzlich elegant neben dem Seeadler her. Überrascht sah sie ihn an. Im selben Moment wurde ihr bewußt, dass Caradoc ja immer noch im freien Fall war und abzustürzen drohte!

Wo war er? Sie segelte um den Seeadler herum, nahm die Aufwinde in Anspruch und versuchte, ihren Freund zu finden. Sie musste ihn retten! Ihre Augen flehten den Seeadler an, ihr zu helfen. Der aber schien seine Schwingen noch ein bißchen mehr auszubreiten und sich im Sturzflug in Richtung See zu stürzen. Ailis drehte sich verzweifelt um die eigene Achse. Sie konnte Caradoc nirgends entdecken! War es schon zu spät? War Caradoc längst abgestürzt und lag zerschmettert auf dem steinigen Seeufer? Tränen in den Augen ließen ihren Blick verschwimmen. So nah am Ziel waren sie gewesen und hatten den Bäumen vertraut, dass sie sie zum heiligen Platz bringen. Stattdessen hatten sie sie über die Klippe geworfen, wo sie unweigerlich den Tod finden würden. Wieder nahm sie über sich den großen Schatten des Seeadlers wahr und bat ihn inständig um Hilfe: „Bitte, rette Caradoc! Ich liebe ihn und mein Leben ist ohne ihn sinnlos! Er ist mein Seelenpartner, nur gemeinsam sind wir wirksam!"

„Das höre ich gern", kam von oben Caradocs Stimme und Ailis vergaß vor Schreck für einen kurzen Moment, sich auf das Fliegen und Segeln zu konzentrieren. „Caradoc!" Ailis kam ins trudeln und wußte nicht, ob sie erleichtert oder vorwurfsvoll sein sollte. Dann fing sie sich kurz vor dem Boden, lachte befreit und schwang sich mit einem kräftigen Flügelschlag wieder empor. Caradoc tat es ihr gleich und beide segelten mit wenigen Flügelschlägen knapp über der Wasseroberfläche des Sees dahin. Selig lächelten sie und dankten dem Seeadler mit Segaris Stimme, sie fliegen gelehrt zu haben.

Eine Windböe ergriff beide und sie wußten, dass sie sich ihr anvertrauen konnten. Die Böe trug sie weit über den See, hoch in die Lüfte, so dass sie beide nun den ganzen See von oben betrachten konnten. Es war fantastisch zu sehen, wie der See sich in die Berge schmiegte, der Wald ihn umgab und kleine Dörfer sich an ihm angesiedelt hatten. Caradoc hatte seine Orientierung wieder und war begeistert. Er flog wie befreit neben Ailis her, die Liebeserklärung von eben beschwingte ihn und das Entsetzen des Fallens war wie weggewischt. Die beiden flogen über den See als hätten sie nie etwas anderes getan, als zu fliegen. Caradoc stellte fest, dass der See tatsächlich ein Vielfaches größer war, als er angenommen hatte.

Beide erkannten gleichzeitig den Felsen, auf dem die große Eiche stand, die ihre Wurzeln in den Felsen gegraben hatte, der aus dem Wasser aufragte. Hier hatte genau genommen ihre gemeinsame Reise zum heiligen Platz ihren Anfang genommen.

Sie landeten etwas unbeholfen auf der Plattform des Felsens und mussten sich erst einmal wieder orientieren. Der Wald hinter ihnen tat, als wäre nichts geschehen, es wehte eine laue Brise vom See herauf und die Eiche schien zu lächeln. „Ich könnte Euch helfen, rechtzeitig zum heiligen Platz zu kommen...." raunte die Eiche, aber Caradoc war immer noch ziemlich sauer auf den Baum, der sie beide mit seinen Ästen gepackt und über die Klippe geworfen hatte. Dieser hatte sie angelogen! Wie konnte Caradoc dies nicht bemerkt haben? Er war sauer auf sich selber. Dass er Ailis und sich selbst in solche Gefahr gebracht hatte, konnte er sich nicht verzeihen. „Wie soll ich Dir noch vertrauen?", fragte er die Eiche bitter, „Deine Freunde haben uns über die Felsen geworfen. Wäre der Seeadler nicht gekommen, lägen wir jetzt beide zerschmettert am Seeufer!" Caradoc war sehr wütend.

„Und was meinst Du, warum meine Freunde das getan haben?", raunte die Eiche leise. Dann erhob sie plötzlich die Stimme und wurde immer lauter und eindringlicher und schien dabei immer größer und mächtiger zu werden und ihre Äste über die beiden zu legen, dass sie nicht vom Fleck kamen: „Was hat es Dich und auch Dich Ailis, gelehrt? Welches Element der Natur, in der ihr lebt, hattest Du, Caradoc noch nicht erlebt und verinnerlicht? Den Wald bezeichnest Du als Dein Element, Deine Heimat! Das Wasser, Ailis ist Dein Element. Alles unterliegt aber einem einzigen Kreislauf! Das Eine kann ohne das andere nicht existieren und Ihr beide seid nur gemeinsam wirksam, wenn Ihr begreift, wie die Natur zusammen hängt. Die Elemente Wasser, Wind, Feuer und Erde sind untrennbar miteinander verbunden. Auch das Eis und der Schnee, in dem Du, Caradoc hast überleben müssen gehört in diesen Kreislauf. Die Gabe zu fliegen und die Welt aus einer komplett anderen Perspektive zu sehen, wird nicht jedem zuteil. Nutze endlich Deine Kräfte, teile sie mit Ailis, verbindet und verbündet Euch, werdet gemeinsam die alles verbindende Kraft Eures Lebens! Hast du das jetzt begriffen?"

Den letzten Satz hatte die Eiche fast schon gebrüllt und Caradoc und Ailis duckten sich unter dieser Standpauke. Die beiden nahmen wahr, dass außerhalb des Äste- und Blätterdaches, das sie umfing ein tosendes Unwetter losgebrochen sein musste. Lautes Donnergrollen hallte vom anderen Ufer des Sees herüber, sie sahen Blitze zucken und hörten klatschenden Regen. Unter ihnen strömte das Wasser hindurch und sie drängten sich eng zusammen. Die Eiche hatte aufgehört mit ihrer Schimpftirade und Caradoc schämte sich plötzlich sehr. Die Eiche hatte ja Recht: er hatte sich überheblich benommen und dem Ast, der sie leiten wollte nicht vertraut. Daraufhin hatte dieser sie gepackt und über die Klippe geworfen. Eine weitere Lektion!

Plötzlich trat eine unheimliche Stille ein und die beiden jungen Leute trauten sich vorsichtig, sich umzusehen. Die Eiche hatte ihre Äste wieder gehoben und schien wieder zu lächeln, der Sturm hatte sich gelegt, nichts deutete darauf hin, dass hier gerade eben noch ein Gewitter und Unwetter getobt hatte. Fragend sahen die beiden sich an und mussten plötzlich lachen. „Na toll,", meinte Caradoc schließlich, „so kommen wir nie an! Was schlägst Du vor? Meine Intuition scheint sich ja gerade in Luft aufgelöst zu haben!" „Ich schlage vor, wir vertrauen den Kräften der Natur, die uns umgibt!", sagte Ailis lächelnd und nahm wieder einmal Caradocs Hand um ihn in Richtung Wald zu ziehen. Caradoc wurde plötzlich erfüllt von einem Vibrieren und Zittern, das eindeutig vom Wald ausging. Er spürte die Kraft des Waldes und er spürte auch, dass Ailis sich mit dem Wald verband und ihn liebevoll aufnahm. Das war der Moment, in dem sich langsam und vorsichtig zwei dicke Wurzeläste den beiden näherten und sie lautlos und freundlich aufforderten, Platz zu nehmen. Liebevoll umschlangen die Wurzeln vorsichtig die beiden Menschen und hielten sie sicher fest, um sie in eine neue diesmal angenehme Umklammerung zu nehmen. Und wieder reisten die beiden mit den Bäumen, den Wurzeln, durch Äste und Blätter, durch schwindelnde Höhen hoch über den Baumkronen des geliebten Waldes. Nach einiger Zeit verlangsamte sich die Fahrt und die Wurzelarme näherten sich wieder dem Waldboden.

Caradoc sah nur Blätter und Äste und versuchte mit den Händen, sich eine bessere Sicht zu verschaffen. Er ruderte mit den Armen um ein paar kleinere Äste zur Seite zu biegen. Er war immer noch in fester Umarmung des dicken Astes, der ihn gepackt und durch den Wald getragen hatte. Er versuchte, Ailis zu sehen und rief dann ihren Namen. Ganz in der Nähe hörte er ein leises: „Hier bin ich, wo bist Du?“, und es raschelte im Laub neben ihm. Ihr Gesicht erschien durch zurückgebogene Zweige und erleichtert lachten sie sich an. Sanft schwangen die beiden Äste, in denen Ailis und Caradoc saßen aufeinander zu und setzten die beiden vorsichtig ab. Behutsam öffneten sich die Zweige und entließen ihre Fracht auf den weichen Waldboden. Sie standen auf einer kleinen Lichtung, die zur einen Seite umwaldet war, auf der anderen Seite den Blick auf eine grüne leicht abfallende Wiese bot. Im Tal unterhalb der Wiese hatten sie einen atemberaubenden Blick auf den gesamten See! Glücklich nahmen sie sich in die Arme und bestaunten, wo sie gelandet waren. Doch schon bald wurden sie sich wieder dessen bewusst, warum sie sich eigentlich dem Baum anvertraut hatten. Er wollte sie doch zu Segari und Genwulf bringen, oder?

Caradoc besah sich ganz genau die Form des Sees, von dem er meinte, ihn nun ganz genau zu kennen. Er hatte ja schließlich den See und die Umgebung schon aus der Vogelperspektive gesehen. Doch von hier oben musste er sich genau konzentrieren, um seinen Standort festzulegen. Er erkannte weit hinter dem See am gegenüberliegenden Ufer die steil aufragenden Berge hinter Traun. Da war auch die Bergkette, hinter der er im Schnee dem Schneehasen gefolgt war, um nach dem Niedergang der Lawine Genwulf und Balian zu finden. Doch die Berge wirkten so klein! Konnte es sein, dass der See so groß war, dass er so weit weg von Traun und den Bergen war, dass er sie mit bloßem Auge kaum noch erkennen konnte? Ja, das konnte sein, das wusste er jetzt!

Caradoc war plötzlich wieder unsicher. Der Ast hatte nicht versprochen, sie zu Segari und Genwulf zu bringen, sie sollten sich lediglich ihm anvertrauen. Wußte der Ast überhaupt, wo sie hin wollten? Er überspielte seine Unsicherheit Ailis gegenüber, was natürlich nicht funktionierte. Sie sah sofort, dass etwas nicht stimmte. „Komm", sagte sie und nahm seine Hand, „gehen wir. Wir müssen im Wald nach dem heiligen Platz suchen. Wir werden schon jemanden finden, der uns weiter hilft!" Ihr unerschütterlicher Optimismus sprang auf Caradoc über und sie wandten sich zum Gehen in Richtung Wald. Caradoc ärgerte sich insgeheim über sich selber. Wie konnte er anzweifeln, dass der Wald schon wissen würde, was zu tun sei! Er war ein Druide des Waldes und hatte dem Wald nicht vertraut. Und im gleichen Moment schoss ihm der Gedanke durch den Kopf, dass er ja noch nicht mal Druide war! Er war auf dem Weg zum heiligen Platz und hoffte, die Weihe dort zu empfangen, mehr nicht! Energisch stoppte Ailis ihn am Arm und drehte ihn zu sich hin. Caradoc war überrascht und sah sie mit erstauntem Blick an. „Es hat jetzt überhaupt keinen Sinn, an sich selbst zu zweifeln! Wir finden jetzt den heiligen Platz! Und wenn uns ein Waldbewohner helfen sollte, nehmen wir die Hilfe ohne Skepsis und Zweifel an, hast Du gehört?", sagte Ailis ruhig aber energisch. Caradoc nickte. Sie hatte ja Recht und er schämte sich. Eine Bewegung an seinem Bein ließ ihn nach unten sehen. Dort saß ein sehr alter Fuchs und blickte zu ihm hoch. Caradoc kniete sich hinunter und erkannte den Fuchs sofort. „Dass wir uns wiedersehen, ist eine große Freude!", sagte er leise lächelnd und hob den Fuchs auf seine Schultern. Sofort schmiegte sich das Tier zufrieden um Caradocs Hals und meinte mit schnarrender Stimme: „Bring mich zu Genwulf. Ich habe ihn so lange nicht gesehen, ich würde mich freuen, ihm noch ein bißchen die Augen zu ersetzen. Eure gemeinsame Zeit ist ja nun offensichtlich vorbei!", und grinste in Ailis' Richtung. „Geht nach rechts in Richtung Lichtung da vorne, siehst Du das Licht?" Glücklich gingen Caradoc, Ailis und der Fuchs zur Lichtung. Der Weg zog sich weiter, als er ausgesehen hatte und Caradoc hatte den Eindruck, dass der Fuchs auf seinen Schultern eingeschlafen war. Er weckte ihn sanft. „Kann es sein, dass wir schneller voran kommen würden, wenn Du wach bleiben würdest? Solange Du schläfst, laufen wir auf der Stelle!" Der Fuchs gähnte und grinste.

„Mit Genwulf hat das immer funktioniert", meinte er entschuldigend, „Er hat ja nichts gesehen und da war es einfach sicherer, ihn auf der Stelle laufen zu lassen. So musste ich nicht ständig auf ihn aufpassen." Caradoc und Ailis grinsten sich vielsagend an. Sie waren dankbar, dass sie den Fuchs getroffen hatten. Ihm konnten sie vertrauen.

Sie mussten noch ein ganzes Stück laufen, bis der Fuchs sich von Caradocs Schultern rollte und erstaunlich behände auf den Boden sprang. „Ihr seid gleich da", flüsterte er geheimnisvoll, „tretet ehr-fürchtig an den heiligen Platz heran. Bittet Eure Ahnen und die Gelehrten und die Mächtigen, die Euch dort empfangen werden, demütig um Aufnahme in ihren Kreis. Ich werde mich im Hintergrund halten. Genwulf wird mich sowieso bemerken, ihm mache ich nichts vor!" Und damit verschwand er im Dickicht.

 Ailis und Caradoc gingen langsam auf den heiligen Platz zu. Sie konnten im Wald nur eine Art Torbogen aus Blättern und Zweigen erkennen, hinter dem ein helles flackerndes Licht zu scheinen schien. Es wirkte wie ein riesiges Feuer, das aber ein viel helleres Licht verbreitete, als sie angenommen hätten. Je näher sie diesem heiligen Ort kamen, desto feierlicher wurde ihnen zumute. Eine leise Melodie drang in ihr Bewusstsein, der ihre Herzen leicht werden ließ. Beide kannten diese Melodie, die Art des Singens. Beide waren damit aufgewachsen, ohne sich der Bedeutung des Gesanges bewusst zu sein. Plötzlich war beiden alles klar!

Sie waren beide schon von kleinen Kindesbeinen an auf diesen Weg gebracht worden. Caradoc durch seine Mutter Guiwa, die diesen Gang auch gerne gegangen wäre. Sie hatte sich entschieden, auf dieses Leben zu verzichten um Caradoc diesen Weg zu ermöglichen. Sie hatte ihn Segari anvertraut und Segari hatte den kleinen Hruza in seine Obhut genommen. Und Segari hatte ihm wiederholt gezeigt, welche Fähigkeiten in Caradoc stecken, zuletzt im freien Fall von den Klippen…

Ailis hatte durch Nia die Kunst des Sehens und des Verbindens gelernt. Nia war eine Seherin und Priesterin, hatte sich nichts sehnlicher gewünscht, als dass Ailis jetzt zum heiligen Platz ging und ihre Weihe empfing, wie Nia selbst sie vor Jahren empfangen hatte. Deshalb hatte sie die Verbindung zwischen dem Wasser und dem Feuer in ihrem Tod geschaffen. Caradoc als Hüter des Waldes war für Nia die

Erfüllung für ihre Enkelin. Alles hatte sich in dieser Nacht gefügt, in der Caradoc Ailis heilte und Nia starb. Ailis und Caradoc waren für alle anderen Druiden, Seher, Priester und Priesterinnen die perfekte Kombination! Der melodische Gesang verband die beiden und sie spürten kraftvoll ihre Liebe und Verbindung. Ja, sie spürten genau das: die Kraft, die Liebe hat! Gerade jetzt wurde es ihnen doppelt bewußt und sie gingen Hand in Hand erfüllt von der eigentümlichen, feierlichen Stimmung zur Lichtung und schritten durch den Torbogen aus Ästen, Blättern und herunterhängenden Luftwurzeln ins Licht des heiligen Platzes.

Es war ein großer Halbrundplatz, ähnlich dem, den Caradoc als Kind genutzt hatte, um sich in seiner kleinen Höhle für seine ersten Versuche des Heilkräuterverarbeitens zurückgezogen hatte. Dieser Platz hier war wesentlich größer und schloss an der halbrunden Seite mit einer großen halbrunden hohen Höhle im Fels ab. Hier endete der Weg, der sich sofort nach dem Eintreten der beiden jungen Leute hinter ihnen wieder fest verschloss. Sofort rankten Schlingpflanzen und Äste und Wurzeln den Weg wieder zu, so dass niemand von außen ihn je dort vermuten würde.

Caradoc und Ailis standen nun ehrfürchtig vor den weisen Männern und Frauen des Druiden- und Priesterstandes. Ein helles freundliches Licht beschien den Platz, ein eher kleines Feuer brachte Wärme und Geborgenheit.

Caradoc erkannte Segari, der mit Fell und mit der Maske des Seeadlers einen großen Holzstuhl, fast eine

Art Thron, besetzte. Segari hatte seinen Druidenstab in der rechten Hand und wirkte sehr würdevoll. Neben ihm saß groß und würdevoll Genwulf. Sein Stuhl glich ebenfalls einem Thron, auch er hielt würdevoll seinen Druidenstab in der rechten Hand. Um seinen Hals drapierte sich wie ein edler Schmuck ein alter Fuchs, dessen Schnauze zwar schon weiß, dessen Augen aber noch höchst lebendig für Genwulf da waren. Neben Genwulf saß eine alte Priesterin, die milde lächelte und die beiden Neuankömmlinge mit ihren freundlichen, dunklen Augen herzlich willkommen hieß. Viele andere Priester, Druiden und auch heilige Frauen saßen im Halbkreis in der Höhle, in deren Mitte das kleine Feuer loderte. Es schien kein neues Holz oder Futter irgendeiner Art zu benötigen…

Nun stand Segari auf. „Ich freue mich, dass ihr uns nun doch endlich gefunden habt", sagte er und zwinkerte dabei fröhlich mit den Augen. „Aber ich sehe, Ihr kommt mit leeren Händen. Ihr wisst, dass wir Gaben von Euch erwarten, um Euch in die heilige Gemeinschaft aufnehmen zu können." Caradoc schluckte. Ja, er hatte von Genwulf oft genug gehört, dass Novizen, die die heilige Weihe erhalten wollten, einen Dank an ihre Ausbilder bereithalten mussten. Er zögerte. Schon lange spukte in seinem Kopf umher, was wohl das richtige Geschenk sein könnte, um den Rat der Heiligen milde zu stimmen. Er hatte kaum noch etwas von dem bei sich, was er am Beginn seiner Reise mitgenommen hatte. Seinen schön geschnitzten Stab hatte er während seiner Reise unter Wasser verloren, sein Lederbeutel mit den Kräutervorräten hing zwar noch an seinem Gürtel, aber er war leer.

Entschlossen trat er nun vor und ging langsam in die Mitte des Halbrundplatzes. Er wusste, dass er so lange das Feuer zwischen sich und dem Rat haben musste, bis die Weihe vollzogen war. Erst dann durfte er in den Kreis des Rates eintreten. Demütig kniete er mit einem Bein nieder und begann zu sprechen:

„Hoher Rat des heiligen Bundes, ich stehe hier mit leeren Händen vor Euch. Meine Reise zu euch war lang und ihr alle wisst, welche Aufgaben ich zu meistern hatte. Ich weiß, dass ihr alle mir diese Aufgaben gestellt habt, die ich zu bewältigen hatte, um zu lernen, die Elemente miteinander zu verknüpfen. Segari, ich verdanke Dir viel. Ich danke Dir für Deine Fürsorge und für den Schutz, den Du mir gewährt hast. Ich danke Dir auch dafür, dass Du Guiwa nicht verstoßen hast, sondern ihr die Gelegenheit gegeben hast, mich zu fördern. Und ich danke Dir für Genwulf. Genwulf, Du hast mich gelehrt, die Augen des Blinden zu ersetzen und Du konntest durch mich sehen. Dein Freund, der Fuchs wird dies nun wieder übernehmen. Das macht mich glücklich. Alles, was ich in den vergangenen Jahren unter Euer aller Obhut lernen und erleben durfte, hat mich zu einem glücklichen Menschen gemacht. Es erfüllt mich mit Stolz und Demut, mich einer von euch nennen zu lassen. Als Geschenk habe ich nur noch ein einziges Stück, das mir viel bedeutet. Ich habe es durch die Jahre gerettet und gebe es nun Euch. Ich hoffe, Ihr erkennt mein Geschenk an!"

Caradoc nahm im Knien seinen Ledergürtel ab und nestelte an ihm herum. Ein Stück Leder war doppelt genäht wie eine Tasche. Er trennte die Naht auf und holte etwas aus dem Geheimfach des Gürtels heraus. Dann legte er eine kleine goldene Fibel vor sich in den Sandboden und senkte den Kopf. „Diese Fibel hat Guiwa Segari als Abschiedsgeschenk für mich mitgegeben. Er hat sie mir wiedergegeben, als unsere Wege sich trennten. Ich sollte sie behalten, bis ein wichtiger Schritt in meinem Leben bevorsteht. An diesem Ziel angekommen, gebe ich sie jetzt in Eure Obhut und hoffe, Ihr nehmt mein einziges Geschenk, das ich habe, an."

Stille breitete sich auf dem Platz aus. Kein Laut war zu hören, der Wald und seine Bewohner schwiegen hinter Caradoc, das Feuer knisterte nicht mehr, die Runde der alten Druiden und Priesterinnen saß lautlos in der Höhle. Lange regte sich nichts. Trotzdem blieb Caradoc ruhig und wartete ab, was passieren würde. Ihm war klar, dass die Runde etwas anderes erwartet hatte, aber mehr konnte er nicht bieten. Er hatte alles auf eine Karte gesetzt. Er spürte Ailis in seinem Rücken. Aber auch von ihr ging eine beruhigende Wärme aus, die ihn stärkte.

Langsam bewegte sich nun die Priesterin neben Genwulf und stand schwerfällig auf. Wie alt mochte sie sein? Sie hatte unzählige Falten im Gesicht, weißes wildes Haar hatte sie unter einem ebenso weißen Tuch zu bändigen versucht. Sie war klein und dünn, ihr spitzes Kinn ließ sie dennoch freundlich aussehen. Ihre dunklen Augen blitzten hellwach und verströmten Lebensfreude und Wärme. Während sie so scheinbar schwerfällig aufstand, machte sie eine wundersame Wandlung durch, die Caradoc ja nun schon kannte. Er selber hatte sie schon erlebt, als er mit dem Bären kämpfte. Die Frau bewegte sich behände und leichtfüßig auf ihn zu, hob unterwegs die Fibel auf und nahm seine beiden Hände in ihre Hände und bedeutete ihm, aufzustehen. Sie sang die ganze Zeit vor sich hin, und legte scheinbar nebenbei Caradoc die Fibel wieder in seine Hände. Caradoc war berauscht von ihrem Gesang. Sie sang ein anderes Lied als das, was er schon kannte und schon so oft gehört hatte. Ein melodischer Rhythmus begleitete sie und Caradoc erkannte, dass sie sich singend mit ihm unterhielt! Sie sang, dass sie das Geschenk nicht annehmen könnte! „Dieses Geschenk ist nicht für uns bestimmt", sang sie. „Wir brauchen keine weltlichen, materiellen Güter! Auch wenn diese Fibel Rigani, der Herrscherin und Richterin des Lebens und der Liebe gehört hat. Rigani ist Deine Urgroßmutter, die Mutter von Owisa. Von ihr hat Guiwa die Fibel bekommen. Guiwa wusste, dass Du der rechtmäßige Besitzer dieser Fibel bist. Und dass Du sie an die einzige Person weitergeben würdest, die ihrer würdig ist! Rigani lebt in Dir weiter und Du wirst ihr Erbe antreten. Du wirst ein großer Herrscher und Richter des Lebens und der Liebe sein!", so sang die alte Priesterin und hielt dabei die ganze Zeit Caradocs Hände fest. „Du meinst, Du kommst hier mit leeren Händen an?", sang sie weiter, „Du bist auch noch nicht fertig, Faol! Weißt Du, was Dein endgültiger Druidenname „Faol" bedeutet? Ja, ich bin sicher, dass Du es schon lange weißt! Du spürst es auch schon lange und heute Nacht wird hier und jetzt die Erleuchtung über Dich kommen!"

Faol spürte sofort die Energie des Wolfes auf sich übergehen und verinnerlichte die Melodie und das Gesungene für den Rest seines Lebens.

Und plötzlich wusste Faol wer sie war! Sie war Genwulfs Frau, die er ihm so lange vorenthalten hatte. Faol konnte nicht benennen, wie er darauf kam, er wußte es einfach. Er bemerkte, dass er die ganze Zeit glücklich gelächelt hatte. „Ich danke Dir Habren, Genwulfs Frau, dass Du es mir leicht machst, Eure Prüfung zu meistern!", sagte Faol erleichtert und wusste, was der Rat von ihm erwartete. Feierlich erhob er sich, breitete seine Arme aus und begann kraftvoll zu sprechen:

„Faol! Was für eine Ehre, einen solchen Namen zu erhalten! Faol der Wolf ist mein Verbindungsglied zur Schattenwelt unseres Seins, zur Anderswelt und er verbindet die spirituelle Energie mit dem Unbewussten, der Mond ist der Verbündete meiner Kraft. Faol ist ein Pfadfinder, ein Vorläufer für neue Ideen, der immer zu seinem Clan zurück kommt, um zu lehren und seine neue Medizin zu teilen. Wolfsmedizin ist die Lehre, aber auch die Kraft, die mich antreibt und die ich lehren will. Faol wählt sich immer Gefährten, denen er ein Leben lang treu ist und braucht dafür die Stärke und Kraft seines Rudels, aber auch Rückzugsmöglichkeiten, um immer wieder aufs Neue seinem wahren Selbst begegnen zu können."

Faol hatte diese Worte wie in Trance gesprochen und es war ihm jetzt, als würde er aus einem Traum erwachen. Plötzlich sah er sich an Habrens Hand hinter dem Feuer in der Runde der Priesterinnen und Druiden stehen. Alle standen nun auf und verneigten sich vor Faol. Dann trat Segari vor, nahm Faols andere Hand und hielt sie hoch! Dann drückte er dem überraschten jungen Mann den Druidenstab in die Hand, den Faol schon als Kind geschnitzt hatte! Der geschnitzte Fisch schien ihn anzulächeln. Faol strahlte jetzt und er genoss den Augenblick. Segari hob die Stimme und sagte laut: „Faol, ich habe dich als Hruza kennen und lieben gelernt. Du warst immer so etwas wie ein Sohn für mich. Wir brauchen Dich mit Deinen Kräften und Deiner Intuition für die Elemente. Du hast Dich oft unterschätzt, aber Du hast es immer geschafft, Deine inneren Widerstände zu überlisten. Ich bin sehr stolz auf Dich. Dein Geschenk an uns war Deine letzte Prüfung über dem See. Es gilt als die schwierigste Prüfung für den Druiden des Waldes, sich mit den Lüften zu verbinden. Den Flug des Seeadlers zu begleiten war diese letzte Prüfung und Du hast sie mit Bravour gemeistert! Das ist uns Geschenk genug! Einen würdigeren Nachfolger für Rigani zu finden, ist nicht möglich!"

Faol senkte zutiefst geehrt und gleichzeitig ehrfürchtig den Kopf. Aber schon sprach Habren weiter, beziehungsweise, sie sang: „Faol, nun ist es an Dir, zu entscheiden, ob heute Nacht noch eine weitere Weihe stattfinden kann!" Faol wußte natürlich sofort, wer gemeint war, drehte sich herum und nahm Ailis' Hand. Er führte sie ohne Umschweife an dem Feuer vorbei und geleitete sie in den Kreis des Rates. Dann erhob er feierlich seine Stimme und sagte: „Heiliger Rat der ältesten Weisen, dies ist Ailis, Nias Enkelin. Ich spreche von Nia vom Dach des Berges. Nia hat es uns durch ihren Tod ermöglicht, gemeinsam die Elemente miteinander zu verbinden, ohne Ailis hätte ich das nicht geschafft. Nia lebt in Ailis weiter, die die Hüterin der Bäume, des Wassers und des Feuers war und ist. Auch Ailis hat Euch nichts mitgebracht, außer ihrer Gabe! Und auch sie hat den Flug des Seeadlers begleitet!"

Der Rat der Weisen nickte zustimmend. Wieder war es Segari, der das Wort ergriff: „Ailis, Enkelin von Nia vom Dach des Berges, der großen Herrscherin über die Bäume und das Feuer, es ist uns eine große Ehre, Dich in unseren Reihen zu wissen. Du wirst gemeinsam mit Faol die Elemente zusammenhalten und für Gleichgewicht sorgen. Dein Mut und Dein unerschütterliches Vertrauen in die Regeln der Natur werden Euch dabei helfen! Aber auch zu Dir soll von heute an der Name gehören, der Dir entspricht. Lolair, kannst Du Dich mit dem Namen und dem Krafttier verbinden?"

Ein ungläubiger, unendlich dankbarer Gesichtsausdruck erschien in Lolairs Augen. „Lolair...", flüsterte sie ehrfürchtig. Dann richtete sie sich zu ihrer ganzen Größe auf, ihr Blick wurde klar und selbstbewusst und sie sprach leise aber deutlich:

„Lolair, das bin ich! Ich bin der Adler, ich stehe für den Flug der Seele, das Verlassen des Körpers in Trance, für die Ahnengeister! Meine Federn werden dazu dienen, die Aura der Menschen zu reinigen. Ich bin bereit, sowohl die Niederlagen des Lebens anzunehmen, als auch aus ihnen Kraft zu schöpfen und diese als Erfahrung zu werten. Meine Seele wird Schwingen bekommen, wenn die Angst vor dem Unbekannten mich erfasst. Ich kann Schatten und Licht klar erkennen, kann fliegen und das Geschenk annehmen, dass der Himmel frei ist! Zusammen mit Faol dem Wolf wird es gelingen, den großen Überblick zu behalten und hilfreich zu sein!"

Genwulf stand auf. Er gesellte sich zu seiner Frau Habren und begann mit ihr zusammen zu singen: „Ein letztes Geschenk fehlt noch! Faol, Du hast deine Bestimmung gehört, sie ist Dir von Rigani in die Wiege gelegt worden. Mache Du nun das einzige Geschenk dieser Nacht, welches unsere Existenz weiter bewahren wird."

Faol nahm nun die Fibel und stand Lolair gegenüber. Sie kam ihm so klein und zerbrechlich vor und er spürte, wie sehr er sie liebte. Ihre Augen sprachen die selbe Sprache, als er ihr feierlich die goldene Fibel von Rigani an ihr Kleid steckte. Als er ihre Hände nahm und sie beide glücklich ihre Arme in die Höhe reckten, nahm Habren ihr weißes Tuch von den Haaren und wickelte es symbolisch um die Handgelenke der beiden, um ihr Glück zu besiegeln.

Nach und nach erhoben sich jetzt die anderen Druiden und Priesterinnen, um die beiden Neuen in ihren Reihen willkommen zu heißen. Lolair und Faol hatten alle Hände voll zu tun. Sie lernten neue Kollegen kennen und wußten meistens schon vorher, wer wer war. Genwulf hatte Faol oft erzählt, welcher Druide in dieser Region ansässig war, oder welche Priesterin jetzt gerade nicht in dem Dorf war, in dem sie gerade zu tun hatten. Es hatte ja eigentlich jedes Dorf einen Seher oder Druiden oder eine Priesterin. Deshalb war es für neue Geweihte oft schwierig, eine Ansiedlung zu finden, in der es noch keinen Heiler oder eine Heilerin gab.

Diese nächtliche Feier hatte den beiden jungen Leuten gezeigt, wer die eigentlich wichtigen Menschen ihres Standes waren: nämlich Segari und Genwulf.

Und natürlich als einzige weibliche wichtige Person, Habren, Genwulfs Frau. Habrens Aufgabe in ihrem Druidinnen- oder Priesterinnenleben war das Zusammenhalten und Zusammenführen der Lebewesen, die voneinander profitieren konnten und sich gegenseitig ergänzten. Ihr Name bedeutete soviel wie „Hafen". Sie sorgte dafür, dass alle und alles in einem Hafen landete. Ihre Liebe und Verbindung zur Musik, die für sie absolute Harmonie bedeutete, verband sie mit ihrer Lebensaufgabe. Und auch mit ihrem Mann Genwulf, der durch sie gelernt hatte, dass gesungene Worte oft intensiver an ein Ohr dringen, als Gesprochene. Es war eine Freude, die beiden zu beobachten, wenn Genwulf sein Ohr zu Habren herunterbeugte und sie ihm Neuigkeiten vorsang. Er lächelte viel an diesen Abend.

Als die Feuer heruntergebrannt waren und sich am Horizont schon die ersten Vorboten des Tages anmeldeten, nahm Genwulf Faol und Lolair an je eine Hand und meinte: „Ihr zwei kommt mit in unser Haus. Dort haben wir Euch ein Nachtlager gerichtet. Es ist uns eine Ehre, Euch beide beherbergen zu dürfen."

Das junge Paar strahlte und folgte der Einladung gerne. Auch Segari schloss sich an. Als sie den kleinen Weg zu Genwulfs und Habrens Haus hinauf liefen, sahen sie Licht im Haus. Und vor dem Haus stand eine junge Frau mit einem ebenso wilden Haarschopf wie Habren ihn hatte. „Ist das Eure Tochter?", fragte Lolair „Ich wusste nicht, dass Ihr ein Kind habt." „Haben wir auch nicht", erwiderte Habren singend, „leider nicht! Aber wir haben mit unseren jungen Novizen und Novizinnen immer alle Hände voll zu tun gehabt, da fiel unsere eigene Kinder-losigkeit nicht so sehr auf." Habren lächelte, als sie dem Haus immer näher kamen. Ein eigenartiges Gefühl erfasste Faol beim Näherkommen. Die junge Frau, die da auf die kleine Gesellschaft wartete, hatte etwas altes Bekanntes an sich. Woher kannte er sie nur? Im Dämmerlicht erkannte er sie erst, als sie mit wehendem Kleid und Haaren in seine Arme flog.

„Kina!" „Ja, ich bin es, Kina!", lachte die junge Frau in einer hellen Singstimme und alle sahen die große Freude in ihren Augen, ihren großen Bruder wieder gefunden zu haben. Faol war verwirrt, was hatte Kina hier zu suchen? War das wieder so ein Meisterstück von Segari, der Kina hier untergebracht hatte? Aber das konnte doch nicht sein, Kina war doch mit ihrem Mann nach Winkl gegangen um dort eine Familie zu gründen. Und Segari bildete keine Novizen und Novizinnen aus, die aus dem selben Dorf kamen, wie er selber. Und Genwulf hatte doch ihn selbst, Caradoc, seit Jahren als Schüler.

Habren trat nun hinter die beiden Geschwister, die sich allmählich wieder beruhigt hatten.

„Ja", sang Habren und legte einen Arm um Kinas Taille, „Kina ist meine Novizin, schon seit vielen

Jahren. Kina heißt jetzt Diobhail, sie ist also ein „Gottesgeschenk"! Das ist sie wirklich für mich. Sie hat mich gelehrt, dass singen uns noch tiefer verbindet. Ich singe schon mein Leben lang und wurde dafür immer milde belächelt. Aber seit Diobhail in meinem Leben ist und mit mir singt, ist das Leben viel beschwingter und fröhlicher geworden." Diobhail lächelte mit einem Ausdruck von Stolz und Verlegenheit. „Diobhail singt mit den Tieren im Wald, während Du, Faol mit ihnen sprichst. Das Singen lockt auch kleinere und sonst scheuere Tiere aus ihren Verstecken. Sie singt mit Mäusen und Eichhörnchen und Igeln, aber auch mit den Hirschkäfern und Holzwürmern. Sie alle tragen ja zum Fortbestand des Waldes bei und gehören unbedingt dazu. Auch die fliegenden Insekten, die Bienen, Fliegen, Libellen und Motten sind wichtig. Diobhail singt ihre Botschaften mit ihnen und sie öffnet damit die Pforten zur Anderswelt. Sie ist mit den Tieren im Mäuseloch oder im Bienenstock untrennbar verbunden!", sang Habren fröhlich und Stolz schwang in ihrer Singstimme mit.

Gemeinsam gingen alle ins Haus, um diesen aufregenden Abend zu beenden. Daran war für Diobhail und Faol natürlich nicht zu denken. Er überschüttete sie mit seinen Fragen und Diobhail lachte schallend, als er mit seinem Redeschwall fertig war. Aber sie hatte ein Einsehen und erzählte singend ihre Geschichte:

„Vor vielen Jahren war ich mit Tanor bei unseren Kartoffelsteinen. Wir bearbeiteten die Ernte und setzten neue Stecklinge. Die Steine neben unseren gehörten einem Bauern aus Winkl. Das liegt unterhalb von Traun, also praktisch auf der anderen Seite des Sees. Wir hatten diese Leute noch nie gesehen, deshalb waren wir erst skeptisch. Der Bauer kam mit seinem Sohn und erzählte, dass er die Steine erst seit kurzem bewirtschaften durfte, weil die Vorbesitzer sie nicht mehr haben wollten. Der Sohn und ich waren ungefähr gleichaltrig und wir verstanden uns gut und suchten von da an immer wieder Gelegenheit, uns zu treffen. Wir verliebten uns ineinander und unsere Eltern gaben uns die Erlaubnis, in Winkl zu leben und eine Familie zu gründen. Das ging eine Zeit lang gut, obwohl wir hart auf dem Hof und den Feldern arbeiten mussten. Immer öfter traf ich in der Natur kleine Tiere, auch Insekten, die mich zu beobachten schienen. Ich begann, während der Arbeit Melodien zu summen und bald hatte ich eine kleine Schar Tiere angezogen, die um mich herum wuselten oder summten oder schwirrten. Kleine Vögel fielen in meine Melodie ein und wir sangen zusammen. Das konnte ich ja schon als Kind, Faol, Du wirst Dich erinnern." Faol nickte und musste lächeln bei der Vorstellung, wie sie beide als Kinder im Wald am Halbrundkreis mit den Tieren gesprochen hatten. Diobhail erzählte weiter: „Mein Mann und sein Vater fanden mich sonderbar, vor allem aber, weil ich nicht schwanger wurde. Sie dachten, ich sei eine verzauberte Frau und hätte sie getäuscht. Ich hielt mich also etwas zurück mit meinem Singen und wurde immer unglücklicher. Ich hatte einfach Angst, dass sie mich verjagen würden, wo sollte ich dann hin? Wie sollte ich alleine den weiten Weg über den See nach

Hause schaffen? Ich wurde dann tatsächlich schwanger, verlor aber mein Kind. Mein Mann war nun sicher, dass ich verzaubert war. Obwohl ich geschwächt war und stark blutete, zerrte er mich nachts aus dem Haus, brachte mich an den See und setzte mich in ein kleines Holzboot. Dann gab er dem Boot einen Stoß und schnell war ich mitten auf dem See. Ich hatte keine Ruder im Boot, es war völlig leer! Ich war so verzweifelt und weinte vor Schmerz und vor Wut, dass ich nicht bemerkte, wie sich das Boot bewegte. Stetig wurde es langsam vorangetrieben und von Kräften gelenkt, die ich nicht sehen konnte. Der Mond war mein einziges Licht, aber ich sah deutlich, dass ich mich zielstrebig auf das andere Ufer zu bewegte. Vorsichtig traute ich mich, über den Rand des Bootes zu schauen. Da sah ich, dass Biber und Otter das Boot langsam im Wasser voran schoben. Sie sahen mich freundlich an und fragten dann in einem schnarrenden singenden Ton, ob ich Ihnen nicht etwas vorsingen könnte, dann wäre die Arbeit leichter. Ich musste lachen, habe aber natürlich gesungen. Es hat Stunden gedauert und es dämmerte schon, als wir am Ufer meines Dorfes ankamen. Ich wollte aber nicht zu Guiwa und Tanor gehen, ich weiß nicht, warum. Ich wollte in den Wald, den ich ja mein Leben lang geliebt habe und in- und auswendig kannte. Ich lief und lief in den Wald und brach irgendwann einfach zusammen. Als ich erwachte, saß ein Fuchs neben mir und sah mich mit wachen Augen an. Er sprach mich an, aber ich verstand ihn nicht. Das versuchte ich, ihm singend verständlich zu machen. Da kam ein wissender Ausdruck in sein Gesicht und er lief weg.

Wieder war ich allein, aber der Wald war ja mein Freund, Angst hatte ich nicht. Am Morgen hörte ich ein Knacken im Unterholz, als käme jemand. Das klang ziemlich unheimlich, als käme ein großes Tier. Es kam eine kleine dünne alte Frau mit runzligem Gesicht und wilden weißen Haaren aus dem Holz, die unglaublich schöne dunkelbraune warme Augen hatte um deren Schultern sich der Fuchs geschmiegt hatte. Sie sang mit mir, statt mit mir zu sprechen. Da wusste ich, dass ich angekommen war! Das war natürlich Habren, die mich gefunden hatte. Sie konnte sich nur singend verständigen, sie verstand auch mich, wenn ich sang! Wir mochten uns sofort und sie nahm mich mit hierher. Obwohl wir hier so weit von zu Hause weg sind, schien der Weg hierher nur ein paar Schritte gewesen zu sein. Habren erkannte, dass ich mit den Tieren sang und sie verstand. Dass der Wald mich annahm und ich ihn. Dann begann sie, mich auszubilden und Habren und ich wuchsen zusammen wie Mutter und Tochter. Ich habe mit Habren zusammen über einen Zaunkönig Guiwa und Tanor benachrichtigt wo ich bin, und wie glücklich ich bin! Der Zaunkönig ist im Tierreich der Botschafter der Götter und er hat unsere Eltern auch glücklich gemacht.

Habren hat mir meinen Namen Diobhail ausgesucht, weil ich für sie wie ein Gottesgeschenk bin. Und Habren ist mein Hafen.

Ich wusste lange nicht, dass sie Genwulfs Frau ist, und schon gar nicht, dass Genwulf mit Dir unterwegs ist. Als Segari Dich mitgenommen hat und allein wieder kam, habe ich ihn oft gefragt, wo Du bist. Ich hatte Angst, dass Dir etwas passiert war, aber Segari sagte immer nur, es ginge Dir gut. Und heute sehen wir uns wieder und Du bringst Deine Frau mit, von der ich schon so viel gehört habe. Und Ihr hattet beide heute Eure Weihe und ich bin unendlich stolz auf meinen großen Bruder und seine Frau." Dann stand sie auf und nahm Lolair in ihre Arme.

Der nächste Morgen begann für Faol und Lolair mit weiteren Ritualen und Feierlichkeiten. Beide genossen die Ehren, die ihnen zuteil wurden und kamen kaum dazu, sich umeinander zu kümmern. Abends saßen sie beide etwas abseits und Lolair nahm Faols Hand: „Was wird jetzt aus uns beiden?" fragte sie ihn und lächelte erwartungsvoll. Er sah sie an und schluckte schwer. Was sollte er ihr sagen, sie waren jetzt beide praktisch heimatlos. Faol konnte nicht in sein Dorf zurück und dort der Dorfdruide sein, Segari war für sein Dorf zuständig. Für Lolair sah das anders aus. Sie konnte durchaus in ihr Dorf gehen. Dort war Nia die weise Frau des Dorfes gewesen, Lolair war ihre Enkelin und würdig, Nias Nachfolgerin zu werden. Aber für sie beide war dort kein Platz vorgesehen.

„Lolair," begann er, „meine Bestimmung ist die des Wolfes. Deshalb habe ich diesen Namen bekommen. Deine Bestimmung ist die des Adlers und gemeinsam können wir so viel Neues schaffen! Ich will mein Wissen in die Welt tragen. Wir sind zusammen geflogen und haben beide gesehen, wie groß die Welt ist. Ich möchte hinter die Berge sehen und wer weiß, was noch alles auf uns wartet!" Faol war jetzt ganz aufgeregt und sein Herz klopfte ihm bis zum Hals. „Ich möchte so gerne mit Dir in eine neue Welt gehen, mit Dir vielleicht ein neues Dorf gründen oder vielleicht finden wir ja eines, das uns beide glücklich macht!" Lolair lächelte ihren Mann weiterhin an: „Ich hatte gehofft, dass Du das sagen würdest", sagte sie leise, „Es gibt keinen anderen Weg, dieser ist für uns vorgezeichnet. Lass uns in den nächsten Tagen aufbrechen in unser eigenes Leben! Ich brenne darauf, mit Dir zusammen ein aufregendes Leben zu leben!"

 Am nächsten Morgen schien die Sonne nicht aufgehen zu wollen, sie war verschleiert durch ein dunkles Wolkenband, das durch einen starken Wind schnell über Genwulfs Haus zog. Die Wolken zogen immer neue dunkle Bänder hinter sich her. „Etwas ist passiert", sagte Faol und beobachtete besorgt den dunklen Himmel. Er schnupperte in die Luft. „Riecht ihr das?", fragte er die inzwischen nach draußen gekommenen Mitbewohner. „Der Wald brennt! Er ruft uns und braucht unsere Hilfe! Wir müssen sofort los!" Sofort kam Bewegung in die Gruppe und alle rafften schnell ihre Habe zusammen. Doch wohin sollten sie gehen? Sie wußten ja nicht, was die dunklen Wolken bedeuteten und woher sie kamen. „Lolair", sagte Faol aufgeregt, „kannst Du Deine Schwingen ausbreiten und aus der Luft beobachten, was passiert ist? Ich werde schnell und leise wie ein Wolf durch den Wald laufen und vielleicht vom Wald erfahren, was passiert ist!" Schweigend nickten sie sich zu, nahmen die Umstehenden nicht wahr und machten sich getrennt auf ihre Wege. Faol spürte sich plötzlich unheimlich schnell laufen. Alle seine Sinne waren nun geschärft, er nahm um sich herum jede Bewegung, jedes kleinste Geräusch wahr. Um die Information des Waldes aufzunehmen, brauchte er seinen schnellen Lauf nicht zu unterbrechen. Er erfuhr, dass ein Feuer im Salzbergwerk ausgebrochen war und Teile des umstehenden Wald in Brand geraten waren. Das Bergwerk war also sein Ziel! Er lief schnell am Seeufer entlang über einen steinigen Weg und sah links neben sich Lolair fliegen, die ihm berichtete,

dass sie schon am Unfallort war und es schlimm aussehe. Sie brauchten unbedingt Medizin für Verletzte und Kräuter zur Blutstillung und zum Verbinden von Wunden. Faol lief wieder in ein bewaldetes Stück und fragte den Wald nach einem Arschwurzfeld. Diesmal war ihm nicht nach Grinsen zumute, es war bitterer Ernst! Er ließ sich vom Wald lenken. Bei jeder Rast konnte er Kräuter, Blätter, Heilerde und Quellwasser sammeln, so dass sein Lederbeutel und die metallene Trinkflasche von Trombsen bald wieder gefüllt waren. Er lief an einer verfallenen Hirtenhütte vorbei, deren Tür sich lautlos öffnete. Er sollte also hineingehen. Drinnen war es dunkel, nur durch die Ritzen der groben Holzbalken drang etwas Licht in die winzige Hütte. Mitten drin stand ein einfacher Holzhocker auf dem sich ein Stapel weißer sauberer Leinentücher befand. Schnell nahm Faol sie an sich und lief im Wolfstempo weiter.

Der beißende Geruch des Rauches drang unangenehm scharf in seine Nase und er bemerkte, dass er wohl auch den geschärften Geruchssinn des Wolfes hatte. Er wusste, dass er sich nun auf dem direkten Weg zum Salzbergwerk befand und verlangsamte seinen Lauf. Die letzten Wegbiegungen gingen steil bergauf, doch er war kein bißchen erschöpft oder außer Atem. Lolair landete neben ihm und gemeinsam liefen sie als Druiden das letzte Stück.

Über dem Eingang in den Stollen hatte ein offenes, großes Holzhaus gestanden, um die Stolleneingänge bei Regen vor Überschwemmungen zu schützen. Das gesamte Haus stand lichterloh in Flammen, die hoch aus dem noch vorhandenen Dach schlugen. Aus zwei der unterirdischen Stollen quoll schwarzer Rauch gepaart mit kleinen Steinen, die wie Geschosse aus dem Stollen geschleudert wurden. Menschen kamen aus den Stollen gekrochen und gelaufen, sie schrien vor Schmerzen, als sie von den herumfliegenden Steinen getroffen wurden. Helfer hatten sich in ihre Mäntel gehüllt, die Köpfe und Gesichter mit ihren bunten Tüchern umwickelt, um nicht selber getroffen zu werden und den beißenden Qualm nicht einzuatmen. Sie liefen mutig zu den Verletzten und zerrten sie aus der Gefahrenzone, um zu helfen.

Faol sah plötzlich Tanor aus dem Schacht kommen, auch er hatte sich komplett eingewickelt, aber Faol erkannte ihn sofort an seinen besonderen Tüchern. Tanor zerrte ein menschliches Bündel hinter sich her. Es war ein Kind aus dem Dorf. Faol lief hin und ohne ein Wort nahm er seinem Vater die Last ab und kümmerte sich um den verletzten Jungen. Er war schwer verletzt und hatte eine große blutende Wunde vom Hinterkopf bis zum Ohr. Sofort versorgte Faol die Wunde mit blutstillenden Blättern und wickelte ein buntes Stoffband darum, das dem Jungen vorher als Leibgurt gedient hatte. Der Junge sagte kein Wort und starrte Faol nur mit großen Augen an. In ihnen spiegelte sich das Entsetzen über das, was gerade geschehen war. Lolair hastete vorbei und stützte einen jungen Mann, dessen Haare komplett verbrannt waren, sein Gesicht war rußgeschwärzt. Sie brachte ihn aus der Gefahrenzone und lief sofort wieder in Richtung Stollenausgang. Aus dem Wald kamen nun immer mehr Familienangehörige, die von dem Unglück gehört hatten und sich Sorgen machten.

Lolair kümmerte sich um die Menschen und versuchte, Ordnung ins Chaos zu bringen. Immer mehr Verletzte aber auch Tote wurden aus den Stollen getragen, jeder der wieder hineinging riskierte sein Leben. Faol versorgte und verband Platzwunden, Verbrennungen und Knochenbrüche und arbeitete routiniert und ruhig, egal, welche Verletzung er gerade vor sich hatte.

Tanor kam wieder aus dem Stollen und stützte einen Verletzten. Tanor und der andere Mann torkelten an die Luft und brachen gemeinsam vor Erschöpfung zusammen. In diesem Moment begann das Dach des großen Holzhauses zu kreischen und zu stöhnen und stürzte in rasender Geschwindigkeit in sich zusammen um lichterloh brennend alles unter sich zu begraben. Faol hatte das Drama beobachtet und erstarrte entsetzt. „Nein!", schrie er verzweifelt, lief auf den Feuerball zu, der sich nun am Boden entwickelte. Auf dem nun brennenden Platz hatten viele Verletzte gelegen, die noch auf Versorgung gewartet hatten. Sie hatten keine Chance... Faol aber lief blind in dieses Inferno hinein und hatte keinen anderen Gedanken, als seinen Vater zu retten. Er sprang über brennende und qualmende Holzbalken, durch Feuerwände und war sicher, die richtige Richtung eingeschlagen zu haben. Dann kam er auf einmal nicht weiter und war eingeschlossen von Feuer und Rauch. Die Hitze versengte ihm die Haare und nahm ihm den Atem. Dies war ein Element zu dem es keine Prüfung gegeben hatte! Aber Faol war wie von Sinnen und nahm mit keiner Faser wahr, dass er sich in höchster Lebensgefahr befand. Die Flammen schlossen ihn unerbittlich immer enger ein und schlagartig wurde ihm bewusst, dass sich hier ein Wunder ereignen musste, wenn er dieses Flammenmeer überleben wollte. Er breitete seine Arme aus und wandte das Gesicht in den Himmel, der nicht mehr zu sehen war: „Gott des Feuers und es Himmels, ich bitte Dich um Gnade für alle, die hier um ihr Leben kämpfen. Teile mir meine Aufgabe zu und ich will sie erfüllen!" Tränen standen ihm in den Augen, teils wegen des beißenden Rauches, teils in der Gewissheit, hier kein Leben mehr retten zu können.

Er konnte nicht sehen, was über ihm geschah aber er wusste es. Er hörte ein alles übertönendes Grollen und spürte die Macht, die hinter dem Grollen lag. Er wusste, dass es Wasser war, ein Element, das sich mit Freude ein Duell mit dem Feuer lieferte. Für die Menschen war beides gleich tödlich oder lebensrettend. Er spürte die Wassermassen anrollen und sah gleichzeitig, dass der Feuerring um ihn herum immer bedrohlicher näher kam.

Immer noch stand er mit weit ausgebreiteten Armen da, als ein Rauschen und ein großer Schatten sich über ihm bewegte und auf ihn zu schwebte. „Faol", rief Lolairs Stimme ihn, „bitte, komm mit mir, greif zu, ich trage Dich in Sicherheit!" Und Faol reckte beide Hände über den Kopf um sich an Lolairs Adlerkrallen festzuhalten und sich von ihr in die Luft heben zu lassen.

Entsetzt sah er von oben das Ausmaß dieses schrecklichen Unfalls. Überall liefen Menschen um ihr Leben, sie weinten und schrien und lagen sich in den Armen oder betrauerten ihre Toten.

Dann rollte eine riesige schlammige Lawine über das ganze Gebiet und löschte die Feuersbrunst. Aber sie riss auch alles mit, was sich ihr in den Weg stellte. Hilflos sahen Faol und Lolair, wie Bäume entwurzelt, verkohlte Balken, die Transportwagen des Bergwerks, kleinere Werkzeuge aber auch Menschen hilflos in den schlammigen Fluten trieben und den Hang hinunter stürzten. Der ganze Schwall ergoss sich in den See.

Auf einem Hügel seitlich des Unglücksortes setzte Lolair Faol ab und landete erschöpft neben ihrem Mann. Sie saßen nebeneinander auf einem Steinplateau, nahmen sich in die Arme und beobachteten geschockt die Geschehnisse in der Steilwand über dem See. Wie konnte dies geschehen? Woher kamen plötzlich diese Wassermassen aus dem Berg? Ihre friedliche Welt wurde auf einen Schlag zerstört. Und sie konnten nichts tun. Faol hatte es nicht geschafft, Tanor zu retten, er wußte einfach, dass sein Vater tot war. Tanor hatte sein Leben verloren, um andere zu retten. Aber auch diese Menschen waren tot! Das Feuer hatte alle unter sich begraben. Er stand auf und wollte sofort wieder zum Stollenschacht. Lolair hielt ihn sanft fest und versuchte, ihn zu beruhigen, damit er nichts Unüberlegtes tat. „Faol, bitte, wir können dort jetzt nichts tun. Lass uns hier die Nacht verbringen und morgen nachsehen, wo wir noch hilfreich sein können. Ins Dorf zu gehen schaffen wir jetzt nicht mehr. Der Wald wird uns ein Nachtlager bieten, und dann sehen wir klarer." Faol wäre am Liebsten sofort wieder herübergelaufen zum

Brand, oder dem, was Feuer und Wasser übrig gelassen hatten, wusste aber, in welche Gefahr er sich damit gebracht hätte. Er war sich auch seiner Verantwortung für Lolair bewusst und versuchte, seine Gedanken zu ordnen. „Lolair, Tanor ist da unten und ich weiß nicht, ob ich ihm vielleicht noch helfen kann...", begann er mit Verzweiflung in der Stimme, doch Lolair unterbrach ihn sanft: „Doch Faol, mein Wolf, Du weißt es..."

Der Wald bot den beiden ein weiches Blätterlager und schützte sie mit herabhängenden Zweigen. Der Wald stellte keine lästigen Fragen. Er hatte selber Freunde und Weggefährten verloren, so viele Bäume waren verbrannt oder würden Jahre brauchen, um sich zu regenerieren. Der Wald trauerte mit den beiden und verstand.

Der Morgen war klar und freundlich, aber ein durchdringender Geruch nach Feuer und Verbranntem lag in der Luft. Sie liefen den Hang hinunter und begannen den steilen Aufstieg zum Salzbergwerk hinauf, kamen aber nur langsam voran. Es gab keinen Weg mehr, die Schlammlawine hatte diesen einfach weggespült. Eine breite graue matschige Schneise war übrig geblieben und gab schon von unten her den Blick auf die Überreste der Stolleneingänge frei.

Überall begegneten sie auf ihrem Weg weinenden Frauen und Kindern, sie sahen auch Tote liegen, die es offensichtlich nicht weiter geschafft hatten. Bis zum Eingang der Stollen war es nicht mehr weit. Dort angekommen, bot sich ihnen ein Bild der absoluten Zerstörung. Kleine Rauchsäulen stiegen überall empor und entfachten neue kleinere Feuer. Die Luft war grau und sie konnten nur durch Schwaden hindurch sehen, welche Zerstörung das Feuer angerichtet hatte.

Dort, wo Faol und Lolair gestern noch verzweifelt versuchten, den Verletzten zu helfen, war nichts mehr! Nichts!

Die Eingänge zu den Stollen wirkten wie große leere Augenhöhlen im Berg, die sie anklagend anstarrten. Das Holzhaus mit dem großen Dach, die umstehenden Bäume, alles darum herum war einfach weg. Das Wasser hatte alles mitgerissen. Faol und Lolair begaben sich nun auf die Suche nach etwaigen Überlebenden und liefen die Ränder der breiten Schneise ab. Immer tiefer kamen sie ins Tal und immer näher dem Seeufer, aber sie fanden weder Verletzte noch Tote. Es war unheimlich, dieses gespenstische Gebiet abzulaufen, das gestern noch gesunder grüner Wald war. Falls Tiere überlebt hatten, so zeigten sie sich nicht.

Faols Gedanken kreisten darum, ob er Tanor finden würde. Er befürchtete, dass er tot war aber glauben konnte er es nicht. Unsicher sah er nach rechts und links und fürchtete sich vor dem, was er sehen könnte. Lolair ging ein wenig in den Wald hinein, der noch seitlich der Schlammschneise stehen geblieben war, weil sie meinte, ein Geräusch zu hören. Als sie den Lauten näher kam, fand sie ein Reh, das sich an eine tote Frau geschmiegt hatte und leise trauerte. Lolair kamen die Tränen über dieses rührende Bild und rief leise nach Faol.

Als dieser an der Stelle ankam, blieb er entsetzt stehen, starrte auf das Bild und konnte seine Tränen nicht zurückhalten. Sichtlich geschockt ließ er sich neben der Frau und dem Reh auf die Knie fallen und legte eine Hand auf die Stirn der toten Frau und die andere auf den Rücken des Rehs.

„Guiwa...", flüsterte er und sah sie durch einen Tränenschleier an. „Aber das kann nicht sein! Was machst Du hier? Warum bist Du nicht im Dorf?" Aber er wußte, was passiert war. Guiwa war losgelaufen, als die Nachricht vom Unglück im Salzbergwerk kam, um nach Tanor zu sehen. Dann hatte die Lawine sie erfasst und mitgerissen. Ob sie Tanor noch gefunden hatte? „Und Du, Reh", sagte Faol, „Du bist es, Fran? Kommst Du sie holen in Dein Reich?" Das Reh nickte traurig. „Ich habe gespürt, dass es im Berg rumort aber ich war zu spät! Es ging so rasend schnell, ich habe sie so gefunden." „Hast Du Tanor auch gefunden?" fragte Faol müde und wusste die Antwort. Wortlos erhob sich Fran und stakste voran, Lolair und Faol folgten ihm.

Etwas weiter unterhalb fanden sie Tanor, den ein Baum gehindert hatte, noch tiefer hinunter gespült zu werden. Tanor lag, als ob der Baum ihn mit seinen Wurzeln in die Arme genommen hätte. Friedlich sah er aus, als ob er nur schliefe. Traurig und erschöpft sah Faol an dem Baum hoch und ein Schauder lief ihm den Rücken hinunter. „Blütenesche, mein Häuptlingsbaum! Du hast ihn aufgenommen in Deinen starken Wurzelarmen! Dafür danke ich Dir. So führst Du uns alle wieder zusammen und läßt mich meine Eltern in ihr neues Leben geleiten!" Die Blütenesche neigte kurz ihre Blätterkrone und raunte : „Faol, mein kleiner Hruza, ich werde mein Baumleben lang auf Dich und Deine Familie aufpassen! Guiwa und Tanor konnte ich nicht retten, aber auf Fran werde ich achten. Er ist ein guter Hüter des Waldes und hat uns schon oft vor Unglück bewahrt, weil er es vorher spürt! Ihr drei Kinder von Guiwa und Tanor hütet das Geheimnis Eurer Familie, jeder auf seine Weise. Ihr habt in diesem Eurem Leben eine ganz besondere Aufgabe! Du hast schon Deine Lebenspartnerin gefunden, mit Lolair zusammen wirst Du diese Welt verändern. Diobhail wird ihre Aufgabe noch bekommen und Fran ist es bestimmt, den Wald zu hüten." Dann schwieg die große alte Esche und gab Tanor aus ihren Wurzelarmen frei.

Sie hatten aus Holz provisorische Bahren gebaut, die sie mit den Toten darauf hinter sich her ziehen konnten. Als sie im Dorf ankamen, nahm Trombsen sie am Dorftor schweigend und traurig in Empfang und geleitete sie zu Segaris Haus.

Segari war schon da, auch er hatte sich von Genwulf und Habren hastig verabschiedet und auf den Weg in sein Dorf gemacht. Er trat vor die Tür seines Hauses, nickte kurz allen zu und begann sofort mit dem Totenritual für Guiwa und Tanor.

Einige Männer aus dem Dorf hatten schon die Grabhöhle der Familie geöffnet, um dem Ehepaar einen gemeinsamen Start in ihr neues Leben zu ermöglichen. Faol war nun Druide und übernahm die Zeremonie am Grabplatz selber, so schwer es ihm fiel. Guiwas Geschichten fielen ihm dauernd wieder ein. Er sah sich als kleinen Jungen bei ihr sitzen, während sie Geselchtes kochte und hörte jedes Wort ihrer

Erzählung. „Dann sind sie eigentlich gar nicht tot?", hörte er sich mit Kinderstimme fragen. „Genau", antwortete Guiwa, „sie gehen nur in ein neues anderes Leben ..."

Wie neugierig war Faol als Kind immer gewesen, wenn Segari für einen gestorbenen Dorfbewohner das Totenritual vollzog. Nun war er selber derjenige, der mit wiegenden Schritten singend hinter den beiden Bahren seiner Eltern ging. Er konnte die rituellen Gesänge, Bewegungen, Beschwörungen und Segnungen inzwischen perfekt, er hatte mit Genwulf viele solche Zeremonien begleitet. Nie hätte er jedoch gedacht, dass er die erste Zeremonie als geweihter Druide für seine eigenen Eltern vollziehen musste.

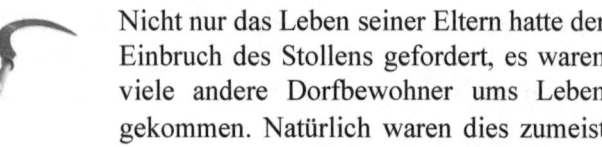 Nicht nur das Leben seiner Eltern hatte der Einbruch des Stollens gefordert, es waren viele andere Dorfbewohner ums Leben gekommen. Natürlich waren dies zumeist die Männer und Familienväter. Nun war die Not groß bei den zurück bleibenden Müttern mit Kindern. Für viele Frauen bedeutete das, dass sie das Dorf verlassen mussten um sich bei einem der Lehnherren zu verdingen. Dann lebten diese Familien auf dem Hof des Eigners und sie mussten für ihn arbeiten, um zu überleben. In diesem Moment waren alle mit ihren eigenen Sorgen beschäftigt.

Segari hatte in und um sein Haus herum eine Art Lazarett aufgebaut mit provisorischen Liegen für die Verletzten, die nun stetig gebracht wurden und sich teilweise auch selber herbeischleppten. Segari hatte alle Hände voll zu tun, um sie zu versorgen. Er fragte die Männer, wie das Unglück passiert sei, aber keiner konnte es sich erklären. Alle berichteten aber, ein Grollen und lautes Rauschen sei dem Knall vorausgegangen, der letztlich den Stollen zum Einsturz gebracht hatte. Das alles sei so schnell gegangen, dass viele gar nicht reagieren konnten und wohl im Berg geblieben waren. Das Feuer war vermutlich durch die Fackeln entstanden, die innerhalb der Stollen an den Wänden steckten und das trockene umherfliegende Holz entzündet hatten. Aber keiner konnte sich das viele Wasser erklären und die Wucht, die es hatte, um den gesamten Stollen zu unterspülen und alles mitzureißen, was ihm im Weg war.

In den nächsten Tagen hatten Segari, Faol und Lolair Tag und Nacht Arbeit, die sie aber auch wohltuend ablenkte. Sie wechselten Verbände, wuschen die blutigen Leinenstreifen aus, die als Verbände gebraucht worden waren und trockneten sie im Rauch der Feuerstellen in den Wohnhäusern. Faol achtete streng darauf, dass keine schmutzigen Leinenstreifen auf offene Wunden kamen. Segari verstand schnell, warum Faol darauf bestand. Faol war stolz, dass Segari ihm die Führung überließ und gleichzeitig beruhigt, dass Segari da war. Auch Lolair arbeitete ruhig und fleißig mit. Die Tage und Nächte nach dem Einbruch des Stollens waren geprägt vom Versorgen der Verletzten, aber auch von Trost für die Hinterbliebenen.

Nach einiger Zeit regte sich jedoch auch ein immer offenerer Unmut beim Rest der Dorfbewohner. Sie forderten zu wissen, was denn überhaupt im Stollen passiert war. Die Lehnsherren, die den Stollen betrieben, hatten sich in keiner Weise um die Menschen gekümmert, die dieses Unglück am meisten traf. Der Salzabbau war zum Erliegen gekommen, damit natürlich auch die Einkommensquelle der Dorfbewohner und auch die der umliegenden Dörfer. Die ganze Region war betroffen.

Eine Frau mit fünf Kindern kam täglich zu Segari und Faol und fragte immer wieder nach dem Geschehen im Berg. Die Druiden kämpften um das Leben ihres Mannes, den sie eingeklemmt zwischen zwei Felsbrocken gefunden hatten. Er hatte beide Beine verloren und fiel damit als Versorger der Familie aus.

Er konnte sich nicht erinnern, wie er zwischen die Felsen geraten war.

Auch die Druiden konnten sich nicht erklären, was da passiert war. Segari beschloss, dass er zu den Besitzern der Salzmine gehen und sich erkundigen wollte. Faol bot an, ihn zu begleiten. Lolair würde bei den Verletzten bleiben und sie mit Hilfe der anderen im Dorf versorgen. „Achte darauf, dass die offenen Verletzungen nicht schmutzig werden", bat Faol seine Frau eindringlich und nahm sie zum Abschied zärtlich in die Arme. „Keine Angst", lächelte Lolair, „ich passe auf und werde genauso streng sein wie Du! Bringt uns Neuigkeiten mit, damit wir endlich Klarheit haben und Frieden finden können. Und kommt bald wieder."

Der alte und der junge Druide gingen morgens los und schlugen den Weg zur Salzmine ein. Sie hatten im Dorf gehört, dass die Lehnsherren und Mineneigner mit Aufräumarbeiten beschäftigt wären. „Eigentlich kann ich mir nicht vorstellen, dass die Herren selber Hand anlegen…", meinte Faol und auch Segari wiegte ratlos den Kopf.

Sie gingen einige Stunden, weil die Wege zum Salzbergwerk, die sie jahrelang gegangen waren, weggeschwemmt wurden. Sie mußten sich Umwege suchen, um Felsen herum klettern, die vorher dort nie gelegen hatten und Bäume umrunden oder übersteigen, die das Wasser dort hin gespült hatte. Der ganze Wald sah aus, als hätte ein Riese ihn mit einigen wenigen Schritten komplett herumgedreht. Die Männer waren entsetzt über das Ausmaß und kämpften sich weiter in Richtung Mine. Schon von weitem hörten sie Hammerschläge und laute Rufe von Arbeitern.

Als sie in Sichtweite kamen, blieben sie entsetzt am Waldrand stehen. Ihnen bot sich ein Bild völliger Zerstörung. Segari und Faol standen auf einer riesigen Lichtung, die früher dicht bewaldet war. Der Boden war eine schlammige graue Masse und am Ende der Lichtung taten sich die beiden Einstiege zu den ehemaligen Stollen auf. Dieses Bild hatte Faol noch vor Augen, hier hatte er Tanor das letzte Mal lebend gesehen.

Eine Handvoll Männer mühte sich schwerfällig damit ab, mit Hilfe von Ochsen Baumstämme und herumliegendes Gerät zur Seite zu räumen. Die Tiere und Menschen sanken knietief in der schlammigen Erde ein und kamen kaum vorwärts. Einer der Minenleiter stand auf einem Felsen oberhalb der Schlammmasse und kommandierte lautstark die Arbeiter.

„Schau mal", zeigte Segari, „da fließt ja immer noch Wasser die Felsen herunter. Der Platz hätte längst getrocknet sein müssen, es hat seit Tagen nicht geregnet! Wo kommt das Wasser her? Dadurch ist die Katastrophe ja viel schlimmer geworden. Am Anfang hatte es ja gebrannt und dann kam diese Wasserflut!" „Komm", sagte Faol, „lass uns mal weiter hochsteigen, ich will sehen, wo die Quelle ist. Wir kennen diese Gegend doch unser Leben lang, wo kommt das Wasser her?"

Sie gingen durch den Schutz des Waldes um die Lichtung herum, damit die Männer sie nicht bemerkten. Dann ging ihr Weg oberhalb der Mine steil bergauf weiter. Auch hier hatte sich das Wasser eine breite Schneise durch den vorher dichten Wald gespült. Sie gingen am Rande der Schneise entlang in der Hoffnung an deren Ende auf die Ursache des Unglücks zu stoßen. Sie stiegen den ganzen Tag immer weiter bergauf, ohne dass sich die Schneise veränderte. Am Abend, als es schon dämmerte standen sie vor einer riesigen Felswand, die senkrecht und bedrohlich vor ihnen aufragte. „Wir schaffen es heute nicht mehr zurück ins Dorf. Lass uns hier irgendwo unser Nachtlager aufschlagen", meinte Faol und sah sich suchend nach einer geschützten Stelle am Berg um. Etwas weiter nach rechts fanden die Männer einen schmalen Gang, der schlauchartig in den Felsen hinein ging und in einer großen, sehr hohen Höhle mündete. Der Innenraum der Höhle stand knietief unter Wasser, die Ränder bestanden aus glattem Stein. Viel höher an den Rändern hatte sich ein gut sichtbarer Streifen in den Fels gefressen. Die beiden sahen gut, dass in dieser Höhle das Wasser mal wesentlich höher gestanden hatte. Mindestens viermal so hoch, wie Faol groß war! War dies einfach ein See in einer Höhle gewesen? Aber wie wurde er gespeist? Irgendwo musste doch das Wasser her kommen. Plötzlich nahmen beide gleichzeitig eine Bewegung im Wasser wahr! Aber dort konnte doch nichts leben! Oder doch?

Die Wasserbewegung wurde immer stärker und bildete auf der Oberfläche große wirbelnde Luftblasen, die schließlich den gesamten verbliebenen See in eine blubbernde Masse verwandelten. Fasziniert sahen Segari und Faol von ihrem sicheren

Felsenplateau aus zu, was dieses Schauspiel ihnen noch zu bieten hatte. Es sah so aus, als ob der See sich füllte und der Wasserstand stieg! „Weg hier", schrie Faol plötzlich und beide begannen den Weg durch den Schlauch zurück zu laufen. „Das Wasser kommt hinter uns her!", keuchte Segari entsetzt und beide sahen über die Schulter zurück und rannten um ihr Leben, um den hinter ihnen schnell anrollenden und anschwellenden Wassermassen zu entkommen. Sie mussten am Ende des Tunnels schon durch Wasser, das ihre Füße erreicht hatte rennen, wandten sich schnell nach rechts, als sie den Ausgang erreicht hatten und liefen so schnell sie konnten außen am Felsen weiter. Als sie sich in Sicherheit glaubten, hielten sie keuchend an und drehten sich um.

Mit einem tosenden Wasserstrahl schleuderte der Berg Felsen und Geröll aus dem Tunnel heraus und stürzte ins Tal hinunter, durch die Schneise, an der entlang die Druiden gerade gekommen waren und verbreitete die Schneise noch einmal! Es war ein donnernder Lärm und ein Grollen in der Luft, so wie die geretteten Arbeiter es beschrieben hatten. Das Wasser schoss genau in Richtung Salzbergwerk. So musste das Unglück passiert sein. Durch die Wucht der mitgerissenen Bäume hatte sich das Wasser auf dem Platz vor dem Bergwerk gefangen und einen Strudel gebildet, bevor es weiter den Berg hinunter zum See schoss.

Entsetzt sahen sich Segari und Faol an. „Das war knapp!", flüsterte Faol und im selben Moment wurde beiden klar, dass auch die Männer, die momentan unterhalb im und am Bergwerk arbeiteten in absoluter

Lebensgefahr waren. Erstarrt setzte sich Segari auf einen Felsen und meinte müde: „Es ist zu spät, wir können nur hoffen, dass die Männer das Grollen gehört und sich in Sicherheit gebracht haben. Aber Faol, was ist das für ein See im Berg, der dort brodelt und sich plötzlich entlädt? So etwas habe ich noch nie gesehen und auch noch keine Berichte darüber gehört! Und die Geschwindigkeit, mit der der Wasserstand stieg und das Wasser in den engen Kanal drängte...!" Segari war fassungslos, dass es etwas gab, das er so noch nie gesehen oder erlebt hatte. Und dass beide in einer solchen Lebensgefahr gewesen waren.

Allmählich beruhigten sie sich wieder, aber an ein Nachtlager war jetzt nicht mehr zu denken. In der Höhle konnten sie ja sowieso nicht bleiben, die Gefahr, von Wassermassen aus dem Berg geschleudert zu werden, war zu groß. „Segari", meinte Faol jetzt, „es ist vier Tage her, dass das große Unglück passierte, nicht wahr?" Segari nickte und ergänzte Faols Überlegung: „Und vier Tage hat der See im Berg sich nicht gefüllt und hat kein Wasser und Geröll gespuckt. Das Wasser hat sich unterhalb des Sees hoch gedrückt, deshalb hat es so gebrodelt. Aber warum hat es das nicht schon vorher getan?" „Wir müssen noch weiter hinauf steigen. Auf diesen Berg hier!", sagte Faol und klopfte mit der flachen Hand an die glatte Felswand. Entschlossen sahen sie sich an und nickten.

Es war inzwischen dunkel geworden und nun wurde es wirklich Zeit, sich ein Lager zu suchen. Sie gingen wieder etwas zurück, um an den Waldrand zu gelangen, der ihnen mehr Schutz zu bieten schien, als die nackten Felsen des aufragenden Berges. Sie stiegen im Wald noch ein paar Baumreihen höher als das Wasser gekommen war. Hier fühlten sie sich wenigstens vor dem Wasser sicher. Im Wald waren ja beide Druiden in ihrem Element. Sie blieben stehen, als zwei funkelnde Augen auf sie gerichtet waren und ihnen offensichtlich den Weg versperrten. Faol sank auf die Knie und legte ehrfürchtig seinen Druidenstab quer vor sich auf den Boden. Es war inzwischen so dunkel, dass nur ein bißchen Mondlicht den Wald durchdrang. Aber Faol und Segari wußten, mit wem sie es gerade zu tun hatten. Ein riesiger Wolf saß würdevoll mitten auf dem Weg und Faol wagte es, ihn anzusprechen: „Ich bin zutiefst berührt, Dich hier zu treffen! Du bist mein Leittier, ich begebe mich und meinen Freund Segari in Deine Obhut für diese Nacht. Es ist mir eine Ehre, Dir zu dienen." „Faol, Du bist ein willkommener Gast in meinem Wald und ich bitte Dich und Deinen Freund, mir zu unserem Lager zu folgen. Euch wird nichts geschehen!", erwiderte der Wolf mit schnarrender, geheimnisvoller Stimme. Damit drehte er sich um und lief voraus. Faol spürte die innere Nähe zu diesem Tier und seine wölfischen Fähigkeiten kamen wieder in seinen Geist.

Er merkte, wie sein Blick sich veränderte und er plötzlich genau sehen konnte, wohin er trat. Das war genau die Wandlung, die er durchlebt hatte, als ihn die Nachricht vom Unglück im Salzbergwerk erreichte und er rasend schnell durch den Wald gejagt war. Nur so hatte er den weiten Weg in kürzester Zeit zurück legen können. Sein Blickfeld erweiterte sich und er nahm jede kleine Bewegung des Waldes um sich herum deutlich wahr. Er hatte das Gefühl, als würden seine Augen ihm den Weg leuchten und er wunderte sich darüber, dass Segari unsicher neben ihm her lief. Faol wusste sofort, wohin der Wolf sie beide führte, er kannte das Nachtlager des Rudels. Auch Segari kannte den Weg instinktiv, hatte aber nicht die Gabe des Sehens wie ein Wolf.

Sie kamen an einen kleinen Platz, der von Laubbäumen umstanden war. An jedem Baum hatte sich ein Wolfsrudel Schlafplätze geschaffen und viele drängten sich aneinander, um sich zu wärmen. Auch der Leitwolf legte sich unter herabhängende Zweige eines Baumes, aber so, dass er noch das Umfeld beobachten konnte. Er lud die Männer ein, sich zu ihm zu gesellen. Die beiden waren erschöpft und ließen sich in der Nähe des Wolfes nieder und waren überrascht, wie viel Wärme von ihm ausging. Segari wurde von seiner Müdigkeit übermannt und schlief an den Baum gelehnt ein. Faol konnte nicht schlafen, er fühlte sich wie ein Nachttier. Er aß etwas aus seinen Vorräten, der alte Wolf beobachtete ihn genau. Faol sprach ihn an: „Weißt Du, was uns heute am Berg passiert ist?" „Natürlich", meinte der Wolf und sprach weiter: „Der Bergsee ist wieder ausgebrochen. Genau wie vor ein paar Tagen, als das ganze Tal weggerissen wurde." „Genau", meinte Faol, der jetzt wieder hellwach war, „aber was passiert da? Wir haben im Berg beobachtet, wie der Wasserstand rasend schnell anstieg und wären beinahe selber mit dem Schwall herausgespült worden. Wo kommt das Wasser her? Wir wollen morgen noch weiter hinauf steigen, vielleicht finden wir ja die Quelle des Wassers." „Warst

Du schon einmal oben auf diesem Berg?", fragte der Wolf freundlich. „Nein, so hoch war ich noch nie. Das heißt..." Faol zögerte, „ich bin mal darüber hinweg geflogen, als ich ein Seeadler war… aber ich kann mich nicht erinnern, was dort war. Ich war zu sehr mit Fliegen beschäftigt." „Versuche, Deine Erinnerung zurück zu holen! Warst Du allein? Nein? Lolair war bei Dir, und wer noch?", fragte der Wolf nun eindringlich und seine glühenden Augen schienen in Faol eindringen zu wollen. Faols Augen wanderten wie gesteuert zum schlafenden Segari.

Plötzlich wurde ihm klar, dass Segari doch als Adler sehen können musste, was dort oben war!

„Du weißt es, nicht wahr?" Dies war mehr eine Feststellung als eine Frage an den alten Wolf. Dieser nickte leise und legte sich gemütlich in seine Schlafkuhle im Waldboden. Er schloß seine glühenden Augen und fiel in zufriedenen Schlaf.

Faol dachte noch über dieses Gespräch nach und sah dabei Segari beim Schlafen zu. Im Geiste sah Faol Segari seine Schwingen ausbreiten und beobachtete, wie der mächtige Adler sich immer höher in die Bergwelt schraubte. Sein stechender Adlerblick erfasste alles, was unter ihm war und Faol wurde klar, was der nächste Tag bringen würde.

 Am nächsten Morgen waren die Wölfe schon weiter gewandert. Segari und Faol aßen ein paar getrocknete Beeren und tranken Wasser aus den ledernen Trinkschläuchen. Segari meinte: „Ich hatte heute Nacht einen interessanten Traum. Du kamst auch drin vor." Faol musste lächeln, er meinte den Traum seines Freundes zu kennen. „Und?", meinte Faol, „bist Du geflogen?" „Ja mein Freund, bin ich. Weit über die Berge, die wir heute erklettern wollten. Ich war so hoch wie noch nie vorher. Ich habe riesige Schneefelder gesehen und Eis, ewiges Eis! Es ist weit weg von hier und unglaublich hoch. Die Schneefelder scheinen ins Tal zu wachsen und dort, wo es wärmer wird schmilzt das Eis. Dann rinnt es in kleinen Bächen die Berge hinunter, durch die Wälder und Lichtungen. Es werden kleine Flüsse daraus, die in manchen Tälern zu Seen geworden sind. Sind die Täler mit Wasser gefüllt, laufen die Seen über und das Wasser sucht sich seinen Weg weiter ins Tal. Ich bin die ganze Strecke entlang geflogen und plötzlich war das Wasser weg! Ich konnte keinen Ablauf mehr finden!" Atemlos hatte Faol ihm zugehört und in Gedanken den nächtlichen Flug im Traum nachvollzogen. „Wenn das viele Wasser, das einen ganzen See füllen kann plötzlich einfach weg ist, dann hat es sich einen anderen Weg gesucht!", meinte er aufgeregt. „Wir müssen dorthin! An die Stelle, an der das Wasser nicht wieder auftaucht! Komm Segari, gehen wir los!" Segari musste über den Eifer seines jungen Freundes lächeln. „Warte ab!", meinte er, „es ist weit bis zu der Stelle, wir könnten Tage unterwegs sein." „Segari",

sagte Faol ernst, „Du bist der Seeadler, ich der Wolf, wir können viel schneller sein, das wissen wir doch. Lass uns unsere Kräfte nutzen! Führe meinen Weg auf vier schnellen Wolfstatzen, sei mein Auge mit dem Blick von oben! Nur so können herausfinden, was den Stollen zum Einsturz gebracht hat! Das bin ich meinen Eltern schuldig!" „Ja Faol, das machen wir! Bündele Deine Wolfskraft, ich leite Deinen Weg aus der Luft!" Und die beiden machten sich auf den Weg, Faol in rasender Geschwindigkeit durch den Wald und über Schotterpisten und Lichtungen, die im beginnenden Frühling zaghaft wieder grünten. Und Segari schwang sich als Adler würdevoll über die Hügel und Berge und ersetzte Faol die Augen, damit auch er sehen konnte, was der Adler sah! Faol war fasziniert von der Kombination, am Boden schnell zu sein wie kein anderer und gleichzeitig aus der Vogelperspektive heraus zu sehen, wie die Welt von oben aussah! Und was er sah, war genau das, was Segari ihn aus seinem Traum erzählt hatte. Sie fanden die Stelle, an das Wasser verschwand und dort trafen sich Seeadler und Wolf. Sie standen in einem kleinen Tal, hoch ragten die Felsen um sie herum auf. Eine Schlucht tat sich vor ihnen auf, die das Wasser dort unten in die Tiefe hineingeschliffen hatte. Tosend stürzten sich die Wassermassen in die Tiefe der Schlucht, um sich dort sprudelnd in einem Wasserloch zu sammeln. Aber das Loch wurde nicht voller und die beiden waren neugierig, wo es hin floss. Die Schlucht war zu schmal und zu tief für die breiten Schwingen des Adlers. So beschlossen die Druiden, in die Schlucht hinab zu steigen. Sie kletterten vorsichtig die steilen

Felswände hinab und je tiefer sie kamen, desto bedrohlicher kam ihnen der hinabstürzende Wasserfall vor. Es war ein ohrenbetäubender Lärm, sie konnten sich nicht mehr verständigen. Durch die Gischt waren sie beide völlig durchnässt. Aber sie kamen schließlich unten an. Das Wasserloch, das sie von oben gesehen hatten war größer als sie gedacht hatten. Je weiter die Männer sich vom Wasserfall entfernten, desto ruhiger wurde das Wasser und Segari und Faol konnten am Rand des Wasserloches entlang gehen. Sie folgten dem Weg des Wassers, es war eindeutig eine Fließrichtung vom Wasserfall weg zu erkennen. Schließlich entwickelte sich in einer ausgewaschenen Felsrinne ein kleiner Fluss, der sich weiter durch die Schlucht schlängelte. Vor einem riesigen Felsen, der dem Wasser den Weg versperrte, bog der Fluss in eine Öffnung im Berg ein. Das war die Lösung des Rätsels. Das Wasser floss unterirdisch weiter!

Sollten sie sich wirklich dort hinein trauen und sich eventuell der gleichen Gefahr aussetzen wie gestern? Wenn sie dem Fluss jetzt in den Berg folgten, würden sie vermutlich herausbekommen, was dieses Natur-schauspiel mit dem Zusammenbruch des Stollens zu tun hatte. Oder ob sie auf einem ganz falschen Weg waren...

Faol war voller Tatendrang und wollte unbedingt dem Wasser folgen. Segari stöhnte: „Faol, weißt Du eigentlich, wie alt ich bin? Solche Abenteuer sind nichts mehr für mich…!" Aber Faol lachte und strich sich eine nasse Haarsträhne aus dem Gesicht. „Gerade eben bist Du noch elegant durch die Lüfte geschwebt! Und geschickt wie eine Gemse die Schlucht herunter geklettert! Lass uns zusammen in den Berg gehen, zumindest so weit wie wir gefahrlos kommen."

Also gingen sie los und folgten dem Wasserlauf in den Berg. Ein bißchen Tageslicht kam noch durch den Höhleneingang, später orientierten sie sich am Gluckern des Wassers. Je dunkler es wurde, desto besser begannen Faols Wolfsaugen zu sehen. Er beleuchtete mit seinen Augen für Segari den unwegsamen Pfad. Sie kletterten über große Felsen und mussten auch zeitweise durch das kalte Wasser waten, weil es keinen Durchgang gab. So kämpften sie sich weiter. Auf einmal stellten sie fest, dass das Wasser sich immer öfter seitlich einen neuen kleinen Kanal suchte und damit die Wassermassen im Hauptstrom reduzierten. Der Fluss wurde immer kleiner und schließlich zu einem kleinen Bach. Der Felsen schien hier poröser zu sein als am Beginn des Weges. Die Druiden nahmen immer deutlicher ein gurgelndes Geräusch war, dem sie immer näher kamen. Schließlich fiel eindeutig Tageslicht in die Höhle mit dem unterirdischen kleinen Flüsschen. Auf einmal blieb Faol abrupt stehen und hielt Segari mit dem ausgestreckten Arm zurück. Sie standen auf einer Abbruchkante mitten im Berg! Hier ging es unglaublich tief herunter! Als sie einen Blick hinunter riskierten, stockte ihnen der Atem. Sie sahen mitten hinein in den Stollen des Salzbergwerks! Ein riesiges Loch klaffte über der ehemaligen großen Halle des Bergwerks und an dessen Rand standen jetzt die beiden Männer und trauten ihren Augen nicht. Unten herrschte das Chaos: der Boden war übersät mit riesigen Felsbrocken, Geröll und abgerissenen Ästen.

Kreuz und quer lagen Werkzeuge. Die hölzernen Ziehwagen zum Transportieren der Salzblöcke lagen zerschmettert und verstreut herum. Auch ein paar leblose Körper konnten die beiden von oben ausmachen. Die Wände der großen Halle, die einst weiß und glänzend vor lauter Salz leuchteten, waren nun grau und stumpf und schmutzig. Ein größer werdendes Rinnsal Wasser schlängelte sich seitlich der beiden entsetzten Männer über die Abbruchkante und kam laut in der Tiefe auf, um dann in einer kleinen Rinne weiter zu fließen. Vorsichtig suchten Segari und Faol den Rand des Kraters ab, an dem sie standen. Sie wollten nach unten klettern und dem Fluss des Wassers folgen. Über glitschige Steine und schmutziggraue Salzblöcke stiegen sie vorsichtig in die Salzhalle ab. Je näher sie kamen, desto besser konnten sie sich vorstellen, was hier passiert sein musste.

Bestimmt floss hier schon seit Anbeginn aller Zeiten ein unterirdischer Fluss. Aber sein Weg führte über das Dach der großen Salzhalle. Nun war die Zeit der Schneeschmelze und die Menschen hatten die Halle immer weiter ausgehöhlt und die Wände damit immer dünner werden lassen. Die Decke konnte die nun von oben anrollenden Wassermassen nicht mehr tragen und brach zusammen. So ähnlich wird es auch gewesen sein, als am Tag vorher das Wasser in den See im Felsen von unten hochgedrückt wurde und sich dann durch den engen Kanal seinen Weg brach. Wenn das Wasser nach der Schmelze wieder seine normale Menge hatte, ging alles gut. Aber jetzt hatte das Dach dem Gewicht des Wassers nicht mehr standgehalten und das Dach der Halle einbrechen lassen. Es spülte alles, was sich ihm in den Weg stellte mit hinaus bis hinunter durch den Wald in den großen See! Das war das Grollen und Rauschen gewesen, das die Menschen gehört hatten. Und mit Wasser hatten sie nicht gerechnet! „Und deshalb fließt auch immer noch Wasser aus dem Stollen. Der Vorplatz war ja immer noch schlammig und noch nicht abgetrocknet, obwohl es nicht geregnet hatte!", beendete Faol die Beobachtungen. Segari wandte jetzt ein: „Faol, wir müssen irgendwie hier herauskommen. Und zwar, bevor eine neue Wasserflut kommt! Lass uns dem Wasserlauf folgen, es fließt bergab, vielleicht findet es ja einen Ausgang!"

Es wurde ein trauriger Weg. Überall lagen tote Männer, teilweise hatten sie ihr Werkzeug noch in der Hand. Alle waren vom Wasser herumgeschleudert worden und lagen mit verrenkten und gebrochenen Knochen im Salz! Das Wasser hatte das Salz aus dem Berg geschwemmt und den Boden in eine nasse Salzmasse verwandelt. Die Druiden segneten jeden Toten und gaben ihm gute Wünsche und meist ihr Werkzeug mit auf den Weg in die Unterwelt. So hatten sie wenigstens einen Chance auf einen Neustart im neuen Leben.

Aber auch die Schweinehälften, die an der Decke hingen um zu pökeln, waren mit der Decke eingebrochen und so hatten die beiden zumindest Wegzehrung. Der Weg war jetzt nicht mehr beschwerlich und ging stetig sanft bergab, immer an dem kleinen Rinnsal entlang. Das Wasser hatte die ehemals engen Bergwerksgänge ausgespült, so dass sie bequem gehen konnten. Manchmal knackten die Decken und Wände jedoch bedrohlich und die Männer zogen erschreckt die Köpfe ein.

Faol konnte sich noch gut daran erinnern, wie weit es gewesen war, als er als kleines Kind einmal mit Tanor in den Stollen gehen durfte. Einmal war er auch in der großen Halle gewesen! Er war völlig fasziniert von der Größe und vor allem der Höhe dieser Halle gewesen.

Aber auch jetzt als erwachsener Mann kam ihm die Höhle riesig vor! Und der Weg nach draußen kam ihm so lang vor, er war unsicher, ob sie überhaupt richtig waren. Segari bemerkte die Unsicherheit seines Freundes: „Meinst Du, wir laufen in die falsche Richtung?", fragte er. Er war nie in diesem Salzbergwerk gewesen und staunte über das Ausmaß der gesamten Anlage. „Nein, ich glaube, wir sind schon richtig hier. Aber meine Erinnerungen an die Kindheit bringen gerade die Realität durcheinander. Ich sehe dauernd die Bilder von arbeitenden Männern, die sich Kommandos zurufen und zusammen die schwere Arbeit tun. Nun sind sie tot und für ihr Salz gestorben." Schweigend gingen sie weiter und sahen schließlich Tageslicht in die Höhle einfallen. Faol war nicht überrascht als sie plötzlich auf dem großen Vorplatz des Salzbergwerks knietief im salzigen und schlammigen Morast standen und allein waren. Auch die Männer, die sie gestern bei den Aufräumarbeiten gesehen hatten, waren vermutlich mit dem Ausbruch des unterirdischen Sees in die Tiefe gerissen worden und nun tot. Dies war ein gefährlicher Ort!

Jederzeit konnte eine neue Wasserflut kommen und alles mit sich reißen! Faol und Segari war klar, dass dies das endgültige Ende des Salzabbaus in der Region bedeutete....

Traurig gingen sie weiter und stiegen ins Dorf hinab. Sie sahen den See vor sich, an dessen Ufer sich ihre Heimat schmiegte und alles sah so friedlich aus. Faol beschlich das vage Gefühl, dass dies nicht mehr sein Zufluchtsort war. Seine Eltern waren tot und seine Geschwister hatten ihre Bestimmung gefunden. Er war glücklich mit Lolair, konnte aber als Druide nicht im Dorf bleiben, weil ja dort Segari lebte. Er war zwar alt, hatte aber die Gabe, seine Kräfte immer wieder zu bündeln und freizusetzen, als sei er noch ein junger Mann. Manchmal dachte Faol, Segari habe die Macht, unsterblich zu sein. Als würde Segari in seinen Kopf sehen und seine Gedanken lesen können, fragte dieser Faol: „Was werdet Ihr jetzt tun, Du und Lolair?" „Ich weiß es noch nicht. Aber wir werden uns wohl ein anderes Dorf suchen. Ich bin Druide und wollte nie etwas anderes sein. Und ich bin der Wolf! Du hast es bei meiner Weihe selbst gesagt: ich bin hier um zu lehren, mein Wissen ständig zu erweitern und weiter zu geben. Und dazu habe ich Lolair mit der Weisheit und dem Überblick des Adlers. Sie ist meine Gefährtin und wir beide sind nur gemeinsam stark! Ich bin sicher, dass wir einen guten Weg gehen werden." Segari nickte und beide schwiegen wieder. Sie wussten ja, dass sie sich wahrscheinlich in diesem Leben nicht mehr begegnen würden. Vielleicht in einem der nächsten Leben? Und wie sollten sie sich das vorstellen? Ob sie sich erkennen würden? Woran würden sie bemerken, dass sie zumindest die Seele oder einen Gedanken des anderen kennen? Dass sie zusammen schon einen weiten Weg gegangen waren?

Sie gingen gemeinsam durch das große Dorftor und sofort flog Lolair Faol um den Hals. Sie war sehr erleichtert, dass den beiden nichts passiert war. Sie waren viel länger weg geblieben, als sie gedacht hatten. Sofort fragte Faol nach den Verletzten. Lolair berichtete, dass alle noch lebten, sogar der Mann, der beide Beine verloren hatte. Die Wunden heilten gut, aber es sei schwierig, die Leinentücher immer schnell genug wieder sauber und trocken zu bekommen. Durch das Trocknen im Rauch der Feuerstellen wurde der Stoff schneller porös und riss dadurch schneller. Es gab keine Wundinfektionen aber die getrockneten Vorräte des Arschwurz' gingen zu Neige. Faol würde wohl bald die neue Ernte des Frühlings aus dem Wald holen müssen.

Nun wurden Segari, Faol und Lolair von den übrigen Dorfbewohnern umringt. Alle fragten leise und unsicher, ob die Druiden etwas herausgefunden hätten. Die beiden erzählten von ihrer Entdeckung, dass die große Halle von oben eingestürzt war, weil die Wassermassen zu schwer waren. Die Menschen waren empört und aufgebracht. Sie gaben den Lehnsherren die Schuld an dem Unglück. Diese hätten versäumt, die Halle abzustützen, wie die Arbeiter es immer wieder gefordert hatten. Die Herren aber hatten behauptet, dass der Felsen so stark sei, dass gar nichts einstürzen könne. Die Arbeiter waren davon nicht überzeugt gewesen, wussten sie doch, dass es „nur" eine Salzschicht war, die die Decke der Halle bildete und kein Fels. Schließlich hatten sie lang genug im Bergwerk gearbeitet, um das herauszufinden.

Das Schlimmste aber war, dass die Bevölkerung jetzt keine Arbeit mehr hatte. Sie würden wieder von ihren landwirtschaftlichen Erzeugnissen leben müssen und diese reichten meist gerade für den Eigenbedarf. Gerade die alleingebliebenen Frauen und Mütter hatten es jetzt schwer. Auch das Leben bei den Lehnsherren auf deren Burgen war jetzt nicht mehr gesichert. Denn auch die Lehnsherren hatten ihre Handelsware Salz verloren und mussten sich neu orientieren.

Segari versammelte das ganze Dorf in seinem großen Haus, um diese Probleme mit den Menschen zu besprechen. Er war als Dorfältester und Druide auch für das Wohlergehen seiner Mitmenschen verantwortlich. Trombsen und Balian saßen an seiner Seite und versuchten, die Menschen zu beruhigen. Die beiden sprachen die heranwachsenden jungen Männer an, die das Unglück überlebt hatten oder noch zu jung waren, um schon im Bergwerk zu arbeiten. Trombsen bot den Kräftigsten an, ihnen sein Schmiedehandwerk beizubringen. Ein junges Mädchen meldete sich und wollte gerne Schmuck herstellen und neue Fibeln gestalten. Balian meinte, er könne ja nur Brot backen, aber auch das könne er den jungen Leuten vermitteln. Ein alter Dorfbewohner, dessen Rücken fast so krumm war wie Balians, beweinte den Tod seines Sohnes im Salzbergwerk und bat um Hilfe beim Bestellen seiner Felder. Zwei Frauen suchten Hilfe, weil ihre Männer tot waren und das Holzhandwerk nun keine Nachfolger hätten. Und irgendjemand müsse ja nun die Häuser bauen...

Es war traurig und zugleich kamen so viele Wünsche und Ideen zur Sprache, wie das Dorf weiter existieren könnte. Keiner redete davon, fortzugehen. Einige jüngere Männer des Dorfes meinten, es gäbe ja noch die höher gelegenen Dammwiesen. Vielleicht könne man ja dort einen Neuanfang des Salzabbaus wagen. Dieser Vorschlag stieß auf Skepsis, wurde aber nicht verworfen.

Faol und Lolair saßen schweigend dabei und waren sehr erleichtert über den Verlauf dieser Versammlung. Sie selber betrafen diese Planungen nicht mehr, das wußten sie beide. Nur hatten sie ihre Gedanken noch nicht ausgesprochen, aber sie wußten, dass dies nicht mehr lange warten konnte. Seit ihrer Weihe hatten sie noch kaum Gelegenheit gehabt, sich über sich selber oder ihre Zukunft Gedanken zu machen. Die Zeit bei Genwulf und seiner Frau war zu intensiv aber auch zu kurz gewesen. Dann kam der Zusammenbruch des Bergwerks, die Versorgung der Verletzten und Faols und Segaris Aufbruch.

Der Tag ging zu Ende und die Bewohner waren in rege Gespräche vertieft.

Faol und Lolair hatten den Eindruck, dass sie jetzt nicht mehr gebraucht wurden und verabschiedeten sich. Sie gingen in Tanors und Guiwas Haus. Ein komisches Gefühl beschlich Faol, als er im Hauptraum stand. Er sah Guiwa vor sich am Feuertopf hantieren und hörte, wie sie ihm als kleinem Jungen die Geschichte seiner Familie erzählte. Er sah Fran, als er tot neben der Feuerstelle lag, als würde er friedlich schlafen. Er sah Tanor hereinkommen in seinem von der Feldarbeit schmutzigen Gewand, das er sich über den Kopf zog und an einen Holzbalken hängte. Kina, die johlend an Tanors Bein hing und von ihm durch den Raum getragen werden wollte.

Es war keine Trauer in ihm, er wusste, dass es allen gut ging. Es war ein Abschied von seiner Kindheit und dem Leben im Dorf. Er wunderte sich darüber, dass er doch so lange weg gewesen war, seit er als Kind zu Genwulf kam und trotzdem das Gefühl von Heimat nicht verloren hatte. Das freute ihn auch. Er dachte, es ist gut, mit friedlichem Herzen zu gehen…

 Als sie abends zusammen lagen, flüsterte Faol mit ihr: „Lolair, mir geht es nicht aus dem Kopf, was damals mit Balians Bein passiert ist. Und mit den Verletzten aus dem Salzbergwerk ging es nicht anders. Wir hatten keine einzige Wundinfektion und auch die Schwerverletzten leben alle noch und sind stabil! Ich muss irgendetwas völlig anders gemacht haben, als es eigentlich als richtig gelehrt wird. Kann es denn sein, dass diese Menschen gerettet wurden, weil ich saubere Tücher genommen habe? Oder vielleicht habe ich aus der Not heraus die richtigen Kräuter genommen? Meine Vorräte bei Balian waren ja fast aufgebraucht und weil der Winter kam, konnte ich keine Neuen besorgen. Und als Balian in meinem Dorf ankam, war der Verband vier Tage nicht gewechselt worden, das Bein aber so gut wie verheilt! Welche Kräfte waren da am Werk? Und jetzt kommen hier die Verletzten aus dem Berg an und die tiefsten Wunden heilen sauber ab. Ich muss dringend meine Arschwurzvorräte auffüllen, wenn jetzt der Frühling kommt. Und wir brauchen frisches Leinentuch. Seit wir es im Rauch der Feuerstellen trocknen, heilen die Wunden noch schneller! Was ist scheinbar so wichtig daran, sauberes Tuch zu verwenden? Oder liegt es vielleicht daran, dass die Arschwurzblätter getrocknet waren und nicht frisch? Und wenn wir sie auch über dem Rauch trocknen? Aber dann ist ja der heilende Pflanzensaft nicht mehr da und..." Lolair richtete sich halb auf und beugte sich lächelnd über ihren Mann: „Geliebter Wolf", flüsterte sie, „das wirst Du alles noch herausfinden, da bin ich sicher. Aber jetzt sollten

wir schlafen, damit wir morgen noch genauso gut helfen können, wie heute." Faol sah sie mit großen Augen an und konnte es nicht fassen! „Wie bitte?" fragte er in gespielter Empörung, „du schickst mich schlafen? Ich wälze hier alle Probleme, die mir durch den Kopf gehen und die ich extra für Dich aufbewahrt habe, um Dich nach Deiner Meinung zu fragen, und Du schickst mich schlafen!" „Also gut", lenkte Lolair schmunzelnd ein, „was musst Du noch unbedingt loswerden?"

Faol holte tief Luft und schloss die Augen. Er wußte, dass seine Idee nicht unbedingt auf die Gegenliebe seiner Frau stoßen würde, aber er musste es versuchen: „Lolair, wir haben hier keine Heimat mehr. Wir beide sind zu einem bestimmten Zweck zusammengeführt worden, das wissen wir. Ich habe den Namen des Wolfes erhalten, weil der Wolf der Lehrende ist und sein durch Erfahrung erworbenes Wissen weitergeben soll. Du bist der Adler, weil Du für den Perspektivwechsel zuständig bist und die Dinge von oben mit unglaublichem Weitblick siehst. Unsere Gaben können wir hier nicht nutzen. Wir sollten in Richtung Sonnenuntergang gehen und versuchen, eine neue Wirkungsstätte zu finden. Vielleicht braucht man uns ja als Heilkundige. Es müsste natürlich eine Gegend sein, in der auch der Arschwurz wächst", grinste er zum Schluss seines Vortrages Lolair triumphierend an. Lolair sah ihn nachdenklich an. Sie wußte, dass er Recht hatte. Sie hatten hier im Dorf keine Zukunft und auch sie war neugierig, was das Leben hinter den Bergen für sie beide vielleicht noch zu bieten hatte. Ihre Vorfahren waren jahrhundertelang umher gezogen, um ein besseres Leben zu finden, als sie vorher hatten. Sie waren meist wilde Krieger gewesen, die Angst und Schrecken verbreitet hatten. Aber inzwischen waren die Keltenstämme friedlich und seßhaft geworden. Sogar untereinander halfen sich die verschiedenen Stämme inzwischen. Das war nicht immer so. „Ich weiß, dass Du Recht hast", flüsterte sie nach einer Weile, „und wir hatten ja auch schon darüber geredet. Ich möchte morgen mit Segari darüber reden, was meinst Du?" „Das ist eine gute Idee…", meinte Faol und ihm fielen die Augen zu.

Segari war überrascht, dass es die beiden so eilig hatten, weg zu gehen. „Ich hätte gedacht, ihr müßt hier noch einiges regeln im Dorf. Die Verletzten brauchen Euch. Und Deine Vorräte an Kräutern und Tinkturen gehen auch zu Neige. Du solltest erst Neue machen. Und was wird aus dem Haus Deiner Eltern? Und dem Garten und dem Acker? Und wer soll die Kartoffelsteine weiter bewirtschaften?" Faol und Lolair mussten lachen. Segari hatte sich richtig in Rage geredet und nun musste er selber lachen. „Segari", sagte Faol, „ich gehe heute Abend in den Wald und hole neue Kräuter und sehe nach, wie weit der Arschwurz schon ist. Und das Haus? Die Familie unterhalb des Tores hat doch nur ein kleines Haus und schon wieder ein neues Kind dazu bekommen. Außerdem haben sie keine Ackerfläche zum Anbauen von Gemüse bekommen. Sie sollen unser Haus haben, dann wird es mit neuem Leben gefüllt, das würde Tanor und Guiwa gefallen. Bei dieser Familie bin ich sicher, dass der Garten und der kleine Acker sehr nützlich sein werden. Wir werden sie fragen, ob sie auch die Kartoffelsteine bewirtschaften wollen. Und die Verletzten sind bei Dir gut aufgehoben! Allen geht es wesentlich besser." „Ja, weil Lolair auf sie aufgepaßt hat! Und weil wir keine benutzten Tücher mehr verwenden durften. Wir mussten sie im Rauch der Feuerstellen trocknen! Wo hat sie nur diese Ideen her…!" Kopfschüttelnd stand Segari auf und holte drei Becher Tee an den Tisch. Lolair und Faol sahen sich grinsend an. Segari hatte längst begriffen, dass die beiden gehen würden und versuchte nun, sie noch ein bißchen bei sich zu behalten. Schweigend saßen sie nun an dem groben Holztisch in Segaris Haus, den Faol schon sein Leben lang kannte. „Wo wollt Ihr hin?", fragte Segari nun, „habt Ihr ein Ziel?" Faol und Lolair sahen sich an, dann antwortete Lolair: „Wir brauchen ein Ziel, dass unserer beider Bestimmung gerecht wird. Faol ist der Wolf des Waldes und braucht den Wald zum Leben. Seine Bestimmung ist, sein Wissen und Können weiterzugeben. Ich bin der Adler und brauche die freien Lüfte und Wasser. Wir haben gehört, dass es große Wasser gibt, die Meer genannt werden. Genwulf hat Faol davon erzählt." Faol sprach weiter: „Er hat mir oft von seinen Wanderungen erzählt und den Menschen, denen er begegnet war. Einmal traf er am Waldrand eine Gruppe Krieger. Die Männer waren erschöpft und saßen um ein Feuer herum auf einer Lichtung. Alle hatten irgendeine Verletzung. Der eine hatte ein Auge verloren, der andere eine Hand. Eine große Wunde am Bein eines Anderen wollte einfach nicht heilen und

wiederum ein anderer humpelte mit einem gebrochenen Fuß daher. Als Genwulf die Krieger
ansprach hatten sie trotz seiner Blindheit Angst vor
ihm, sie konnten sich ja nicht mehr wehren. Genwulf
bot seine Hilfe an. Er blieb ein paar Tage im Lager der
fremden Krieger und allmählich begannen die Männer
ihm zu vertrauen. Genwulf legte Wundkompressen
auf und verabreichte heilende Tränke. Dafür
versorgten die Männer ihn mit Nahrung, die Genwulf
noch nie gekostet hatte. Er kannte getrocknetes,
gepökeltes Fleisch aus den Salzhöhlen, auch waren
ihm getrocknete Obstsorten bekannt. Aber alles, was
die fremden Männer aus ihren Ledersäcken zauberten,
hatte einen eigenartigen Beigeschmack, den Genwulf
nicht deuten konnte. Die Männer ließen Genwulf
Kräuter erfühlen und schmecken, mit denen sie das
Fleisch einrieben, wenn es noch frisch war. Dann
kochten sie es in großen Kesseln über dem Feuer oder
brieten es am Spieß. Danach hielt es sich wochenlang,
blieb weich und schmeckte köstlich. Auch ganze
Fische wurden auf diese Art und Weise haltbar
gemacht und mit auf die Reise genommen. Diese
Männer waren schon seit Monaten unterwegs und
wollten nichts weiter, als in Frieden leben. Immer
wieder waren sie auf ihrer Reise überfallen und in
Kämpfe verwickelt worden und nun waren sie müde.
Genwulf war der Erste den sie trafen, der ihnen half.
Deshalb waren sie anfangs so misstrauisch gewesen.
Nun freuten sie sich, dass sie dem Helfer etwas Neues
zeigen konnten. Die Kräuter stammten aus ihrer
Heimat. Diese lag weit im Westen. Sie waren immer
nach dem Sonnenstand in Richtung Sonnenaufgang

gegangen und so in Genwulfs Wald gelandet. Das Land aus dem sie stammten, lag an einem großen wilden Wasser, sie nannten es „Meer" oder „Ozean". Sie erzählten von Wäldern, die nach den Kräutern dufteten, die Genwulf geschmeckt hatte. Und von wild zerklüfteten Klippen, an denen haushohe Wellen zerschellten. Und von Dörfern, in denen runde Häuser gebaut wurden, nicht so eckige wie die Häuser hier. Die Menschen dort kannten keine Heiler oder Druiden wie Genwulf und mich. Sie hatten alle ihre eigene Art, bei Krankheiten zu helfen. Sie waren überrascht und begeistert, wie gut Genwulfs Methoden funktionierten.

Sie erzählten, dass ihr Dorf von berittenen Kämpfern aus den Bergen angegriffen wurde. Die Männer hatten sie nicht kommen sehen, obwohl ihr Dorf auf einer Erhebung gebaut war, von der aus man einen guten Rundumblick hatte. So konnten sowohl Angreifer vom Wasser aus als auch aus dem Inland schnell erkannt werden. Am frühen Morgen des Angriffs war es neblig vom Dunst des Meeres her und die Wachen des Dorfes erkannten die Gefahr zu spät. Das Dorf wurde fast vollständig zerstört und die Männer konnten sich und ein paar andere Dorfbewohner nur mit knapper Not retten. Sie kannten sich gut aus in den Klippen hinter dem Dorf, so konnten sie sich in einer der versteckten Höhlen in Sicherheit bringen. Als die Feinde abgezogen waren, begaben sich die Männer auf die Wanderschaft Richtung Sonnenaufgang. Sie waren fest überzeugt, dass sie dort Frieden finden können."

„Und jetzt wollt Ihr in die Richtung gehen, aus der die Männer gekommen sind?", fragte Segari. Faol und Lolair nickten. „Und was wollt Ihr dort? Richtung Sonnenuntergang werden die Berge immer höher und das Eis immer dicker. Es ist dort so hoch, dass kein Baum mehr wächst und die Eiswinde wehen. Dort kommt ihr mit einem Wagen nicht durch, ihr werdet euch zu Fuß durchschlagen müssen." „Segari", sagte Faol beschwichtigend, „dort, wo diese Männer her-kamen, gab es Wälder, in den uns unbekannte Kräuter und Bäume wachsen, es gab dort reines Wasser aus Quellen und auch das große Wasser. Das Wasser dieses „Meeres" soll sehr salzig schmecken. Wie kann es sein, dass ein so unvorstellbar großes Wasser salzig schmeckt? Wir haben hier Salz aus unseren Salz-höhlen abgebaut und diese Männer erzählen uns von einem ganzen Meer aus Salz! Die Luft dort soll nach Harz und Kräutern, gemischt mit Salz riechen! Ich möchte dort lernen! Bestimmt leben dort Menschen, die auch mein und Lolairs Wissen gebrauchen können! Bitte Segari, mach es uns nicht doppelt schwer. Unsere Ahnen werden unseren Plan gutheißen!"

Nun war es Segari, der nickte. „Also werden wir heute das Abschiedsritual durchführen. Bei Sonnen-untergang auf dem Thingplatz!"

Sie feierten den Abschied mit einem Fest. Das ganze Dorf versammelte sich auf dem Thingplatz. Es wurden grobe Holztische zu einer großen Tafel zusammengetragen, Balian hatte frisches Brot gebacken, die Frauen brachten Gemüse, Met und frisch gebrautes Bier, die Männer drehten ein Schwein an einem großen Drehspieß über einem Feuer.

Es herrschte ausgelassene Stimmung, es wurde viel getrunken und trotz aller Trauer auch gelacht. Allen half die Vorstellung, dass ihre Toten nun in ein neues Leben eintreten konnten, das vielleicht sogar besser war, als das hier Verlassene. Die Toten waren irgendwie bei ihnen und feierten mit!

Aber nicht nur die Gestorbenen waren dabei, plötzlich stand Diobhail hinter Faol und Lolair und legte ihnen je eine Hand auf die Schulter. Auch Habren und Genwulf gesellten sich zu den Feiernden und nahmen an der großen Tafel Platz. Sie waren herzlich willkommen im Dorf. Habren stand auf, ging um den langen Tisch herum zu Diobhail und nahm sie in den Arm. Dann winkten sie den Barden des Dorfes heran und zusammen stimmten sie einen rituellen Gesang an, dessen Bedeutung sowohl ein Abschied, als auch ein Willkommen war. Faol und Lolair kannten natürlich beide die Bedeutung dieses Gesanges und waren verwirrt.

Gegen Ende des Liedes standen Segari und Genwulf auf, lösten Diobhail von den anderen und nahmen sie in ihre Mitte. Plötzlich waren alle ganz still und nur das Knistern des Feuers und das Rauschen des Windes im Thingbaum war zu hören. Dann hob Segari beide

Arme und hielt mit der rechten Hand Diobhails linke Hand fest. Genwulf tat es ihm gleich. Habren ging um die drei herum und legte Diobhail feierlich einen edlen, hellen, fein gewebten Umhang um die Schultern, den sie vorne mit einer goldenen, fein verzierten Fibel schloss.

Segari und Genwulf ließen Diobhail los, legten ihr, einer von links und einer von rechts beide Hände auf den Kopf und murmelten in ihren beschwörenden Gesängen rituelle Formeln. Diobhail hielt die Augen geschlossen und schien nicht mehr in der realen Welt zu sein. Es schien, als schwebe sie in der Luft und sie wirkte wunderschön und leicht und zauberhaft. Der Umhang schien mit Goldfäden gewebt zu sein, denn er leuchtete und schimmerte im Glanz des Feuers. Als die beiden alten Druiden schließlich die Hände von Diobhails Kopf nahmen, öffnete Diobhail die Augen und begann zu singen: „Ich bin bereit für meine neue Aufgabe in eurem Dorf! Ich werde Euch immer achten, respektieren und hilfreich sein, wo immer ich kann. Segari wird mich in seine Welt einweisen und ich werde ihm eine gelehrige Schülerin und Nachfolgerin sein. Es ist mir eine Ehre, euch dienen zu dürfen!"

Faol sah sich vorsichtig im Kreise seines Dorfes um. Wie würden die Bewohner reagieren, wenn sie auf diese Weise von Segaris Nachfolge erfuhren? Er sah nur strahlende Gesichter, einige hatten Freudentränen in den Augen, alle schienen unendlich erleichtert. Auch ihn beschlich eine große Erleichterung, dass die Entscheidung gefallen war, Diobhail zu Segaris Nachfolgerin im Dorf zu machen. Damit fiel von Faol eine riesige Last ab. Diobhail würde eine gute Druidin ihres eigenen Dorfes sein, davon war er überzeugt. Und sie hatte noch Zeit zu lernen, sie hatte ja auch die Weihe noch nicht empfangen. Nun aber war der Bann gebrochen und die Dorfbewohner standen auf, gingen zu Diobhail und beglückwünschten sie. Die älteren aus dem Dorf kannten ja Diobhail noch als kleines Mädchen Kina und waren sehr froh, dass eine von ihnen das hohe Amt übernahm. Es wurde eine lange Nacht, in der viel gesungen und gefeiert wurde. An die singende Sprache ihrer zukünftigen Dorfdruidin mussten sie sich noch etwas gewöhnen…

Segari hatte sich etwas abseits gehalten, nachdem das Dorf sich um Diobhail gekümmert hatte. Faol ging zu ihm und sah ihn fragend an. „Ja mein Freund", sagte Segari leise, „nun könnt ihr beide euch beruhigt auf den Weg machen. Ich werde alt und merke immer mehr, wie schwer mir manches wird. Die Wanderung mit Dir zu den Salzbergen war wohl meine letzte große Tour. Diobhail ist jung und außerordentlich begabt. Sie hat die Gabe von Guiwa geerbt und ich weiß, dass Guiwa uns jetzt zulächelt. Sie wird meinen Platz mit Leichtigkeit einnehmen und eine gute Führerin des Dorfes werden."
Genwulf gesellte sich zu den beiden und bestätigte kopfnickend den letzten Satz seines Freundes. „Ja, auch Habren und ich werden alt. Aber Diobhail gehört hierher, deshalb haben wir entschieden, sie Segaris Nachfolge antreten zu lassen. Habren und ich haben so viele Novizen zu guten Druiden und Druidinnen

gemacht, unsere Nachfolge ist gesichert. Wir wußten immer, dass Du nicht die Nachfolge Segaris antreten würdest, wir konnten nur nie genau sehen, warum. Dass ein so trauriges Ereignis wie der Einsturz des Salzbergwerks diesen Wechsel heraufbeschwören würde, ist uns erst in den letzten Tagen klar geworden. Aber so hat sich alles in sein Schicksal gefügt, und so ist es gut, so soll es sein. Geht in Frieden, ihr beide, und erfüllt eure Bestimmung. Wir werden nie getrennt sein, denkt daran!" Faol spürte eine weiche warme Welle der Dankbarkeit seinen Rücken hinab kriechen und verbeugte sich ehrfurchtsvoll vor den beiden großen Lehrmeistern seines Lebens.

Als Faol und Lolair am nächsten Tag mit gepackten Sachen vor die Tür traten und alles auf einem Wagen verstauen wollten, der von einem Pferd gezogen wurde, kamen wie abgesprochen alle Dorfbewohner aus ihren Häusern um sich zu verabschieden. Die jungen Leute waren gerührt und zugleich wurde ihnen bewußt, dass es für einige ein Abschied für immer sein würde. Balian stand gekrümmt und gebückt abseits und nickte den beiden wohlwollend zu. Trombsen hatte den beiden ein paar einfache aber dennoch kunstvoll verzierte Töpfe und Schalen geschmiedet, und für Lolair eine wunderschöne Haarspange.

Aber es war alles gesagt und getan, so machten sich die beiden auf ihren Weg Richtung Westen. Sie waren aufgeregt und neugierig, was sie erleben und antreffen würden. Ein neues Leben konnte beginnen!

Nachwort

Eigentlich wollte ich ein Buch über Alters-
erkrankungen und die Entstehung der Naturmedizin
schreiben und suchte nach einem geschichtlich
passenden Zeitpunkt, um zu beginnen.

Dann sah ich im Fernsehen eine Dokumentation über
den „Mann im Salz". Ein mumifizierter Leichnam war
1734 in einem alten Salzbergwerk in der Nähe des
Hallstätter Sees in Österreich gefunden worden. Der
Mann trug Kleidung, die ihn als Arbeiter des
Bergwerks identifizierte, das vor ca. 2500 Jahren
betrieben wurde. Es stürzte ein und dieser Mann
wurde wohl dort verschüttet. Er trug in einem noch
erhaltenen Lederbeutel handtellergroße Blätter mit
sich. Damit säuberten sich die Menschen damals nach
ihrem großen Geschäft: Arschwurz! Diese Pflanze
heißt eigentlich Pestwurz, wurde aber wegen ihrer
verbreiteten Verwendung im Volksmund Arschwurz
genannt.

In diesem Buch habe ich mir die Freiheit genommen,
historische, tatsächliche Ereignisse mit meiner
Fantasie zu verbinden und daraus eine Geschichte zu
machen.

Das Salzbergwerk gab und gibt es heute noch, es ist
ca. 350 v.Chr. eingestürzt. Dieser Unfall legte die
gesamte Region lahm, die vom Abbau und dem
Verkauf des „weißen Goldes" lebte. Keltische
Stämme, die aus dem Norden kamen, wurden damals

hier seßhaft und waren als Arbeiter in den Salz-
bergwerken willkommen.

Die Bauweise der Häuser, die Dorfstrukturen und
Rituale der Druiden sind zwar nicht immer belegbar,
aber auch hier sind ja unserer Fantasie keine Grenzen
gesetzt. Die geographischen Gegebenheiten wie z.B.
Orte am See, Gebirgszüge, Eis- und Bärenhöhlen oder
Wege sind heute noch nachvollziehbar.

Es ist interessant, was zur Zeit meines Buchhelden
noch alles auf der Welt geschah. So lebte Caradoc
historisch gesehen gleichzeitig mit Hippokrates von
Kos. Dieser lebte bis 370 v. Chr. und gilt bis heute als
der Begründer der Medizin, insbesondere der „Vier-
Säfte-Lehre".

Ebenfalls in Griechenland fanden sich zu dieser Zeit
die Namen von Aristoteles (*ca. 384 v. Chr.), der als
Philosoph, Wissenschaftler und Biologe arbeitete und
Sokrates (*ca. 390 v. Chr.), der als Begründer der
philosophischen Ethik gilt.

Alexander der Große wurde 356 v. Chr. geboren und
drang als Feldherr und Eroberer bis ins osteuropäische
Keltenreich ein. Eine Überlieferung erzählt, dass
Alexander der Große keltische Stammesfürsten fragte,
wovor sie die größte Angst hätten. Alexander
erwartete, dass die Kelten vor ihm, Alexander, die
größte Angst hätten. Diese aber antworteten, sie hätten
vor gar nichts und niemandem Angst. Die größte
Angst sei, dass ihnen der Himmel auf den Kopf
falle...!

259 vor Chr. wurde in China Qin Shihuangdi geboren,
der als Begründer des chinesischen Kaiserreichs gilt
und als erster Errichter der chinesischen Mauer.

257 v. Chr. gilt als das Geburtsjahr von Aristophanes von Byzanz. Er war Philologe und Direktor der Bibliothek von Alexandria.

Diese Beispiele machen deutlich, wie weit bereits zu dieser Zeit, also vor mindestens 2000 Jahren und schon weit davor die einzelnen Zivilisationen auf der ganzen Welt waren.

Die Blindensprache des „Fledermausmannes" ist heute aktueller denn je. Daniel Kish aus den USA ist selber als Kleinkind erblindet, hat die Technik des „Klicksonar" verinnerlicht und bildet heute blinde Kinder und Erwachsene aus, damit sie diese Art des „Sehens" lernen. Ich habe mir erlaubt, dies in meine Geschichte einzubeziehen. Wenn Sie die Arbeit mit blinden Kindern und Erwachsenen unterstützen und fördern möchten, wenden Sie sich bitte an www.anderes-sehen.de

Rezept „Kärntner Ritschert" (für 4 Personen)

200 gr. dicke Bohnen (Saubohne)
200 gr. Graupen
1 Knolle Sellerie
5 Karotten
Salz, Pfeffer, Wasser
4 Port. geselchtes Fleisch

Die Bohnen und die Graupen über Nacht in Wasser einweichen und dann mit dem Geselchten langsam gar kochen. Dann die geschnittenen Karotten und den geschnittenen Sellerie dazugeben und mit Salz und Pfeffer würzen.
Das Besondere am Ritschert ist seine Konsistenz, die durch das lange Auskochen der Bohnen und der Graupen entsteht. Der Hauptgeschmacksträger ist das Geselchte oder Schwarzgeräucherte.

Zeitfracht Medien GmbH
Ferdinand-Jühlke-Straße 7
99095 Erfurt, Deutschland
produktsicherheit@kolibri360.de